Helmut Baumgärtner

Überlebenstraum

Verfluchter Stress!

ROMAN

Die deutsche Nationalbibliothek verzeichnet diese Publikation in der deutschen Nationalbibliografie; detaillierte bibliografische Daten sind im Internet über http://dnb.dnb.de abrufbar.

TWENTYSIX – Der Self-Publishing-Verlag
Eine Kooperation zwischen der Verlagsgruppe Random House und BoD – Books on Demand

© 2017 Helmut Baumgärtner

Herstellung und Verlag:
BoD – Books on Demand, Norderstedt

ISBN: 978-3-740-728724

I

Verfluchter Stress! Im Münchener Stadtverkehr unter Termindruck unterwegs. Von einem Stau in den Nächsten. Schon fast alltäglicher Standard. Kein Vorankommen möglich, kein Ausweg ist in Sicht. Auto an Auto kriecht langsam durch die Stadt. Gleichmäßige Schrittgeschwindigkeit wäre relativ schnell. Vielfach gibt es aber minutenlang nur Stillstand. Zweimal hatte er jetzt bereits die Route gewechselt. Ohne Erfolg, nirgends ging es etwas zügiger voran. Alle Straßen in die Innenstadt scheinen wieder einmal komplett dicht zu sein. Zu Fuß käme man wahrscheinlich schneller ans Ziel. Wo es möglich ist preschen ab und zu ungeduldige Nadelstreifen-Rowdys über freie Abbiegespuren vorbei an den schier endlosen Fahrzeugschlangen. Rücksichtslos quetschen sie sich einige Wagen weiter vorne in die Reihe. Diese bedauernswerten Terminsklaven, die sich selbst zu wichtig nehmen. Mit ihren großen Limousinen, bei denen sie meinen die Vorfahrt wäre Bestandteil des sehr teuer er- worbenen Ausstattungspaketes, ihres meistens von der Firma bezahlten Wagens. Die Verkehrsregeln gelten ihrer Meinung nach nur für die Anderen. Rücksichtnahme ist für sie wohl ein Fremdwort. Außer dem Unmut der vielen Staugeschädigten gewinnen sie jedoch so gut wie nichts. Vereinzelt hupt jemand um seine Missbilligung lautstark kund zu tun. Das gesamte angewendete Repertoire an beleidigenden Handzeichen wird ignoriert oder arrogant mit einer lässigen Handbewegung abge- tan. Ein Spiegelbild unserer Ellbogengesellschaft.

Manche scheinen zu glauben, ihre Fahrweise wäre durch mangelnde Ortskenntnis zu entschuldigen, weil sie ein auswärtiges Kennzeichen haben. Das glaubt aber heutzutage niemand mehr.

Kurz ging er nachdenklich in sich. Fuhr er nicht selbst einen noblen Sportwagen als Firmenauto. Verhielt er sich immer ganz korrekt? Ist es nicht so, dass jeder Autofahrer sich für die rühmliche Ausnahme hält? Nach der Meinung seiner Frau fuhr er oftmals auch nicht besonders rücksichtsvoll.

Ein wenig konnte er die Ungeduld nachvollziehen. Am liebsten würde er auch gerne das Gaspedal voll durchtreten und durch alle freien Lücken auf den Bürgersteigen und Randstreifen preschen, wie fliehende Gangster und verfolgende Polizisten in den Kriminalfilmen. Vernunft und Einsicht hielten ihn aber davon ab. Nur nicht durchdrehen, behalte deine Nerven im Zaum und zügle deine Hektik, ermahnte er sich.

Seine Überlegungen wurden gestoppt. Der Verkehr erforderte wieder alle Aufmerksamkeit. Es ging tatsächlich ein Stück weiter. Aber das war leider nicht von langer Dauer. Eilig und erfreut hatten alle Gas gegeben, um gleich darauf wieder auf Stillstand zurück zu bremsen. Einige stiegen fest in die Pedale, weil sie zu euphorisch gespurtet waren. Erstaunlich, dass es immer gerade so reichte, ohne auf den Vordermann aufzufahren. Das Quietschen der Reifen durch das Blockieren der Räder zeugte geräuschvoll von ihrem Überreifer.

Dabei ist das noch nicht der Feierabendverkehr. Also ist in den nächsten zwei Stunden eine weitere starke Verdichtung zu erwarten.

In fast allen Fahrzeugen sitzt nur eine Person. Kein Wunder, da auch die öffentlichen Verkehrsmittel keine zuverlässige Alternative bieten. Immer hört man nur Klagen über Verspätungen, überfüllte Züge, Rempeleien und zum Teil lästige Gerüche von schwitzenden oder ungepflegten Mitreisenden. Außerdem sind viele Randbezirke nicht gut in den Verbund einbezogen. Wechsel der Verkehrsmittel und mehrmaliges Umsteigen ist notwendig um das Ziel zu erreichen. Park-and-ride-Plätze gibt es auch keineswegs ausreichend.

Wie viel kosten diese Unmengen verlorener Zeit eigentlich die Wirtschaftsunternehmen? Hunderte Beschäftigte werden von ihrer Arbeit abgehalten. Was könnte währenddessen alles produziert und erledigt werden. Und wie viele Verabredungen können nicht rechtzeitig wahrgenommen werden? Planen kann man unter diesen Umständen ohnehin nur mit großen zeitlichen Spielräumen. Fahrzeit und Parkplatzsuche in der gesamten Innenstadt müssen sehr großzügig berücksichtigt werden.

Rundherum telefonieren Autofahrer, ungeachtet der Vorschriften, ohne Freisprecheinrichtung mit ihren Mobiltelefonen. Was nutzen die Gesetze, wenn es keine ausreichenden Kontrollen gibt!

Die Kinder in einigen Fahrzeugen haben offensichtlich Langeweile. Manche quengeln, andere schneiden Grimassen an den Seitenscheiben oder am Heckfenster und suchen Blickkontakt mit den übrigen Verkehrsteilnehmern. Aber von den vielen Leidtragenden reagiert kaum jemand. Betreten schauen sie lieber in eine andere Richtung. Für freundliche Gesten haben sie keine Laune.

Unmengen an Treibstoff werden sinnlos vergeudet. Feinstaub und Stickstoffdioxid verschmutzen die Umwelt schon seit Jahrzehnten. Grenzwerte sind zwar gesetzlich festgelegt, Prüfungen finden auch regelmäßig statt. Einhaltung ist aber nicht möglich. Ständig werden die Höchstwerte drastisch überschritten. Zu unpopulären Maßnahmen traut sich niemand und freiwillig tut die Menschheit sowieso nichts. Die Autoindustrie baut stattdessen lieber schnellere und größere Fahrzeuge mit höherem Schadstoffausstoß. Angaben über Abgasmengen werden genauso schamlos manipuliert wie die Verbrauchswerte und Umweltfreundlichkeit wird vorgetäuscht. Es kostet ja „nur" die Gesundheit und Menschenleben. Ungefähr 47.000 vorzeitige Todesfälle durch akute Atemwegserkrankungen, Herzkrankheiten oder Lungenkrebs pro Jahr wird in Statistiken angegeben. Die zählen für die Politik offenbar nicht. Wirtschaftliche Interessen scheinen absoluten Vorrang zu haben. Sicherheit der vielen Arbeitsplätze in der Automobilindustrie und den Zulieferbetrieben wird als beliebtes Argument vorgeschoben. Vorrangig scheinen doch nur die Zufriedenheit der Aktionäre und der möglichst hohe Profit zu sein.

Die Autofahrer selbst sind auch nicht bereit bei Feinstaubalarm auf freiwilliger Basis ihr Fahrzeug stehen zu lassen. Alle Appelle nutzen bisher nichts. Immer sollen nur die anderen auf das Auto verzichten. Ausreden lassen sich jederzeit finden.

Es geht sicher nicht ohne gesetzliche Verfügungen, die zwar vorhanden oder geplant sind, jedoch nur äußerst selten durchgesetzt werden.

Hinzu kommt noch die Unvernunft der Menschen. Im großen, extrem viel Sprit schluckenden VAN oder Geländewagen werden die Kinder zur Tagesstätte, in die Schule und zu sonstigen sportlichen oder musischen Aktivitäten befördert. Ungeachtet der meistens nur sehr geringen Entfernungen.

Wieder musste er seinen Gedankenfluss bremsen. Spiele nicht den Schulmeister und Weltverbesserer, rügte er sich. War er nicht auch so manches Mal zu bequem das Fahrrad zu nehmen oder gar zu Fuß zu gehen? Nicht immer konnte er den chronischen Zeitmangel als willkommenen Grund vorschieben. Die Bequemlichkeit hatte bisher auch bei ihm meistens gewonnen. Verzicht war zu umständlich. Also erst an die eigene Nase fassen, bevor man kritisch mit Anderen hadert.

Und erst seine Frau? Fuhr sie nicht auch mit einem Mittelklassewagen die wenigen Kilometer zum Tennisplatz und zum Einkaufen. Sie hatte doch am ehesten die Zeit das Fahrrad zu nehmen.

Statusdenken vieler Bürger tut ein Übriges für die Umweltbelastung. Was würden wohl die lieben Nachbarn denken, wenn man sich das dicke Auto nicht leisten würde und einen Kleinwagen fährt. Noch immer betrachten viele Bürger das Auto als Statussymbol und zeigen gerne was sie haben. Erfolg im Leben rechnen sie in PS und Hubraum. Andersdenkende werden oftmals nur belächelt oder sogar als Neider abgestempelt.

Die armen Kinder, denen man dieses Vorbild mit auf den Lebensweg gibt, werden eines Tages die Folgen bitter zu spüren bekommen. Erstaunlich, dass die Eltern darüber so wenig nachdenken.

Abhilfe für die ständige Verkehrsüberlastung und Umweltverschmutzung ist nicht in Sicht, nur vage Versprechen der Politiker, ohne dass Taten folgen. Der Kollaps ist absehbar.

Keine Hektik aufkommen lassen, bleib ruhig, du kannst es nicht ändern, ermahnte er sich. Machtlos bist du dem Verkehrschaos ausgeliefert. Hör Musik und entspann dich, auch wenn es dir schwer fällt. Zurückhalten musste er sich, um nicht auch zum Smartphone zu greifen um Telefonate zu erledigen. Damit wäre wenigstens die wertvolle Zeit nicht nutzlos vergeudet.

Sein Blick schweifte über die unüberschaubare Menge Autos. Verbissene Mienen ließen erkennen, dass niemand die Situation besonders lustig fand. Starr stierten die meisten frustriert vor sich hin.

Warum sollte der Tag besser weitergehen, als er begonnen hatte? Schon am Frühstückstisch gab es lange Debatten mit der halbwüchsigen Tochter. Alle Belehrungen darüber, dass es ein Leben neben ständigen Events, Facebook und allen sonstigen sogenannten sozialen Netzwerken gibt, verpuffen. Auch, dass man mit 16 Jahren nicht bis spät in die Nacht ausgehen kann, stößt auf wenig Akzeptanz. Die vielen Möglichkeiten, die den Kindern heutzutage offenstehen, sind zur Selbstverständlichkeit geworden. Eltern haben für alles zu sorgen. Etwas selbst zu erarbeiten ist nicht mehr angesagt. Kosten für die teure Kleidung, Unternehmungen und die allerneueste Technik sind ebenso normal, wie für Tattoos und Piercing. Dank dafür ist auch nicht notwendig. Vergleiche mit der eigenen Jugend zählen nicht, das waren eben noch andere Zeiten.

Orientiert wird sich allenfalls an den Jugendlichen die immer mit der neuesten Mode gehen und alle vermeintlichen Trends bedingungslos mitmachen. „Ihr müsst euch daran gewöhnen, in welcher Zeit wir leben, sonst gehört ihr zu den ewig Gestrigen", ist die trotzige Antwort auf so manche Fragen.

Wie sehr sie dabei von der Werbung mit ihrem ständigen Jugendwahn und von den Herstellern aller trendigen Artikel und den Modemachern manipuliert werden, fällt ihnen nicht auf und wird nicht eingesehen. Über die Kleidung hatten sie schon des Öfteren Diskussionen. Aufreizende Hotpants anziehen und dann wundern, wenn man ihnen hinterherpfeift wie käuflichen Mädchen. Mehr noch die zerschlissenen Jeans, die heutzutage extra so produziert werden, fanden bei ihm und seiner Frau wenig Zuspruch.

„Stell dir vor, ich würde mein Auto absichtlich zerkratzen und noch Löcher in die Karosserie schneiden, weil irgendein verrückter Designer das für IN erklärt", fragte er sie einmal.

„Außerdem muss dir bewusst sein, dass gerade die Jeans in den Billiglohnländern produziert werden. Menschen, denen es am Allernötigsten fehlt, zum Beispiel in Bangladesch, müssen Textilien absichtlich zerstören um eurem unnatürlichen Geschmack gerecht zu werden. Wie sollen die das verstehen? Dann bleiben wir lieber bei unserer, wie du es nennst, stinkkonservativen Auffassung".

Selbstkritisch fragte er sich dabei immer, ob er nicht tatsächlich rückständig war. Bist du schon zu alt um Veränderungen mitzumachen? Seine Welt und die seiner Frau war das jedenfalls nicht mehr.

War es aber nicht schon immer das Privileg der Jugend sich von den Älteren abzuheben?

Natürlich duldet man vieles, weil die zeitliche Zuwendung zu gering ausfällt. Der Job fordert eben seinen Tribut. Bloß die Diskrepanz zwischen SMS schreiben, Musikhören, Internetchats und allen Vergnügungen einerseits und den Schulnoten andererseits ist nicht zu dulden. Uneinsichtigkeit und vor allem Bequemlichkeit gilt es zu überwinden. Später würde sie sicher dafür dankbar sein. Bei diesen wiederholten Debatten kam er sich oft genervt und machtlos vor.

Dann auch noch die Vorwürfe von seiner Ehefrau. Etwas mehr Familiensinn wünscht sie sich.

„Merkst du nicht, wie wir uns auseinanderleben? Wo sind unsere Gemeinsamkeiten geblieben, wo unsere endlosen Gespräche wie in früheren Zeiten? Wir leben doch nur nebeneinander her und sind mehr eine Interessengemeinschaft als eine Familie. Fast alle anderen Männer sind früher und öfter zu Hause als du und widmen sich intensiver ihren Frauen und den Kindern", wirft sie ihm böse vor. Klar, die haben eben andere Jobs, oder auch ein anspruchsloseres Leben. Darunter, dass für die sportlichen Betätigungen, Vergnügungen, Besuche bei Freunden und auch Verwandten zu wenig Zeit bleibt, leidet er selbst genug. Wie oft schon musste er die angenehmeren Dinge zurückstellen oder sogar ganz ausfallen lassen, weil unangenehme berufliche Pflichten Vorrang hatten. Das musste sie ihm nicht auch noch vorwerfen. Letztendlich galt es für ihn, den sehr schwer erworbenen Lebensstandard zu erhalten und dauerhaft zu sichern.

Merkte sie eigentlich nicht, wie sehr er unter den ständigen Belastungen zu leiden hatte. Darüber zu jammern war nicht seine Art. Wollte sie ihm das Leben noch schwerer machen?

Die Annehmlichkeiten, die sein hohes Einkommen ermöglichte, wurden von ihr gerne angenommen. Ein gut gefülltes eigenes Konto war obligatorisch. Einkäufe in den teuren Geschäften und Boutiquen, ohne Rücksicht auf die horrenden Kosten nehmen zu müssen, waren ihr sehr angenehm und sie machte regen Gebrauch davon. Die großzügigen Urlaube in noblen Hotels, mindestens dreimal im Jahr, betrachtete sie auch als Selbstverständlichkeit. Anscheinend unterlag Sabine, seine Angetraute, ebenso wie seine Tochter Verena dem Trugschluss, dass Geld ganz von selbst in unbegrenzter Menge auf das Bankkonto kommt. Ebenso wie der Strom einfach so aus der Steckdose zu entnehmen ist.

Alles in allem hatte es Heinz Krüger nach dem Frühstück schon gereicht. Sein Pensum an Ärger war für diesen Tag voll ausgeschöpft.

Auf dem Weg zur Firma dann auch einige Staus. Manches Mal fragt man sich, was sich die Planer eigentlich denken, wenn sie während dem starken Berufsverkehr noch Baustellen einrichten lassen. Natürlich muss ständig einiges repariert oder erneuert werden, aber etwas mehr Sensibilität bei dem ohnehin schon viel zu dichten Verkehr wäre angebracht. Vor allem entsteht der Eindruck, dass nicht schnell genug für die Fertigstellung gesorgt wird. Wie oft befinden sich an den Baustellen keine oder nur sehr wenige Beschäftigte. Wie soll es dann zügig voran gehen?

Was kann man als einer von vielen Leidtragenden dagegen tun, außer sich darüber zu grämen und zwangsläufig damit abzufinden? Zu wenig wird protestiert, zu viel wird einfach hingenommen. Im Vergleich mit anderen europäischen Ländern sind die Deutschen offensichtlich ein Volk von Jasagern. „Was sollen wir denn machen, das bringt doch sowieso nichts", wird oft geklagt bei Gesprächen über die vielen Unzulänglichkeiten und Ungerechtigkeiten. Klar, wenn jeder zu faul ist es überhaupt zu versuchen, kann sich auch nichts ändern. Uns geht es wohl viel zu gut und die Bequemlichkeit hat absoluten Vorrang.

Die Besprechung beim Kunden hatte ihn auch noch genervt. Besonders die langatmigen Erläuterungen und vielen Wiederholungen der Aufgabenstellung. Dabei war sehr schnell alles überschaubar und klar. Die Sachbearbeiter in den Großbetrieben müssen viel Zeit haben und keine Ahnung von der Hektik in einem kleinen Dienstleistungsbetrieb. In dieser langen Besprechungszeit war er sonst gewohnt einiges mehr zu bewältigen. Bei aller notwendigen Sorgfalt hatte ihm das erheblich zu lange gedauert. Aber er musste sich beherrschen, der Kunde ist König. Andererseits waren das bestimmt die normalen Menschen, er war der Hektiker. Während er eine Arbeit ausführte war er in Gedanken schon bei der nächsten Aufgabenstellung. Multitaskingfähig versuchte er immer mehrere Sachen gleichzeitig zu erledigen. Oft verließ er mit fünf bis sechs Anliegen seinen Schreibtisch. Wenn er zurück kam hatte er einen Teil davon noch nicht erledigt, dafür aber einige neue dazubekommen.

Hinzu kamen die zahlreichen störenden Anrufe mit sofortigem Handlungsbedarf, die ihn aus dem geplanten Ablauf heraus rissen. Man kann nicht mal in Ruhe arbeiten, ständig stören die Kunden, äußerte er manchmal scherzhaft.

Das gibt schon wieder ein später Feierabend heute. Überstunden bleiben bestimmt nicht aus. Endlich ein größerer Auftrag von einem renommierten Automobilhersteller. Lange hatte er darum gekämpft und ein sehr günstiges Angebot abgegeben. Nun hatte er endlich den Zuschlag bekommen. Aber mit einem Termin jenseits von Gut und Böse. Wahrscheinlich war das jedoch gerade der Grund, weshalb seine Firma ausgewählt wurde. Bestimmt waren nicht sehr viele Betriebe in der Lage in der kurzen Zeit die für diesen Auftrag notwendige Manpower zu mobilisieren.

Er fragte sich jetzt auch, wie er das bewältigen sollte. Schnell vor dem Schichtwechsel noch alle Mitarbeiter einbeziehen und zu Überstunden veranlassen. Zusätzlich ein paar Aushilfen aktivieren. Dann bleibt nur die Hoffnung, dass alle überproportional mitziehen und alles reibungslos läuft. Aufschub ist nicht möglich. Pannen darf es auch keine geben, es muss unbedingt termingerecht geliefert werden. Der Verkauf der Produkte, die mit den Drucksachen beworben und beschrieben werden sollten, ist dem Kunden ohne die rechtzeitige Fertigstellung nicht möglich. Messen und eine Vertreterversammlung sind bereits fest terminiert. An der Wichtigkeit des Auftrages gemessen, steht die Bezahlung eigentlich nicht im Verhältnis zum Aufwand und zum Risiko.

Zuerst galt es nun zu überprüfen, was alle anderen laufenden Aufträge für terminliche Spielräume zulassen, die man ausnutzen kann und auch muss. Dann alles umdisponieren und neue Prioritäten setzen. Herausholen was nur geht war angesagt. Eigene Freizeit, Sport und Familienleben konnte er gleich wieder abschreiben. Trotz der Diskussion mit seiner Frau über dieses Thema am Morgen. Was hatte er aus Managementseminaren gelernt, danach sollte er sich jetzt wohl am besten richten. Lieber mehr Zeit in die Arbeit, als Arbeit in die Zeit stecken, sonst machst du dich kaputt. Davon hätte keiner einen Nutzen. Irgendwie wird das zu schaffen sein. Bisher haben wir immer alles zur Zufriedenheit der Kunden bewältigt.

Seine Gedanken überschlugen sich. Der Kopf dröhnte. Unendliche Zahlenkolonnen und Daten liefen wie auf einem Monitor gescrollt ständig vor seinem geistigen Auge vorbei. Nicht resignieren, ganz ruhig abarbeiten, beruhigte er sich.

Zusätzlich zu den Aufträgen, die zu koordinieren und zu überwachen waren, gab es noch einiges, was dringend erledigt werden müsste.

Es ist Monatsende. Die Lohnabrechnungen für die Mitarbeiter müssen umgehend zum Steuerberater. Der Anwalt wartet auch seit einer Woche auf die Fakten für eine Klage wegen säumiger Zahlungen. Wahrscheinlich ist das vergebliche Liebesmüh und hinterher außer hoher Spesen nichts gewesen. Zum Schluss würde er zwar sicher Recht bekommen, aber nicht unbedingt das einzuklagende Geld. Sei es wegen Insolvenz des Beklagten oder weil aus irgendwelchen Gründen nichts mehr zu holen ist.

Dem Verteidiger des Gegners wird wohl wieder ein juristischer Winkelzug einfallen, wie eine Zahlung zu umgehen ist. Dann könnte er die nicht unerheblichen Rechtsanwalts- und Gerichtskosten zum Ausfall dazu addieren, wie leider schon so oft. Im günstigsten Falle müsste er sich voraussichtlich auf einen ungerechtfertigten Vergleich einlassen, um wenigstens einen Großteil des ihm zustehenden Geldbetrages zu retten.

Rechnungen müssten auch dringend geschrieben werden, damit wieder Geld auf die Konten fließt. Totes Kapital in Form von abrechnungsfertigen Produktionen stapelt sich seit einigen Tagen schon auf seinem Schreibtisch. Für die vielen laufenden Verpflichtungen muss die Kreditlinie herhalten. Überflüssige Zinsen sind die Folge. Zumal durch seine großzügigen Materialvorräte auch noch hohe Lieferantenrechnungen zu begleichen sind. Aus kaufmännischer Gewohnheit zahlte er zügig mit Ausnutzung der Skontierung.

Angebotsanfragen waren jede Menge aufgelaufen. Zur Sicherung der nächsten Aufträge sollten sie schnellstens erledigt werden. Vielleicht ließ sich ein Teil davon an die Mitarbeiter delegieren. Dann müsste er nur noch eventuelle Ungereimtheiten beseitigen und die Preise sowie die möglichen Zugeständnisse festlegen.

Personalgespräche und Betriebsratsbesprechungen standen zu allem Überfluss auch an. Ein Mitarbeiter müsste eine Abmahnung erhalten wegen seines übertriebenen Alkoholgenusses während der Arbeitszeit. Ob berechtigt oder nicht, Unruhe und Diskussionen unter den Beschäftigten gab es fast immer bei solchen Aktionen. Auswirkungen auf die Arbeitsmoral und Einsatzbereitschaft könnten folgen. Diese waren im Moment aber überhaupt nicht zu gebrauchen. Jetzt müsste er das besser vorsorglich zurückstellen, weil jede verfügbare Arbeitsstunde benötigt wurde.

Ganz ruhig bleiben, auch wenn es schwerfällt. Systematisch eins nach dem anderen abarbeiten, nahm er sich fest vor. Hineingewachsen in seinen umfangreichen Arbeitsbereich hatte er im Laufe der Jahre festgestellt, wie viel mehr der Mensch zu bewältigen in der Lage ist, wenn er unter Druck steht. Natürlich half ihm die lange Erfahrung und Routine. Arbeiten, die früher endlose Stunden benötigten, konnte er jetzt in kurzer Zeit bewältigen. Auch hatte er gelernt zu differenzieren was davon sofort sein musste und was noch Spielraum hatte. Vieles erledigte sich auch mit der Zeit von selbst oder wurde sogar überflüssig. Überhaupt nicht bearbeiten war die letzte verbleibende Alternative. Zum Beispiel Kostenanfragen die nicht sonderlich erfolgversprechend scheinen, oder nicht lukrativ sind. Einfach notgedrungen unbeantwortet lassen. Gerne machte er das nicht und die Kunden waren das auch nicht von ihm gewohnt. Aber was blieb ihm sonst übrig. Der Tag hat nur 24 Stunden.

Endlich hatte Heinz Krüger nun seinen Standort erreicht. Schnell einparken in der Tiefgarage und auf geht es mit Elan. Was macht das Auto mitten in der Einfahrt zum zweiten Untergeschoss des Parkhauses? Der Fahrer schläft wohl ein wenig. Mit etwas Mühe kam er gerade so daran vorbei. Das war verdammt eng.

Beim Aussteigen erfasste ihn plötzlich ein leichtes Schwindelgefühl. Einige Sekunden verschwamm alles vor seinen Augen. Einen Moment musste er verharren und sich abstützen. Vielleicht ist es nur etwas Unterzucker. Schnellstens sollte er etwas trinken. Mittagessen wäre auch längst überfällig, aber jetzt hatte er dafür überhaupt keine Zeit.

Hastig begab er sich zum Fahrstuhl und fuhr in die zweite Etage. Hier produzierte seine Firma. An dem Unternehmen hatte er nur einen Kapitalanteil, war aber als geschäftsführender Gesellschafter verantwortlich und den zwei anderen Teilhabern gegenüber Rechenschaft schuldig.

An sich lief wirtschaftlich alles noch gut, aber der ständige Umsatzdruck setzte ihm beachtlich zu.

Die kurzfristigen, meist kleinen Aufträge sicherten keine längerfristige oder gar dauerhafte Auslastung. Jeden Tag musste man sich neu bewähren. Jeder Kunde war wichtig und musste dementsprechend hofiert werden. Ob er angenehm war oder nicht. Auch risikoreiche Aufträge mussten mitlaufen. Nie wusste er, ob er nach drei bis vier Tagen noch genügend Beschäftigung für die mehr als 30 Mitarbeiter hatte. Aber die gleichbleibend hohen monatlichen Kosten wusste er sehr genau. Die waren fix und lasteten auf seinen Schultern. Es war eine nicht unerhebliche ständige Belastung.

Jede Woche kontrollierte er sorgfältig den Umsatz und rechnete die bereits anteilig produzierten Aufträge hinzu. Es war oft ganz schön knapp, aber meistens ging es wenigstens gerade noch so auf. Reserven und Liquidität waren zwar vorhanden, aber die wollte er nicht ausschöpfen.

Bequem war sein Job nicht. Spaß an der Arbeit gab es selten, Umsatz- und Kostendruck fast immer. Gerne wäre er so manches Mal aus dem täglichen Trott ausgebrochen. Aussteigen, neu beginnen mit einer bequemeren Beschäftigung, die befriedigt und dennoch für ausreichendes Einkommen sorgt. Aber der Druck der privaten Kosten und die Ungewissheit, was die Alternative bringen würde, hielten ihn ab. Als Alleinverdiener musste er ja auch seine Frau und seine Tochter mitversorgen. Hypotheken waren auch auf seinem Anwesen.

Hektisch im zweiten Stock angekommen, überkam ihn erneut der Schwindel. Alles rundherum nahm er für kurze Zeit nur ganz verschwommen wahr. Der Druck in seinem Kopf ließ nicht nach.

Ausspannen wäre wieder einmal angesagt. Am Wochenende würde aber sicherlich dafür keine Zeit bleiben. Haus und Garten und die familiären Beanspruchungen würden mehr Zeit in Anspruch nehmen, als neben den beruflichen Pflichten noch verbleiben konnte. Bald hatte er ja Urlaub geplant. Das würde zwar vorher durch die Vorausplanung den Stress nochmals erheblich erhöhen, aber dann könnte er zwei Wochen an einem Stück ausspannen. Dabei würde er sich mehr seiner Frau und seiner Tochter widmen. Das sollte etwas Ruhe in die momentan sehr angespannten Verhältnisse bringen, hoffte er. Dafür müsste er sich aber etwas umstellen und überwinden. Mehr Zeit opfern, die er entsprechend seiner permanenten Ruhelosigkeit ansonsten mit Sport, Strandwanderungen und allen Aktivitäten die vor Ort angeboten wurden verbringen würde. Normalerweise war er mit

Ausnahme der fest eingeplanten gemeinsamen Tennisrunden und der Essenszeiten ständig unterwegs von einer Unternehmung zur anderen. Immer auf der Suche nach neuen Attraktionen oder Eindrücken. Ruhig am Strand oder Pool liegen und Bücher verschlingen war nicht seine Art. Wenn er von Sabine gebeten wurde etwas auszuruhen, hielt er das nur wenige Minuten aus. Dann zog es ihn wieder los. Schwimmen, Surfen, Tennis spielen, Volleyball, Bogenschießen und vieles mehr hielten ihn davon ab. Allenfalls an einer der zahlreichen Bars konnte er sich, in interessante Unterhaltungen und endlose Diskussionen verstrickt, manchmal etwas länger aufhalten. Kontaktfreudig wie er war, fand er oft angenehme Gesprächspartner.

Falls gerade mal nichts auf dem Programm stand, pilgerte er am Strand entlang auf der Suche nach Unbekanntem. Es kam vor, dass er sich vom Liegestuhl entfernte und erst nach über zwei Stunden wieder zurückkehrte. Kopfhaut und Rücken zeigten dann deutliche Spuren der Sonnenbestrahlung, weil er zu nachlässig war für entsprechenden Schutz zu sorgen. Am Ufer entlang laufend, reizte ihn das Gelände hinter der nächsten Biegung und trieb ihn weiter bis Durst und Hunger endlich zur Umkehr zwangen. Mit diesem Verhalten würde er bestimmt nicht die Wogen der momentanen familiären Spannungen glätten. Er wusste darum und würde sich bemühen, den Rest musste er auf sich zukommen lassen. Sabine stellte schon fest, wann er litt und ließ dann die Zügel vielleicht lockerer.

An die Rückkehr aus dem Urlaub dürfte er nur gar nicht erst denken. Fast immer waren dann so viele aufgelaufene Arbeiten zu erledigen, dass selbst die beste Erholung schnell wieder aufgezehrt wurde. Bisher hatte er immer nach seinen Auszeiten bis zum Umfallen schuften müssen, bis alles wieder aufgearbeitet war. Sein Stellvertreter hatte mit der Bewältigung seines eigenen Aufgabenbereiches genug zu tun, der musste bestimmt einiges vor sich herschieben und für ihn liegen lassen. Zu manchen Entscheidungen fehlten ihm auch der Mut und die entsprechende Erfahrung.

Zunächst hieß es jetzt für Heinz Krüger sich erst mal wieder zu sammeln und die aktuelle Situation zügig zu bewältigen.

Viel Zeit hatte ihn die Fahrt gekostet, aber noch schlimmer war die Beanspruchung seiner Nerven. Mindestens vier bis fünf Zigaretten hatte er zu seiner Beruhigung auf dem Rückweg geraucht. Das war seiner Gesundheit nicht gerade zuträglich.

Nur sehr langsam löste sich der Schwindel und er konnte etwas klarer sehen und denken.

II

Beim Betreten des Betriebes rief Heinz Krüger laut:
„Hallo Leute, ich bin wieder zurück. Wie läuft es,
ist alles klar, liegt irgendetwas Besonderes an?
Es tut mir leid, dass es so lange gedauert hat, aber
die ganze Stadt ist voller Blechlawinen."
Er wusste um die straffe Auftragslage und den
starken Termindruck. Jede vergeudete Stunde
sorgte für noch mehr Hektik.
Als keine Antwort kam, schaute er zu den Schreib-
tischen und fand seine beiden Sachbearbeiter in
Büroschlafhaltung nach vorne gebeugt an ihren
Arbeitsplätzen kauernd. Sein Hals schwoll an, das
hatte er auch noch nicht erlebt.
Wieder verspürte er einen leichten Schwindel, sein
Blick war verschwommen. Ein wenig schwankte er
wie betrunken, sein Gleichgewichtsinn war wohl
gestört. Wie im Nebel nahm er die Umgebung war.
Verzweifelt versuchte er sich zu konzentrieren und
deutlicher zu sehen. Es gelang ihm nur mit Mühe.
Näher herangetreten stutzte er noch mehr. Die
beiden Mitarbeiter zeigten keinerlei Lebenszeichen
mehr. Bewegungslos und seltsam starr hingen sie
über ihren Schreibtischen. Sofort suchte er ihren
Pulsschlag an Armen und Schläfen und prüfte die
Atmung. Ohne Erfolg, sie waren unverkennbar tot.
Die Körper waren noch warm, also konnte es noch
nicht lange sein. Nichts deutete auf eine Ursache
hin. Es gab keinerlei Anzeichen einer Gewaltein-
wirkung. Äußerlich schienen beide unversehrt. Der
Schreck fuhr ihm in alle Glieder, ein kalter Schauer
lief ihm über den Rücken, seine Hände zitterten.

Beide kannte er schon sehr lange, sie verband ein freundschaftliches Verhältnis. Auch die Familienverhältnisse und die persönlichen Schicksale waren ihm nach langer Zusammenarbeit vertraut.

Harald, sein Stellvertreter, Auftragssachbearbeiter und erster Disponent hatte mit ihm zusammen die Firma aufgebaut. Selbst in schwierigen Situationen war auf ihn immer Verlass gewesen. Manchen größeren Auftrag hatten sie durchgeboxt und das eine oder andere Feierabendbier zusammen getrunken um sich die Sorgen von der Seele zu reden. Haralds Ehefrau, eine hübsche aber sehr stille Person, arbeitete in verantwortlicher Stellung bei einem internationalen Unternehmen außerhalb von München. An den Werktagen wohnte sie dort in einem Appartement. Sie führten eine lockere Wochenendehe, in der sich beide Freiheiten nahmen und ließen. Mit zwei guten Gehältern konnten sie sich viele ihrer Wünsche erfüllen. Einige Fernreisen und viele Wochenendurlaube sorgten für ein ausgeglichenes Gemüt. Jede freie Minute war Harald auf der Suche nach neuen abwechslungsreichen, zum Teil recht abenteuerlichen Unternehmungen. Jeden Montag wusste er von einem ereignisreichen Wochenende zu berichten. Von Hausarbeit und vielen anderen Verpflichtungen wurden sie von seinen Eltern frei gehalten, mit denen sie im gleichen Haus wohnten. Um sein sorgenfreies Leben beneideten ihn viele. Harald war nicht nur ein geschätzter Mitarbeiter, sondern auch ein Freund, mit dem er vertrauliche Gespräche führen konnte. Privat hatten sie sich schon oft verabredet und die beiden Ehefrauen verstanden sich ausgezeichnet.

Nur schwer konnte er den Blick von ihm abwenden und sich dem zweiten Sachbearbeiter zuwenden. Gerhard war ebenfalls verheiratet und hatte zwei kleine Kinder. Seine sehr zierliche Frau war die Unselbstständigkeit in Person. Bei jeder Kleinigkeit rief sie ihn an und musste beraten werden. Fast alle Besorgungen und Erledigungen überließ sie ihm. Er musste sie buchstäblich wie ein kleines Kind an die Hand nehmen und durch das Leben führen. Ihre Anhänglichkeit war ihm manches Mal lästig. Es kam öfter vor, dass er sich losreißen musste aus ihrer Umklammerung und in die Firma flüchtete. Da für ihn immer genügend zu tun war, konnte er es ihr gegenüber leicht rechtfertigen. Wie sollte diese arme Frau in ihrer Unbeholfenheit jetzt mit den beiden kleinen Kindern ohne Ehemann im weiteren Leben zurechtkommen? Durch Freunde und Verwandte hatte sie seines Wissens auch keine Unterstützung zu erwarten.

Während Heinz den beiden ersten Mitarbeitern nachtrauerte, überlegte er fieberhaft, was passiert sein könnte. Im Moment fand er keine schlüssige Erklärung. Auch im ganzen angrenzenden Betrieb war es ungewöhnlich ruhig. Kein Laut war zu vernehmen. Von dem verkehrsreichen Platz vor dem Bürogebäude war ebenfalls nichts zu hören. Ein Blick in die angrenzenden Produktionsräume ließ ihn dann vollends erstarren. Das Blut stockte ihm in den Adern, er befürchtete tot umzufallen, wie offensichtlich alle anderen auch. Schnell durchlief er die restlichen Räume. Überall das gleiche Bild. Alle hingen oder lagen leblos herum. Ihre Gesichter wirkten eingefallen, der Blick starr.

Sie sahen aus, als hätte man ihren Körpern alle Flüssigkeiten entzogen.

Geschockt ließ er sich auf dem nächsten erreichbaren Stuhl nieder und sank in sich zusammen. Lähmende Angst blockierte alle seine Gedanken und Bewegungen. Was war hier bloß los? Für einen Unfall in der Firma gab es keinerlei Anzeichen. Alle Geräte waren in Betrieb, alles funktionierte augenscheinlich wie sonst immer.

Erst nach einigen Minuten löste sich seine Starre. Sein Organisationstalent kam wieder zu Tage. Helfen könnte hier zwar bestimmt niemand mehr, aber er musste sich Klarheit verschaffen über diese außergewöhnliche Situation und irgendetwas unternehmen. Also schnell einen Notruf absetzen. Das Telefon funktionierte offensichtlich, aber unter der 110 meldete sich nach langem läuten niemand. Der nächste Versuch galt der Feuerwehr, aber auch unter der Nummer 112 kam nur das Freizeichen. Sein Herz schlug wie wild. Was konnte passiert sein? Ratlos ging er noch einmal von einem zum anderen und schaute sie verzweifelt und nachdenklich trauernd an.

Da war zunächst Ingrid, eine ebenfalls langjährige Mitarbeiterin. Sie würde ganz bestimmt in vielen Münchener Diskotheken eine Lücke hinterlassen. Als absoluter Nachtmensch entging ihr kein Event. Das zeigte sich fast täglich an den dunklen Ringen unter ihren Augen. Sie lebte als Single und kostete ihre Freiheit aus. Manchmal nahm sie sich auch im Betrieb Besonderheiten heraus. Heimlich bediente sie sich an seinem Whisky. Trotzdem war sie eine engagierte Mitarbeiterin, die er zu schätzen wusste.

Bei Hartmut musste er gleich mehrmals schlucken. Dessen Frau war jetzt im achten Monat schwanger. Das Kind würde nun wohl leider ohne Vater das Licht der Welt erblicken. Hartmut hatte die ganze Schwangerschaft mitgefühlt, als würde er selbst gebären. Die Schwangerschaftsgymnastik gehörte ebenso wie ein Wickelkurs zu seiner Vorbereitung. Voller sehnsüchtiger Erwartung hatten sie der Niederkunft entgegengefiebert und bereits die Tage bis zur Geburt gezählt. Mehrmals täglich erkundigte er sich telefonisch nach dem Wohlbefinden seiner Frau.

Bei allen Angestellten kamen die Erinnerungen hoch an so manche Episoden, die bleibenden Eindruck hinterlassen hatten.

Vor allem aber musste er an ihre Familien denken, die jetzt ohne ihre Ernährer dastanden.

Besonders auch bei Bert, der gerade seine ganze Freizeit und Energie in den Bau eines Eigenheimes steckte. Die Arbeit in der Firma hatte dadurch nie gelitten. Es war aber erkennbar und bekannt, dass er sich finanziell sehr stark übernommen hatte. Seine Frau ging jeder angebotenen Arbeit nach, um mitzuverdienen. Selbst zum Putzen war sie sich nicht zu schade. Mit einem Firmendarlehen hatte Heinz ihm kürzlich aus der größten Not geholfen, was er mit überproportionalem Einsatz quittierte. Günter, der neben Bert zusammengesunken war, hatte auch kein leichtes Leben. Seine, bei ihm im Haus lebenden Eltern waren beide sehr krank und gebrechlich. Immer mal wieder musste er in akuten Notsituationen die Arbeit niederlegen und schnell zu ihnen nach Hause fahren, um sie zu versorgen.

Ein Altersheim kam für die beiden nicht in Frage. Ihr Haus würden sie nur liegend mit den Füßen voran jemals verlassen, ließen sie immer verlauten. Wer würde sich jetzt um die beiden hilflosen alten Menschen kümmern?

Im nächsten Raum fand Heinz dann Wolfgang am Boden liegend vor. Ein Mann wie ein Bär, der in der Vergangenheit immer mal wieder durch seine Eskapaden aufgefallen war. Hauptsächlich bei den alljährlichen obligatorischen Oktoberfestbesuchen sorgte er für Aufsehen. Einmal wurde er danach nachts vor dem Eingang des Firmengebäudes stark unterkühlt aufgefunden. Da er im Rausch seinen Heimweg nicht mehr fand, wollte er im Büro übernachten. Der Firmenschlüssel war ihm jedoch aus den Händen geglitten. Er war nicht mehr in der Lage ihn aufzuheben und schlief vor der Eingangstür in eisiger Kälte ein. Durch Zufall wurde er noch rechtzeitig, stark unterkühlt aufgefunden. In einem anderen Jahr wollte ihn ein Kollege vorsorglich nach Hause bringen. Der Taxifahrer war erst nach Zahlung einer Sicherheitsleistung für die eventuell zu befürchtenden Verunreinigungen des Wagens bereit, ihn mitzunehmen. Anschließend hatten sie sehr große Mühe seine Adresse aus ihm heraus zu bekommen. Vor der Tür der allerersten angegebenen Anschrift erzählte ihnen Wolfgang ausführlich, dass er in diesem Haus geboren wurde und lange dort gelebt hatte, bevor er in eine eigene Wohnung gezogen sei. Auch das nächste Ziel war nur eine frühere Bleibe. Erst die dritte Anschrift außerhalb der Stadt, die ihm nach langem Kampf zu entlocken war, stellte sich als richtig heraus.

Zusammen mit seiner momentanen Lebensgefährtin mussten sie ihn mühevoll in die zweite Etage schaffen und ins Bett verfrachten. Die Taxikosten hatten durch diese lange nächtliche Stadtrundfahrt eine beträchtliche Höhe erreicht, was bei der nachfolgenden Spesenabrechnung zwangsläufig erklärungsbedürftig war.

Auch Herbert, der Kollege den er als nächsten fand, kannte bei entsprechenden Gelegenheiten keine Grenzen. Eines Nachts fand er zwar seinen Heimweg noch, nicht jedoch das richtige Haus. Seiner Erzählung nach klammerte er sich zunächst an einen Laternenpfahl, den er ständig umrundete und dabei verzweifelt versuchte sich zu orientieren. Vermeintlich kamen viele ähnlich aussehende Häuser rotierend an ihm vorbei. In seiner Not wankte er dann von Block zu Block. Mit der flachen Hand drückte er sämtliche Klingeln und fragte lallend nach, ob er in dem Block wohnen würde. Zu nächtlicher Stunde sorgte das verständlicherweise für Aufruhr. Beim dritten Haus angelangt, kamen zwei freundliche, grün gekleidete Männer und nahmen ihn mit in ein nur sehr spärlich möbliertes Übergangsquartier. Seine Frau musste ihn am nächsten Vormittag aus der Ausnüchterungszelle des Polizeireviers abholen. Einige Tage hing danach der Haussegen schief.

Diese Erlebnisse waren durch den jeweils guten Ausgang immer wieder unterhaltsame Episoden, die in trauter Runde noch oft erzählt wurden und nachhaltig in der Erinnerung haften blieben. Jetzt fielen sie ihm wieder ein, während er seinen Rundgang fortsetzte.

Der plötzliche Tod seiner Mitarbeiter ging Heinz Krüger sehr nahe. Bei aller beruflich notwendigen Härte war er immer sehr einfühlsam und half wo er nur konnte auch bei persönlichen Problemen jedes Einzelnen. Jahrelange Zusammenarbeit hatte sie zusammengeschweißt wie eine große Familie. Nun blieb ihm nichts was er noch für sie tun konnte. Ihre Angehörigen zu informieren, war seine schwierige und unangenehme Aufgabe, die ihm bevorstand und erhebliches Kopfzerbrechen bereitete. Zumal er überhaupt nicht wusste, was er ihnen sagen und erklären sollte. Für die Ursache gab es nicht den geringsten Anhaltspunkt.

Seltsam zusammengeschrumpft schienen ihm alle, sie waren zweifelsfrei und unwiderruflich tot. Wiederholt musste Heinz Krüger nach Luft ringen und sich sammeln um die Nerven zu behalten.

Jetzt erst wagte er einen Blick aus dem Fenster. Alles war ruhig. An den Straßeneinmündungen des verkehrsreichen Platzes standen die Autos zum Teil mit noch laufenden Motoren an den Ampeln. Keines fuhr, nichts bewegte sich. Vereinzelt lagen Menschen auf den Straßen und Gehwegen. Alle schienen leblos. Nur die Ampeln schalteten turnusmäßig um. Gespenstig wirkte das Ganze und er befürchtete den Halt unter den Füßen zu verlieren. Es war also nicht nur ein Unfall im Betrieb oder im Gebäude, sondern auch darüber hinaus.

So weit sein Blick reichte waren keinerlei Lebenszeichen zu erkennen.

Völlig benommen setzte er sich an seinen Schreibtisch und stützte verzweifelt und ratlos seinen Kopf mit beiden Händen.

Wahrscheinlich träumst du nur, das kann und darf doch nicht wahr sein, sagte er sich und schlug sich selbst fest auf die Wangen. Nichts änderte sich, das Szenario blieb unverändert schauerlich.

Voller Sorge wählte er seine Privatnummer, um festzustellen wie es seiner Familie ging. Nach zehnmaligem Läuten schaltete sich der Anrufbeantworter ein und er vernahm seine eigene Stimme als Bandansage. Eigentlich müssten seine Frau und seine Tochter um diese Uhrzeit zu Hause sein. Er versuchte es erneut, niemand meldete sich, nur das Band schaltete sich wieder ein. Vorsorglich hinterließ er eine Nachricht mit der Bitte um sofortigen Rückruf. Er machte einen neuen Versuch, dieses Mal mit der Mobilnummer seiner Frau und anschließend auch der seiner Tochter. Ohne Erfolg, keine von beiden nahm ab und nach mehrmaligem Läuten meldete sich immer die Mailbox. Sollten sie auch von dem Unglück betroffen sein? Die Sorge um sie machte sich bei ihm breit und beunruhigte ihn zusätzlich.

Beim erneuten Blick aus dem Fenster sah er jetzt einzelne Rauchwolken und ganz in der Nähe auch ein Haus brennen. Ab und zu hörte er Explosionen. Feuerwehr oder Polizei waren aber nicht zu sehen, kein Martinshorn warnte.

Was bleibt jetzt zu tun? Ist das der Weltuntergang? Aber wieso lebte er und war völlig unversehrt?

Vielleicht war nur ein begrenztes Umfeld betroffen. Die Notrufnummern müssten aber überregional funktionieren. Oder ist dem Festnetz-Telefon nicht zu trauen? Mit seinem Smartphone wählte er noch einmal. Immer mit dem gleichen unbefriedigenden

Ergebnis: Freizeichen, Läuten, keinerlei Reaktion. Kriechende Lähmung stieg von unten nach oben durch seinen Körper, alles drehte sich wieder um ihn. Wie in einem Karussell nahm er die Umgebung war. Jetzt bist du also auch dran, dachte er spontan. Aber es löste sich genauso schnell wie es gekommen war. Er blieb immer noch verschont. Zurück blieb das erschreckende Gefühl der Machtlosigkeit und ließ ihn zunächst resignieren. „Beherrsche dich, lass dir jetzt etwas einfallen", sagte er bald darauf laut zu sich selbst, um sich wieder aufzubauen und anzutreiben.

Nur sehr langsam kam seine Energie zurück. Ihm fiel der Feuermelder ein. Der ist direkt mit der Feuerwehrleitstelle verbunden. Kurzerhand schlug er das Schutzglas ein und drückte den Alarmknopf. Sofort begann das ohrenbetäubende Geheul des Feueralarms im gesamten Gebäude. Ein Rückruf der Leitstelle blieb allerdings aus. In den anderen Etagen des Hauses rührte sich ebenfalls nichts. Ratlos dachte er weiter nach. Wenn er schon noch lebte, musste er auch aktiv bleiben und seinem Körper Rechnung tragen. Durst und Hunger hatte er durch die erschreckenden Bilder verdrängt, aber seine Organe meldeten sich jetzt wieder.

Zunächst suchte er die Toilette auf. Dort blieb ihm der Anblick eines weiteren toten Mitarbeiters nicht erspart. Ihn hatte es wohl während des Urinierens getroffen. Mit offenem Hosenschlitz und nasser Hose lag er quer vor den Becken.

Zwangsläufig musste Heinz ihn jetzt erst zur Seite schieben, bevor er dem längst Überfälligen endlich nachkommen konnte.

Es war Ewald. Auch mit ihm verbanden sich so manche Erinnerungen. Streitsüchtig hatte er einige Diskussionen und manchmal sogar Betriebsversammlungen heraufbeschworen. Trotzdem war er der Firma immer treu geblieben. Selbst als er zweimal abgemahnt werden musste, auch Ewald sprach dem Alkohol etwas munter zu, stabilisierte sich das Arbeitsverhältnis anschließend wieder. Bezeichnend war damals nur, dass ihm jegliche Einsicht fehlte. Schriftlich hatte er die zweite Abmahnung beantwortet und abgewiesen. Der Geschäftsleitung warf er eine völlig übertriebene Reaktion vor. Es könnte nicht von überzogenem Alkoholkonsum die Rede sein, wo er doch bis zur Mittagspause nur drei Flaschen Bier zu sich nehmen würde. Es war ausgesprochen schwer, ihn von dieser Ansicht abzubringen. Ein wenig war das bestimmt den bayerischen Grundsätzen, dass Bier ein Grundnahrungsmittel ist, zuzuschreiben.

Um den Konsum während der Arbeitszeiten einzugrenzen, wurde daraufhin das Bier ganz aus dem Getränkeautomaten der Firma verbannt. Fortan versorgten sich die Mitarbeiter selbst mit ihrem Bedarf und brachten ihn von zuhause mit. Schon erstaunlich, wie oft der Alkohol bei allen Erinnerungen eine Rolle spielte, fiel Heinz jetzt auf. Ewald war auch einer der drei Aspiranten die einige Wochen zuvor Arm in Arm aus der Tür des gegenüberliegenden Lokals zur Firma wankten. Laut grölend hatten sie gestikuliert, als sie ihn am Bürofenster sahen. Unter starkem Alkoholeinfluss vom Frühschoppen wollten sie ihre Spätschicht antreten. Obwohl ihre Arbeitskraft sehr dringend benötigt wurde hatte er sie, vorbehaltlich weiterer Disziplinarmaßnahmen, für diesen Tag beurlauben müssen. Tolerant hatte er es dabei und bei einer eindringlichen Zurechtweisung belassen. Einige Arbeiten konnten dadurch nicht termingerecht geliefert werden. Er wusste aber um den Zeitdruck unter dem sie bei ihrer Arbeit ständig standen. Laufend wurden sie von den Disponenten oder auch direkt von den Kunden bedrängt. Nichts in der Branche hatte Zeit, alles war für sofort. Kein Wunder, dass es ab und an zu Ausrutschern kam. Die gleichen drei Aspiranten waren ihm auch schon einmal während ihrer Arbeitszeit in einem Lokal im Erdgeschoß des Gebäudes begegnet. Bei einem Kundengespräch sitzend musste er damals mit ansehen, wie sie fröhlich zur Theke stürmten und Bier bestellten. Bei dem nachfolgenden Gespräch nahmen sie die langen Rechenzeiten an ihren Computern als Ausrede. Ihre Arbeiten würden während der Zeit weiterrechnen, versicherten sie einstimmig, was es nicht glaubhafter machte.

Auf dem Rückweg zu seinem Büro nahm Heinz einen Kaffee aus dem Automaten mit. Skeptisch trank er zunächst ganz vorsichtig. Mit dem Wasser und der Ernährung konnten die Ereignisse offensichtlich jedoch nicht zusammenhängen.

Vom Flur aus warf er noch einen Blick durch die offene Tür der Teeküche. Franz und Gabi kauerten am Tisch. Sie hatten wohl gerade Pause gemacht. Gabi hatte einen Teller ihres obligatorischen Grünzeuges vor sich. Als Vegetarierin kam sie oft mit einem Korb Gemüse und Salat zur Arbeit und machte vor der Pause großzügig ihre Zubereitung.

Sie war eine wahre Gesundheitsfanatikerin, die das gesamte Umfeld immer von gesunder Ernährung überzeugen wollte. Penetrant kritisierte sie das Essen der Kollegen, indem sie auf alle eventuellen schädlichen Inhalte und deren Folgen aufmerksam machte. So manchem verging dabei der Appetit. Ihre eigene Krankheitsquote spiegelte allerdings das genaue Gegenteil wieder. Es gab kaum eine Krankheit, die sie noch nicht hatte. Als würde sie alle Infektionen magisch anziehen.

Franz hatte eine ganze Kanne Erkältungstee vor sich stehen. Von ihm war man eine jährlich dreimal plötzlich aufkommende Grippe gewohnt. Jedes Mal, wenn im Betrieb jemand niesen musste, schallte es lautstark von allen Seiten: „Gesundheit Franz". Die Wahrscheinlichkeit, dass es von ihm kam, lag bei mindestens neunzig Prozent. Auf dreimaliges niesen folgte bei ihm eine vier- bis fünftägige Grippepause. Die Kolleginnen und Kollegen hegten oft Zweifel an der Berechtigung, aber sein Arzt schrieb ihn immer großzügig krank. Es gab keine Handhabe dagegen.

Insgeheim war Heinz Krüger froh, dass wenigstens der Schichtwechsel bereits vorbei war. So war fast die Hälfte der Angestellten, die Frühdienst hatten, bereits im Feierabend und dadurch vielleicht dem Unglück entgangen. Auch seine Sekretärin, die nur halbtags arbeitete aber recht flexibel reagierte wenn viel zu tun war, war sicher schon heimgegangen. Trotzdem öffnete er die Tür zu ihrem Büro und schaute hinein. Zusammengesunken hing sie über Überweisungen und Kontoauszügen. Gerade heute hatte sie also länger gearbeitet.

Evelyn war meistens die gute Seele des Hauses. Viele Aufgaben gingen ihr spielerisch leicht von der Hand. Ohne viel Aufhebens und Rückfragen erledigte sie manches einfach selbstständig nach ihrem Ermessen. Es war schon vorgekommen, dass Heinz statt erbetener Informationen und Terminen zu Messen die er besuchen wollte, anstatt einer Auskunft ein Flugticket und die Reservierung eines Hotels als Antwort vorfand. An einigen Tagen neigte sie jedoch zu widerstrebendem Verhalten. Dann konnte es durchaus vorkommen, dass sie die ihr aufgetragenen Arbeiten einfach ignorierte und ständig Ausreden fand, um sich davor zu drücken. Auf Rügen von Heinz reagierte sie aber dann sofort in rekordverdächtiger Geschwindigkeit. Kollegen, die von ihrem Verhalten betroffen waren, warnten untereinander an solchen Tagen mit dem Hinweis: „Achtung heute Zickenalarm!" Manchmal hefteten sie auch eine entsprechende Notiz an ihre Bürotür. Da insgesamt ihre positiven Eigenschaften über-wogen, wurden ihre Launen schmunzelnd hinge-nommen. Jetzt musste Heinz auch um sie trauern. Zeitweise musste er mit den Tränen kämpfen.

Als er in seinem Büro zurück war, kamen langsam seine rationalen Gedanken zurück.

„Bleib ganz ruhig, was auch hier passiert ist, du lebst - zumindest noch", redete er auf sich ein. „Denke nach, was du sinnvolles tun kannst!"

Als erstes ging er zum Sicherungskasten und stellte den schrill heulenden Feueralarm ab. Gegenüber der Totenstille, die ihn vorher umgeben hatte, war der Alarm fast beruhigend gewesen. An seinem Schreibtisch schob er dann alle Unterlagen beiseite.

Intuitiv wollte er sie zunächst noch routinemäßig in die verschiedenen Ablagen ordnen. Dann fiel ihm die Unsinnigkeit dieser Arbeit in Anbetracht seiner momentanen Lage ein. Was waren alle die Sorgen von vorher gegen diese neue Situation. Die Arbeiten würde er sicher nicht mehr erledigen müssen, es gab keine normalen Verhältnisse mehr. Bestückt mit Notizblock und Stift versuchte er zu planen. Was hier passiert war, dürfte für ihn nur schwer oder überhaupt nicht nachvollziehbar sein. Spekulationen könnte er sich im Moment sparen. Er lebte noch, ganz egal wieso und spürte keine gesundheitlichen Beeinträchtigungen.

Was kann ich tun und wie kann ich weiterleben, waren die ersten Punkte seiner Agenda, die er mit großen Fragezeichen auf dem Blatt festhielt.

Mittlerweile war er davon überzeugt, dass eine großflächigere Katastrophe diese verheerenden Spuren hinterlassen haben musste. Hoffentlich war er nicht der einzige Überlebende.

Radio, Fernsehen und Internet, warum fielen ihm diese Informationsquellen jetzt erst ein. Wieso funktionierte der Strom noch? Wasser lief auch noch, das Telefon schien auch nicht tot zu sein. War in diesem Land alles so automatisiert, dass es auch ohne menschliche Unterstützung funktionierte? Aber für wie lange?

Das Radio spielte nach dem Einschalten aktuelle Musikstücke. Nachrichten waren in keinem Sender zu finden. Der Computer mit dem Internetzugang war träge wie so oft. Als er endlich im Netz war, fand er keine Information vor, alles war wie immer. Kein Ticker meldete etwas Außergewöhnliches.

Wieder einmal rückte jetzt seine Familie in den Vordergrund all seiner Überlegungen. Abermals versuchte er verzweifelt mit dem Mobiltelefon seine Frau und seine Tochter zu erreichen. Leider vergeblich. Hoffentlich waren sie noch am Leben. Vielleicht hatten auch sie Glück und wurden verschont. Schnellstens musste er nach Hause um sich Gewissheit zu verschaffen. Das war das absolut Wichtigste für ihn. Schreckliche Bilder gingen ihm durch den Kopf. Was wäre, wenn sie genau wie seine Mitarbeiter dahingerafft worden wären? Er durfte nicht daran denken und versuchte es zu verdrängen. Seine Frau Sabine und die Tochter Verena, waren sein Ein und Alles. Auch wenn es zur Zeit etwas Spannungen mit beiden gab. Ohne sie konnte er sich sein Leben nicht mehr vorstellen. Auch an seinem Hund hing er sehr und wollte ihn nicht missen. Bello war sehr auf ihn fixiert und gehorchte ihm aufs Wort. Täglich empfing er ihn freudig schwänzelnd sobald er die Tür öffnete. Sein Auto erkannte er schon von weitem.

Er klammerte sich an die Hoffnung, dass sie alle noch lebten. Das gab ihm zunächst neuen Antrieb.

III

Heinz Krüger war glücklich verheiratet und hatte eine 16-jährige Tochter auf die er sehr stolz war. Natürlich war in diesem pubertären Alter die Erziehung nicht unproblematisch. Einerseits fühlte sie sich schon erwachsen, anderseits zeigte sich bei den kleinsten Schwierigkeiten schon die große Abhängigkeit von den Eltern. Oft bedurfte sie des Trostes bei vermeintlichen Ungerechtigkeiten in der Schule und bei Meinungsverschiedenheiten mit Freunden oder Freundinnen. Aber im Vergleich zu anderen Jugendlichen glaubte er mit ihr auf einem guten Weg zu sein. Gutaussehend und intelligent würde sie trotz einiger, schwer nachvollziehbarer Auffassungen bestimmt ihr Lebensziel finden. Es war schon immer das Attribut der Jugend die Ansichten der Eltern nicht uneingeschränkt zu teilen. Alles stand ihr offen, sie konnte sich frei entfalten und selbst entscheiden wie sie ihre Zukunft gestalten wollte. Ein kleiner Anstoß war ab und zu notwendig, um Nachdruck zu erzeugen und der Bequemlichkeit entgegen zu wirken.

Seine Frau Sabine hatte sich vor einigen Jahren schon ganz aus dem Berufsleben zurückgezogen, um sich Mann und Tochter widmen zu können. Natürlich auch dem Haushalt, dem großen Garten und dem Hund. Alles hielt sie sorgfältig in Schuss. Blitzsauber glänzte das ganze Haus, das sie ohne jede fremde Hilfe ganz alleine in Ordnung hielt. Voller Stolz präsentierte sie gerne ihr gepflegtes Anwesen. Der riesige Garten war ein einziges Blumenmeer, das ihren grünen Daumen bewies.

Ständig war sie am hegen und pflegen und neue Pflanzen und Sträucher fanden sich auch immer. Dabei neigte sie schon etwas zu Übertreibungen. Da Heinz beruflich stark eingespannt war, versuchte sie ihn soweit wie möglich von häuslichen Arbeiten frei zu halten. Allein die für sie zu schweren Gartenarbeiten und die notwendigen handwerklichen Reparatur- und Instandhaltungsarbeiten musste sie ihm überlassen. Aber das war bei der Dimension des Anwesens noch genug.

Vor einigen Jahren hatten sie sich das große Grundstück leisten können und ganz nach ihren individuellen Wünschen bebauen lassen. Es war genau auf ihre Bedürfnisse zugeschnitten und hatte eine beneidenswert gute Lage. Als Ausgangspunkt für seinen täglichen Weg zur Arbeit war es zwar etwas weit, dafür hatte es für die Freizeitgestaltung den optimalen Standort. Seen, Berge und herrliche Landschaften für alle ihre Aktivitäten waren in kurzer Zeit erreichbar.

Sie hatten jetzt einen sehr hohen Lebensstandard erreicht. Die damit verbundenen arbeitsintensiven Belastungen waren aber nicht unerheblich. Heinz hatte viel zu wenig Zeit sich an allem zu erfreuen und dachte öfter über den Zweck nach.

An den Wochenenden waren oft Reparaturen und umfangreiche Gartenarbeiten zu verrichten, die ihm die ohnehin geringe Freizeit eingrenzten.

Die Anfangszeit des Planens, Bauens, Einrichtens und Bepflanzens war zunächst interessant und sehr abwechslungsreich gewesen. Mit Freude nahm man den ständigen Fortschritt und das Wachsen und Gedeihen der Pflanzen zur Kenntnis.

Im Laufe der Zeit wurde die Unterhaltung aber zur unangenehmen Last. Besonders die umfangreichen Grünflächen zu pflegen erschien ihm schizophren. Alljährlich im Frühjahr lüftete er den Rasen mit viel Mühe und düngte ihn danach mehrmals gründlich. Prächtiges, dichtes Gras in gleichmäßigem, sattem Grün war das Ergebnis. Das führte dazu, dass er noch öfter stundenlang mähen musste.

Hecken, Sträucher und Bäume bedurften auch ständiger Pflege. Im Herbst und im Frühjahr waren alljährlich viele zu schneiden und das in erheblichen Mengen anfallende Schnittgut wieder zu entsorgen. Schön hin, schön her, wofür?

Bei schönem Wetter kam er sich öfter vor wie ein städtischer Gartenarbeiter. Lästig waren dann die Bekannten und Freunde, die freundlich winkten und hupten, wenn sie auf dem Weg zum See oder zum Tennisplatz vorbeikamen, während er gerade wieder im Garten ackerte.

Nach getaner Arbeit hätte er das schöne Anwesen gerne genossen. Aber Sport und andere Unternehmungen sollten nicht zu kurz kommen, so dass man Haus und Garten verlassen musste. Zweifel plagten ihn immer öfter. War das sein Lebensziel, war der Preis nicht etwas zu hoch? Die Woche über rackern im Betrieb und am Wochenende die Hälfte der Zeit als Gärtner und Handwerker arbeiten. Seine Arbeitstage waren seit vielen Jahren zehn bis zwölf Stunden lang. Auch nach Feierabend waren die betrieblichen Belange nicht einfach auszublenden. Einige Jahre müsste er das noch durchstehen bis ihn die Rente von seinem Job erlösen würde. Gerne hätte er sein Arbeitspensum eingegrenzt.

Sogar ein geringeres Einkommen würde er für etwas mehr freie Zeit in Kauf nehmen. Aber seine betriebliche Aufgabe ließ das leider nicht zu. Es gab bei seinem Job nur entweder, oder.

Drei jeweils zweiwöchige, großzügige Urlaube pro Jahr entschädigten etwas. Auch die finanziellen Spielräume waren sehr angenehm und beruhigend. Bei größeren Anschaffungen brauchte er nicht auf die Kosten zu achten. Trotzdem war der ständige Kampf um den Erhalt des Erreichten und die wachsenden Wünsche nach Verbesserungen, eine Spirale ohne Ende. Immer mal wieder stellte er sich die Frage nach dem Sinn des Lebens in dieser Form. So manches Mal hatte er sich gewünscht durch ein einschlägiges Ereignis aus dem fortwährenden Kampf herausgerissen und zu einem anderen Leben genötigt zu werden. Ohne äußeren Zwang wagte er es nicht, den eingeschlagenen und sicheren Weg zu verlassen. Zum Aussteigen fehlte ihm der Mut zum Risiko.

Jetzt war urplötzlich eine Situation eingetreten die einschneidende Veränderungen mit sich brachte. Aber so negativ wie es sich jetzt darstellte, wollte er es auch wieder nicht.

Heinz Krüger versuchte abermals seine Gedanken zu ordnen, alles überschlug sich weiterhin. Zu viele unbeantwortete Fragen stellten sich gleichzeitig. Als erstes musste er nach Hause um nach seiner Familie zu sehen, dann würde er weitersehen.

Das Notwendigste, was der Mensch zum Leben braucht, ist Wasser. Also bestückte er sich mit zwei Flaschen. Mit Aktenkoffer, Telefon und Schlüssel begab er sich zügig auf den Weg zum Fahrstuhl.

Zweifel, ob der Strom noch länger zur Verfügung stehen würde, ließen ihn dann doch lieber den Weg zur Treppe einschlagen. Völlig auf sich gestellt durfte er nicht riskieren, eventuell im Lift stecken zu bleiben. Es war niemand mehr da, der ihn herausholen könnte. Schnell bemühte er sich, die aufkommenden Ängste zu verdrängen. Er war jetzt alleine, damit musste er klarkommen.

Konnte er denn überhaupt mit seinem Wagen aus der Garage? Stand da nicht vorhin ein Auto quer? War der Fahrer auch dahingerafft worden?

Warum sollte er eigentlich sein eigenes Fahrzeug nehmen? Die Straßen standen voller Autos mit leblosen Fahrern oder Fahrerinnen, die nichts mehr damit anfangen konnten. Es herrschte eine Ausnahmesituation. Also könnte er sich einfach einen der Wagen aussuchen und ausleihen.

Hatte er überhaupt eine Chance unter diesen Umständen auf den Straßen voran zu kommen? Seine quälende Ungewissheit und Sorge um die Familie zwang ihn, es wenigstens zu versuchen.

Er ging aus dem Bürogebäude auf die Straße und den großen, sonst immer stark frequentierten Platz und sah sich erst einmal um.

Überall lagen tote Menschen herum. In den Autos hingen sie zusammengesunken hinterm Steuer. Auf dem Bürgersteig vor sich sah er eine junge Frau liegen. Sie hatte noch ein Kind an der Hand. Beide waren steif und leblos. Der mitgeführte Kinderwagen mit einem Säugling war umgefallen und lag daneben am Straßenrand. Den Blick davon abzuwenden fiel ihm ausgesprochen schwer.

Warum nur mussten diese Menschen alle sterben?

Gerade als er sich schwermütig von diesem Bild losreißen wollte, vermeinte er einen Laut aus dem Kinderwagen zu vernehmen. Mein Gott, dachte er, hat der Säugling überlebt? Sofort kehrte er um und rannte schnell zu der Stelle. Behutsam richtete er den Wagen auf und schaute gespannt hinein. Das Baby war auf die Seite gerollt, das Gesicht an der Seitenwand. Mit sanfter Hand drehte er es um und schaute in zwei starre tote Augen. Seine Hoffnung war vergebens. Die Stimme kam nur vom Tonband aus einer sprechenden Puppe, auf die der Körper des Kindes beim Umstürzen gedrückt hatte.

Nur langsam konnte er sich davon lösen. Diesen leeren ausdrucklosen Blick würde er so schnell nicht aus dem Sinn bekommen.

Alle Fahrzeuge an den Einmündungen standen noch wie zuvor, zum Teil mit laufenden Motoren. Der Anblick des gesamten Umfeldes erschreckte ihn gewaltig, aber er musste dringend weiter. Von Sensibilitäten durfte er sich nicht aufhalten lassen. Kurzerhand entschied er sich für den Range Rover, der in seiner unmittelbaren Nähe stand. Mit ihm könnte er sicher auch mal andere Autos aus dem Weg schieben. Ansonsten müsste er sich ein Stück zu Fuß durchschlagen und in ein anderes Fahrzeug umsteigen, sobald sich wieder eine Lücke auftat. Notfalls würde er sich ein Motorrad ausleihen, damit wäre wahrscheinlich einfacher durch das Chaos hindurch zu kommen, überlegte er sich.

Der Fahrer des ausgewählten Wagens war zum Glück ein Leichtgewicht, das leicht zu heben war. Einige Überwindung brauchte er, ihn vom Fahrersitz zu ziehen und am Straßenrand abzulegen.

Zwar hatte er in seinem bisherigen Leben schon einige Leichen gesehen, aber so gefühlskalt, dass es ihm nichts ausmachte war er trotzdem nicht.

Der Benzintank des Wagens war erfreulicherweise annähernd voll, die Bedienung überschaubar.

Bereits an der ersten Kreuzung die er überqueren musste, standen die Autos relativ dicht auf allen drei Spuren. Nur auf der Gegenfahrbahn über den Bürgersteig gab es ein Durchkommen zwischen den zum Teil aufeinander gefahrenen Fahrzeugen. Nirgends war ein Lebenszeichen zu erkennen, alle Menschen und Tiere waren umgekommen. Nur Chaos hatte sich ausgebreitet.

Viel Überwindung kostete der nächste Engpass. Einige Personen lagen leblos auf dem einzigen passierbaren Weg. Er schloss kurz die Augen als er über sie hinwegrollte, aber toter als tot ging nicht. Das Knacken der unter dem Gewicht des Autos brechenden Knochen beim Überrollen der Körper ließ ihn schaudern. Kurz schloss er angewidert die Augen und gab Vollgas um von der schaurigen Stelle möglichst schnell weg zu kommen. Wenn er weiterleben wollte, waren Rücksicht und Pietät jetzt fehl am Platz. Unter diesen besonderen Umständen musste er hart bleiben oder es werden. Auf seinem ganzen weiteren Weg zeigte sich das gleiche Bild wie bisher. Nicht ein einziges lebendes Wesen, nur unzählige Leichen waren zu sehen. Zum Teil waren die Autos ineinander gekracht und hatten sich verkeilt. Alle Insassen mussten ohne die geringsten Vorwarnungen umgekommen sein. Was immer diese Katastrophe ausgelöst hatte, es musste schlagartig tödlich gewirkt haben.

An einigen Unfallstellen und auch in den angren-
zenden Häusern hatten sich Brände entzündet.
Kein Mensch löschte.
Mühevoll kurvte er um alle Hindernisse herum.
Rauchschwaden umnebelten ihn, ein grässlicher
Brandgeruch lag in der Luft.
Warum nur hatte er überlebt und was sollte er
völlig alleine auf dieser Welt? Er verdrängte diese
Frage abermals und versuchte nun sein Tempo zu
beschleunigen so gut es die Verhältnisse zuließen.
Zweimal noch stand er vor fast unüberwindbaren
Hindernissen. Einmal war es ein Sattelzug der quer
über die Autobahn von Leitplanke zu Leitplanke
eingeklemmt war und ihn am Weiterfahren hin-
derte. Zu Fuß suchte er sich einen Weg durch den
Trümmerhaufen. Dahinter organisierte er sich das
nächste Auto. Die Insassen räumte er wieder aus.
Auch ihnen würde das Fahrzeug jetzt nichts mehr
nützen. Sehr viel schwieriger wurde es kurz vor
der Autobahnausfahrt an der er abfahren musste.
Mindestens zehn Fahrzeuge waren aufeinander
gefahren und zu einem riesigen Schrottberg zusammen geschoben. Einige davon brannten. Der
bestialische Gestank des brennenden Materials und
der verkohlten Leichen war widerlich und schlug
ihm auf den Magen. Es fiel ihm schwer sich nicht
zu übergeben. Wieder ließ er den Wagen zurück
um zu Fuß einen Weg zu suchen. Den Blick auf die
Menschen in den Autos vermied er so gut es ging.
Am rechten Rand kam er nicht vorbei. Die Hitze
der Brände machte ein Durchkommen unmöglich.
Wegen der seitlichen Begrenzung mit einem hohen
Schutzzaum blieb ihm keine Ausweichmöglichkeit.

Über die Gegenfahrbahn kam er auf der anderen Seite durch das angrenzende Gestrüpp in einem weiten Bogen vorbei. Hastig preschte er voran. Dornen zerrissen ihm das Hemd. Einige hinterließen tiefe blutende Kratzer an Händen und Armen. Der große Adrenalinüberschuss in seinem Körper ließ ihn das kaum spüren. Hinter der Unfallstelle blieb ihm ein längerer Fußmarsch bis zum nächsten verfügbaren Auto nicht erspart. Erst als die Luft knapp wurde, ging er röchelnd langsamer.

Der nächste Wagen, dessen er sich bemächtigen konnte, war ein voll bepackter Volvo auf einem Rastplatz. Die holländische Familie wollte wohl gerade eine Rast einlegen. Auf einem Campingklapptisch hatten sie eine Vielzahl Behältnisse mit Speisen, mehrere Getränkeflaschen, Brötchen und Obst ausgebreitet für eine ausgiebige Mahlzeit. Es war ihre unvollendete Letzte. Urlaub und Leben hatten ein jähes Ende gefunden. Friedlich am voll gedeckten Tisch vor ihrer Verpflegung sitzend hatte sie der Tod unerbittlich überrascht. Bedauernd sah er noch einmal zu ihnen, bevor er mit ihrem voll beladenen Auto weiterfuhr.

Für den sonst zirka zwanzigminütigen Heimweg benötigte Heinz Krüger über zwei Stunden. Seine Nerven waren dabei zum Zerreißen gespannt.

Endlich am Ziel angekommen, stürmte er eiligst im Laufschritt ins Haus. Sabine, seine Frau, lag leblos auf dem Boden in ihrer Küche. Verzweifelt und hektisch suchte er nach Lebenszeichen. Es waren leider keine mehr festzustellen. Sofort begann er mit einer Herzmassage. Unermüdlich hielt er den Rhythmus bis die Luft und die Kraft wegblieben.

Der Schweiß rann in Strömen von seiner Stirn. Ein Erfolg blieb jedoch aus. Nach kurzer Atempause ging er zur Mund-zu-Mund-Beatmung über. Dabei stellte er die Sinnlosigkeit seiner Bemühungen fest. Sie war bereits eiskalt, da gab es keine Hoffnung mehr. Damit musste er sich trotz seiner großen Verzweiflung abfinden. Einen Moment nahm er sie in den Arm und drückte sie fest an sein Herz. Am liebsten wäre er gleich bei ihr liegen geblieben, aber die Angst um seine Tochter trieb ihn weiter.

Mühevoll und schwermütig erhob er sich wieder. An den Füßen seiner Frau lag sein treuer Hund. Auch in ihm war kein Leben mehr.

Schockiert und hektisch suchte er die anderen Räume ab. Seine Tochter Verena fand er in ihrem Zimmer im Obergeschoß mit einem Buch neben sich und den unentbehrlichen Stöpseln des MP-3-Players in den Ohren. Sie war genauso leblos wie alle Lebewesen, die er bisher gesehen hatte. Sofort bereute er die morgendliche Diskussion, er hätte sich einen besseren Abschied gewünscht. Als letzte Erinnerung vor ihrem Ableben blieb jetzt der Streit haften. Schluchzend und unter Tränen fiel er auf die Couch und vergrub den Kopf in einem Kissen. Eigentlich hatte er nichts anderes erwartet, aber sein eigenes Überleben hatte noch einen Funken Hoffnung übrig gelassen. Alles was ihm wichtig war in seinem Leben, existierte nun nicht mehr. Lange lag er ausgestreckt und versuchte seine Sinne zu ordnen, aber es wollte ihm nicht gelingen. Halb ohnmächtig von dem ganzen Geschehen wartete er auf sein eigenes Ende. Warum sollte er als Einziger überleben, das machte keinen Sinn.

Was immer die Menschen und Tiere umgebracht hatte musste doch auch für ihn tödlich sein. Sein Leben unter diesen Umständen konnte nicht von langer Dauer sein. Wahrscheinlich kam er nur ein wenig später dran als alle anderen. Er stellte sich auf ein baldiges Sterben ein und hatte sich damit schon innerlich abgefunden.

Es war bereits spät in der Nacht, als er aus seinem Halbschlaf wieder langsam zu sich kam. Wieso war er immer noch am Leben? Keine Einschränkung seiner Bewegungen war festzustellen. Warum ging diese quälende Ungewissheit immer noch weiter? Körper und Organe funktionierten nach wie vor. Hunger und Durst signalisierten ihm Normalität. Wie kannst du an Essen und Trinken denken, wenn um dich herum alles tot ist, fragte er sich. Aber was sollte er sonst tun, warum könnte er nicht auch mit vollem Magen sterben.

Er nahm seine Tochter auf den Arm, drückte sie noch einmal liebevoll an sich und bettete sie im Schlafzimmer nebenan auf die Doppelbetten. Unter Tränen holte er seine Frau aus der Küche und legte sie daneben. Lange schaute er beide trauernd an. Mehrmals strich er abwechselnd über ihre Köpfe und legte sorgsam Haare und Kleidung zurecht. Als er sich endlich losreißen konnte, holte er auch noch den geliebten Hund und bettete ihn dazu. Leidvoll verharrte er eine Weile im Zimmer und weinte lauthals schluchzend. Dicke Tränen rannen ihm über das Gesicht.

Was sollte er auf dieser Erde ohne sie?

Viele gemeinsame Erlebnisse gingen ihm schnell ablaufend durch den Kopf.

Seine Frau Sabine hatte er während seines Wehrdienstes, dem er nicht entgehen konnte und der
ihm seine beruflichen Absichten zerstört hatte,
kennengelernt. Gemeinsam hatten sie sich aus dem
Nichts heraus langsam hochgearbeitet bis zu einem
akzeptablen Mittelstand. Mehrmals mussten sie
dazu berufsbedingt umziehen in eine andere Stadt,
sich neu orientieren und den Freundeskreis wieder
aufbauen. Jahre dauerte es immer, bis man sich
heimisch fühlte. Da ihm seine Eltern keine höhere
Schule und somit kein Studium erlauben konnten,
musste er neben der Arbeit sein Wissen erweitern.
Das Erreichen des ansprechenden Lebensstandards
war nur durch intensive und harte Arbeit möglich.
Seine Frau hatte immer tapfer mitgearbeitet bis zur
Geburt ihrer gemeinsamen Tochter. Erst danach
konnten sie es sich erlauben nur von seinem bis
dahin stark gestiegenen Einkommen zu leben.
Nach dem Einzug in ihr neues Heim hatten Frau
und Tochter ein angenehmes und stabiles Umfeld.
Durch sein sehr gutes Einkommen war es ihnen
möglich, sich viele ihrer Wünsche zu erfüllen und
die Annehmlichkeiten des Lebens voll zu genießen.
Das nutzten beide auch gerne erschöpfend aus. Als
Alleinverdiener war nur er alleine dem ständigen
Druck der Erhaltung ausgesetzt. Jetzt hatten sie ihn
davon auf eine Weise erlöst, wie er es bestimmt
nicht gewünscht hatte.
Alles Zeitgefühl hatte er während seiner Gedanken
an die gemeinsame Vergangenheit verloren. Erst
nach langem Verharren sendete ihm sein Körper
wieder Signale zur Erinnerung. Trockene Kehle
und ein leerer Magen trieben ihn in die Küche.

Auf dem Weg zum Kühlschrank schaltete er den Fernseher ein. Der automatische Ablauf der Programme war beendet, es gab zwar ein Signal vom Satelliten, aber keine Ausstrahlungen mehr. Auch alle ausländischen Sender brachten nichts mehr. Nur Testbilder waren zu sehen. Die Katastrophe war also weltweit, oder zumindest über große Teile der westlichen Welt gekommen.

Wahllos und ohne geordnete Kontrolle stopfte er aus dem Kühlschrank alle möglichen Esswaren in sich hinein. Er war ziemlich ausgehungert und es dauerte eine Weile bis er sich gesättigt fühlte. Zwei Flaschen Bier waren dazu in kurzer Zeit geleert. Mit einer Flasche Cognac ließ er sich resignierend und kraftlos im Wohnraum nieder und versuchte das ganze Grauen des Tages zu verarbeiten.

Alles war so unwirklich und unrealistisch, es war einfach mit menschlicher Logik nicht zu erklären. Nach kurzer Zeit gab er die Gedanken darüber auf. Ein unruhiger Schlaf übermannte ihn letztendlich und ließ ihn wegdämmern. Immer wieder kamen die Erlebnisse in seinen Träumen vor, bis er nach nur wenigen Stunden wieder aufwachte. Träume und Wirklichkeit konnte er zunächst nicht auseinander halten. Alles hatte sich vermischt. Sein Kopf war schwer und dröhnte. Der ganze Körper schien so schwerfällig, als habe er Blei in den Knochen. Die Augen brannten schmerzhaft.

Ein Rundgang im Haus und besonders die Leichen seiner Lieben brachten ihn in die Realität zurück. Er lebte immer noch, aber weshalb und wofür? Wollte er unter diesen Umständen weiterleben? Was machte das für einen Sinn, fragte er sich.

Offensichtlich war er völlig alleine übrig geblieben. Um sich abzulenken und wieder zu einem klaren Kopf zu finden, hob er im Garten zwei Gruben aus. Hier würden seine Frau und seine Tochter und etwas abseits auch der Hund eine würdige letzte Ruhestätte finden. So sehr ihn die ungewohnte und harte körperliche Arbeit auch beanspruchte, das eigene Weiterleben und was er als nächstes tun müsste, drängten sich immer wieder in sein Bewusstsein. Wenn er überlebt hatte, warum dann nicht auch andere Lebewesen? Wie aber könnte er darüber Gewissheit erhalten? Wiederholt schob er aber alle diesbezüglichen Sorgen in den Hintergrund. Die würdevolle Beerdigung hatte Vorrang. Seine Frau und seine Tochter kleidete er in ihre besten Kleider und bestückte sie mit ihrem Lieblingsschmuck. Mangels Särgen wickelte er sie in Bettlaken ein und legte sie behutsam und liebevoll in die Grube. Die schönsten blühenden Blumen, die er in seinem eigenen und in den Nachbarsgärten finden konnte, bündelte er zu großen bunten Sträußen. Je einen legte er auf ihre Körper, alle weiteren sollten außen die Grabstätte schmücken. Die mittlerweile vergangene Zeit zwang ihn mal wieder an sich zu denken, so dass er eine Pause einlegte und sich etwas zum Essen zubereitete. Dabei wurde ihm erneut bewusst, dass er sich dringend um das eigene Leben kümmern müsste, wenn er tatsächlich weiterleben würde.

Alle Anzeichen deuteten darauf hin, dass er wohl weiterhin verschont bleiben sollte.

Erst musste aber die Bestattung zu Ende gebracht werden, also raffte er sich auf und schuftete weiter.

Sehr viel Überwindung kostete es ihn, das Grab seiner Lieben wieder zuzuschütten. Es war zu endgültig. Er überbrückte den inneren Widerstand, indem er mit aller Energie wie verrückt in hohem Tempo arbeitete und manches Mal meinte, er müsste vor Erschöpfung umfallen. Zwei Steinfliesen, die er in der Garage fand, beschriftete er mit Namen und Datum und einem Abschiedsgruß, bevor er sie auf die Grabhügel legte. Obwohl er nicht religiös war, stand er lange betend davor. So viel Zeit musste sein, das war er ihnen schuldig. Die restlichen Blumensträuße legte er zusammen mit den letzten aufzufindenden Fotos auf das Grab. Auch der Hund war ein geliebtes Familienmitglied. Seine Treue und Anhänglichkeit hatten ihn unverzichtbar gemacht. Wie hatte er sich immer auf die Heimkehr von jedem einzelnen aus der Familie gefreut und ihn überschwänglich schwänzelnd begrüßt. Schon von weitem hatte er die Autos erkannt und sich bereit gelegt für einen stürmischen Empfang. Freudig war er dann lange um jeden Ankömmling herumgesprungen. Besonders zu ihm selbst, seinem Herrn, hatte er eine so enge Beziehung, dass er kaum von seiner Seite wich. Bei allem, was Heinz im Haus oder Garten zu arbeiten hatte, immer blieb Bello in seiner Nähe und sah interessiert jeder Bewegung zu. Lediglich zur Zeit der Fütterung ließ er sich ablenken. Bei den langen Spaziergängen blieb er brav an der Seite seines Herrn, bis auf die wenigen Ausnahmen, wenn er ein Wild witterte und jagend losrannte. Aber nach nachdrücklichen Rufen und Ermahnungen kam er schuldbewusst zurück und legte sich vor die Füße.

Sanft bettete er ihn jetzt in seinen Hundekorb und umrahmte ihn mit zahlreichen seiner Lieblingsspielzeuge. Danach wickelte er alles zusammen in eine große Decke und hob sie in die zweite Grube. Einen riesigen Kauknochen und sein Halsband mit Namensschild, auf dem die Adresse eingraviert war, legte er oben aufs Grab. Dazu positionierte er noch ein Foto, das ihn in hübscher Pose als jungen kleinen Hund zeigte.

Spät am Abend war es bereits, als Heinz Krüger total verschwitzt, verdreckt und erschöpft seine Arbeit bei hereinbrechender Dunkelheit erledigt hatte. Immer wieder stand er trauernd vor den Gräbern und seine Gedanken waren in die gemeinsame Vergangenheit gerichtet.

Nun traten wieder alle Überlebensüberlegungen in den Vordergrund. Immer noch funktionierte die Strom- und Wasserversorgung, was ihn zwar sehr verwunderte, aber als sehr nützlich dankbar von ihm angenommen wurde. Wie lange konnte das ohne Einfluss des Menschen weitergehen? Egal, sagte er sich, nutze es, solange es verfügbar ist. Morgen werde ich mir darüber Gedanken machen. Wie schon bisher stand dahinter das gedachte große Fragezeichen. Würde es für ihn überhaupt einen nächsten Tag geben?

Nach einer ausgiebigen Dusche und einem, dieses Mal geordneten, großzügigen Abendimbiss fiel er in einen tiefen traumlosen Schlaf. Die ungewohnte körperliche Arbeit forderte ihren Tribut.

IV

Die ersten Sonnenstrahlen eines schönen Tages mit klarem Himmel und sehr angenehmer Temperatur weckten Heinz Krüger in den Morgenstunden. Einige Minuten dauerte es, bis er sich wieder der aktuellen Lage bewusst war.

„Verdammt, ich lebe ja immer noch", sagte er laut zu sich selbst und rieb sich die Augen.

„Dann musst du jetzt dringend sehen, was sich daraus machen lässt und wie du überhaupt dein Weiterleben sichern kannst."

Immer noch gab es Strom und Wasser, schön wäre es, wenn es so bliebe. Aber dieser Hoffnung gab er sich nicht hin. Zunächst nützte er die noch vorhandenen Vorteile der Zivilisation um sich ein ausgiebiges Frühstück herzurichten. Vielleicht ist es das Letzte, dachte er. Mehrere Tassen starker Kaffee und drei Rühreier mit Speck brachten ihn in Schwung. Trauer und Resignation verdrängte er. Überlebensstrategie war sein nächstes Bestreben. Wo und was aber sollte er anfangen? Viele Fragen stürzten gleichzeitig auf ihn ein und warteten auf eine Antwort. Was hatte er in seinem Job zur Problembewältigung getan? War jetzt nicht die gleiche Vorgehensweise angesagt?

Er holte sich Notizblock und Kugelschreiber und wollte mit der Niederschrift seiner Einfälle beginnen. Aber einige Minuten saß er noch vor dem leeren Block bis ihm endlich ein Anfang einfiel. Wahllos und ohne Rücksicht auf die Prioritäten schrieb er drauflos. Später würde er sortieren, in welcher Folge er sinnvollerweise vorgehen sollte.

„Überlebensstrategie"
notierte er als erstes in großen Lettern.

Trinkwasser-Vorrat beschaffen und immer bereithalten!
Auf weiterhin fließendes Leitungswasser konnte er sich nicht verlassen. Außerdem war er skeptisch, inwieweit es genießbar sein oder bleiben würde. Mineralwasser in Flaschen oder Dosen wäre sicher dauerhaft verwendbar und auch in ausreichenden Mengen verfügbar. Einen recht großen Lagerplatz würde er dafür benötigen.

Verpflegung beschaffen und lagern!
Sehr bald würde die Verwesung einsetzen, also galt es zu sondieren was dauerhaft verwendbar ist. Konserven und Packungen mit lange haltbaren Nahrungsmitteln müsste er in beachtlichem Umfang organisieren und einlagern.

Kleidung für alle Witterungen!
Die hatte er vermeintlich ausreichend zu Hause, den Punkt konnte er zunächst einmal abhaken. Sollte er später doch zu einer anderen Erkenntnis kommen, war die Beschaffung bestimmt möglich.

Medikamente, Heilmittel und Verbandstoffe!
Damit sollte er sich für alle Eventualitäten rüsten. Nur kleine Unpässlichkeiten und Verletzungen würde er selbst behandeln können. Schlimmere Krankheiten musste er ausschließen. Wer sollte ihm schon helfen, wenn er vollkommen alleine auf dieser Erde überlebt hatte. Nicht daran denken und nicht herbeireden, mahnte er sich.

Transportmittel und Treibstoff beschaffen!
Aus der riesigen Auswahl die richtige Wahl treffen. Bei den Fahrzeugen war kein Problem zu sehen, das hatte er ja schon festgestellt. Treibstoff müsste er in Kanistern beschaffen. Tankstellen anzapfen war bestimmt sehr riskant. Zwingend musste er später nirgendwohin, aber mobil wollte er bleiben.

Heizmöglichkeit prüfen oder beschaffen!
Für die kommende kalte Jahreszeit musste er sich vorbereiten. Zum Glück hatte er den Heizölvorrat in seinem Haus bereits auffüllen lassen. Falls die Anlage durchhielt, war er für mindestens einein-halb Jahre versorgt. Ob es überhaupt sinnvoll war in seinem Haus zu bleiben, würde sich ergeben.
Plötzlich erschrak er über seine Naivität. Ohne Strom würde die Heizung nicht funktionieren, alle Schaltelemente liefen elektrisch gesteuert.
Eine Alternative wäre vielleicht ein Wohnmobil, das sich mit Gas heizen lässt, überlegte er. Außer-dem wäre er damit auch noch beweglich. Darüber müsste er weiter nachdenken.

Beleuchtung!
Strom und somit Licht würden wohl in absehbarer Zeit nicht mehr verfügbar sein. Wachskerzen oder Petroleum-Lampen waren unpraktisch.
Also: *Leuchtquellen mit Batterien beschaffen.*

Kochgelegenheit!
Hier kam wohl nur Gas oder Holz in Frage.
Das war auch noch zu klären.

Geeignete Unterkunft!
Seine Bleibe hatte er zwar, aber war sie für die neuen Gegebenheiten noch sinnvoll? Zunächst sollte er flexibel bleiben. Vielleicht ergaben sich bessere Wohngelegenheiten. Eventuell auf dem Lande, abseits der unwohnlichen Verhältnisse.

Waffen!
Gab es noch andere Überlebende? Bestand vielleicht ein Risiko ausgehend von Mensch oder Tier? Sicherheitshalber sollte er vorsorgen.

Kommunikationsmittel!
Die waren vollkommen sinnlos, damit brauchte er sich nicht zu beschäftigen.

Abwechslung und Unterhaltung!
Die würde er sich auch später in Form von Lesestoff beschaffen können. Sicher würde er ihn brauchen um die Einsamkeit zu ertragen.

Die wesentlichsten Dinge müsste er im Moment damit berücksichtigt haben. Alles, was noch nicht abschließend klar war, würde sich noch ergeben. Zumindest wusste er jetzt, womit er anfangen könnte. Die Versorgung von Millionen Menschen war ja noch in den Geschäften zugänglich. Überall konnte er aus dem Vollen schöpfen. Im Laufe der Zeit würde vieles verwesen oder verkommen und ungenießbar werden. Das brauchte aber auch eine ganze Weile, bis dahin hätte er seinen Vorrat für einige Monate gesichert. Viel weiter in die Zukunft wollte er nicht denken und planen.

Erneut kam ihm jetzt die Frage nach eventuellen weiteren Überlebenden in den Sinn und ließ ihm keine Ruhe. Gab es noch andere lebende Menschen und wie könnte er das feststellen und sie finden? Dass unter Millionen nur er alleine übrig geblieben sein sollte war schwer vorstellbar. Er beschloss, die Suche schnellstens aufzunehmen. Am sinnvollsten dürfte es sein, in der Stadt damit anzufangen. Bei der hohen Bevölkerungsdichte war die Wahrscheinlichkeit dort bestimmt am größten. Aber erst musste er seine Versorgung sichern. Wie viel Zeit ihm blieb alles vorzubereiten war nicht absehbar, also sollte er unverzüglich damit anfangen.

Sein Haus war zunächst der geeignete Stützpunkt. Von hier aus würde er mit seinen Beschaffungen beginnen und die Vorräte einlagern.

Mit dem ausgeliehenen Fahrzeug fuhr er zum nächstgelegenen Supermarkt. Die Eingangstüren waren noch geöffnet, die Katastrophe war während der Geschäftszeit über die Menschheit gekommen. Im Innenraum fand er nur wenige Leichen vor. Er lernte schnell, darüber einfach hinwegzusehen.

Seine erste Anlaufstelle war das Getränkelager, um den Wasservorrat zu sichern. Zum Glück war in unserer Zivilisation alles im Übermaß verfügbar. Vor der riesigen Auswahl stehend merkte er schnell, dass er eine Menge bevorraten müsste, die ein beachtliches Volumen ergeben würde. Deshalb achtete er auf kompakte, platzsparende Gebinde. Leichten Plastikflaschen gab er entgegen seiner früheren Gewohnheiten den Vorzug. Im Lager fand er einen Paletten-Hubwagen und eine breite Tür nach draußen gab es auch. Also hievte er eine komplette Europalette mit Mineralwasser hinaus. Wenn er schon dabei war, nahm er gleich einige Kästen Bier und Wein, sowie verschiedene Säfte mit langer Haltbarkeit mit. An den Spirituosen kam er auch nicht vorbei ohne sich zu bedienen.

Leicht stapelbare Kisten waren im Vorratslager vorhanden. Mit diesen machte er sich auf den Rundgang durch die Regalreihen. Geräucherte, lange haltbare Würste und Schinken füllten gleich eine Kiste. Konserven von Gemüse, Obst, Wurst, Gurken und allerlei Fertiggerichten benötigten gleich mehrere Behältnisse. Abgepacktes Brot war nicht lange verwendbar, als Ersatz müssten ihm wohl Reis und Teigwaren herhalten. Für frische Wurstwaren und Fleisch gab es nur kurzfristige Verwendung. Er begrenzte die Auswahl auf zwei Tagesrationen. Je mehr er einhamsterte, umso mehr Dinge sah er, die er gleichwohl gebrauchen könnte. Die bereits gehortete Ware überblickend beschloss er, es dabei zunächst einmal bewenden zu lassen. Es gab genügend Geschäfte und Supermärkte, aus denen er sich später versorgen könnte, wenn auch sicher nur unter erschwerten Bedingungen.

Da er vermeintlich auch eine stromunabhängige Kochgelegenheit brauchte, schien ihm als letztes ein komfortabler Gas-Grill bestens geeignet, den er gleich mitgehen ließ. Besonders makaber war, dass der gerade als Angebot der Woche zum Aktions-preis angepriesen wurde.

Auf dem Parkplatz erschreckte ihn zunächst die Menge der bereitgestellten Waren. Recht schnell fand er aber einen geeigneten Lieferwagen. Den Fahrer musste er erst aus dem Führerhaus bergen.

Zu seinem Glück waren nur wenige Kartons aus dem Laderaum zu entfernen, um genug Platz für seine Besorgungen zu haben. Es war eine schweißtreibende und schwere Arbeit seine umfangreiche Bevorratung in den Transporter zu schaffen.

Nachdem er alles eingeladen hatte, war es höchste Zeit sich nach Stromquellen umzusehen. Zügig fuhr er zu seinem Haus und ließ den Wagen in der Einfahrt stehen. Ausladen könnte er auch später. Mit dem Auto eines Nachbarn, der offensichtlich gerade wegfahren wollte als ihn das Schicksal ereilte, raste er so schnell es die Verhältnisse zuließen zum nächsten Elektromarkt. Dort bestückte er sich mit verschiedenen batteriebetriebenen Lichtquellen und den notwendigen Energieträgern. Dabei fiel ihm ein, dass ein mit Treibstoff zu betreibendes Notstromaggregat auch ganz zweckmäßig sein könnte. Feuerwehr oder THW verfügten sicher über die besten transportablen Geräte, also fuhr er einen Umweg. Um in die Bereitschaftsräume zu gelangen, musste er zwangsläufig einbrechen. Aber wen sollte das jetzt noch stören. Mit einem Notstromgerät und den dazu gehörenden flexibel einsetzbaren Strahlern und Kabeln bestückt, machte er sich auf den Rückweg. Volle Treibstoffkanister standen vor dem Ausgang bereit. Die konnte er auch gebrauchen. Sinnvoll schien ihm, sich auf Diesel festzulegen. Auch für die Fahrzeuge wäre das sicher sinnvoll.

Wieder einmal stellte sich kurz die Transportfrage. Für die feuerwehreigenen Utensilien war ein Gerätewagen der Feuerwehr am besten geeignet, also wechselte er gleich dazu über.

Auf der Rückfahrt stattete er der Polizeidienststelle des Ortes einen Besuch ab. Die immer nur von innen zu öffnende Sicherheitstür aus schussfestem, dickem Panzerglas war aber ein unüberwindbares Hindernis. Seit der immer stärkeren Bedrohung durch Terroristen igelten sich die Beamten ein. Niemand würde die Türen jemals wieder öffnen. Auf dem Parkplatz vor der Dienststelle fand er zwei Beamte in einem Streifenwagen, die entweder erst wegfahren wollten oder gerade vom Einsatz zurückgekommen waren. Mit ihren Waffen hatte er seiner Sicherheit zunächst genüge getan. Wie in einem Krimi kam er sich vor, als er den Gürtel mit der Pistolentasche und der Ersatzmunition anlegte. Aber er fühlte sich damit etwas sicherer.

Mittlerweile dämmerte es. Wie eigentlich schon lange erwartet, gab es jetzt keinen Strom mehr. Straßenlaternen und Ampeln waren außer Betrieb, also konnte er zuhause nicht auf Elektrizität bauen. Die ganze Schlepperei seiner Einkäufe hatte ihn geschafft, er brauchte jetzt einige Stunden Schlaf. Verpflegt hatte er sich im Supermarkt, immer im Vorübergehen hatte er den einen oder anderen Bissen zu sich genommen.

Das Feuerwehrauto parkte er neben dem anderen bereits beladenen Lieferwagen. Mit dem Licht einer Taschenlampe ging er ins Haus und hoffte auf ein kühles Bier. Der Kühlschrank müsste vielleicht noch ausreichend Energie bekommen haben. Zweckmäßig wäre es auch, eine Möglichkeit zum Kühlen zu finden oder zu schaffen, dachte er dabei. Wie verwöhnt die Menschheit von den zahlreichen Errungenschaften der Zivilisation ist, stellte er fest.

Jetzt fiel es ihm plötzlich wie Schuppen von den Augen, dass es doch mittlerweile Anwesen mit Solarstromanlagen für die Selbstversorgung gibt. Warum sollte er sich das nicht zunutze machen. Es würde einige der Versorgungsprobleme lösen. Licht, Kochgelegenheiten, Heizung, Kühlschrank, Warmwasser, alles würde mit Solarstrom funktionieren. Ein geeignetes Objekt müsste zu finden sein und dahin würde er umsiedeln.

Ärgerlich nur, dass er darauf nicht früher gekommen war. Den sperrigen Gas-Grill und das schwere Notstromaggregat hätte er sich sparen können. Die Schlepperei wäre nicht notwendig gewesen.

Aber seine Situation war zu außergewöhnlich und neu, er musste erst hineinwachsen.

Mit einem kühlen Bier und einem sehr großzügig eingeschenkten Cognac ging er im Schein einer Taschenlampe ins Wohnzimmer. Dort suchte er sich zuerst einige Wachskerzen zusammen, die er rundherum postierte, um nicht immer die lästige Taschenlampe mitführen zu müssen.

Die auch heute wieder anstrengenden körperlichen Arbeiten hatten an seiner Energie und Kraft stark gezehrt und er schlief sehr bald, noch vollständig angekleidet, in einem Sessel ein.

Mitten in der Nacht wurde er plötzlich wieder hellwach. Zweifel kamen in ihm auf. Was sollte die ganze Bevorratung und Organisation? Wollte er wirklich vollkommen alleine sein Dasein fristen? Welchen Sinn sollte dieses Leben für ihn haben? Weder eine Frau, noch Kinder, nicht einmal einen Hund oder ein anderes Tier teilten sein Schicksal. Keinerlei Ansprache, nur Einsamkeit drohte ihm.

Wie lange würde er das ertragen können ohne stumpfsinnig zu werden? Er fühlte sich jetzt schon so einsam. Grübelnd starrte er vor sich hin, auch der Cognac tröstete ihn nur wenig.

Nein, es mussten mehr Menschen überlebt haben. Die würde er suchen und mit ihnen eine neue Welt aufbauen. Alles andere schien ihm auf einmal total nebensächlich zu sein. Neue Priorität, befahl er sich. Aufmachen und Leben finden, sonst ist das weitere Dasein völlig sinnlos.

Er fühlte sich relativ frisch. Eine eiskalte Dusche im Kerzenschein tat ein Übriges. Auf zu neuen Taten, stachelte er sich an und fasste wieder neuen Mut. Einige Minuten musste er dieses Mal laufen bis er wieder ein geeignetes Fahrzeug gefunden hatte. Praktisch, dass die Start-Stopp-Automatik bei den neueren Autos beim Anhalten an den Ampeln den Motor abschaltet. So war wenigstens gewährleistet, dass sie ohne die Aktivitäten des Fahrers nicht weiterliefen bis der Treibstofftank leer war.

Ein großer BMW mit allem Komfort musste zuerst von zwei Insassen befreit werden, begeisterte aber anschließend durch seine guten Fahreigenschaften. Schade, dass ihm das unter den gegebenen Umständen nur wenig nutzte. Er fuhr nach München. Das heißt, er kurvte rund um die vielen Hindernisse, über Bürgersteige, Straßenränder und durch alle Lücken, die ihm ein Vorankommen möglich machten. Die schon bekannten Engstellen auf der Autobahn vermied er. An das rundum herrschende Durcheinander war er schon gewöhnt.

Bei der noch dunklen Nacht konnte er vielleicht irgendwo ein Licht ausmachen und Leben finden.

Die Scheinwerfer des Wagens würden sicher auch wahrgenommen. Wenn es irgendwo noch andere Überlebende gab, müsste er sie finden, sonst wollte er lieber auch sterben. Er sollte einen Treffpunkt vereinbaren, für den Fall, dass jemand auf ihn aufmerksam werden würde. Vielleicht waren ja andere Übriggebliebene ebenfalls auf der Suche.

Nach kurzer Überlegung hatte er die Lösung parat. Entschlossen fuhr er direkt zum Hauptbahnhof. Hier verkehrten normalerweise viele Menschen. In weiser Voraussicht hatte er Taschenlampen und Standleuchten mitgenommen.

Aus dem Bahnhofsgebäude holte er sich einen großen mobilen Plakatständer und postierte ihn direkt auf dem Vorplatz vor dem Haupteingang. Die Werbung konnte er mit wenigen Handgriffen herausnehmen und umdrehen, so dass er eine leere weiße Schreibfläche hatte. Im Zeitschriftenladen in der Bahnhofshalle besorgte er sich die dicksten Filzschreiber die zu finden waren.

„!!!ACHTUNG ÜBERLEBENDE!!!" Täglich abends um 18 Uhr bitte hier sammeln zum gemeinsamen Weiterleben, schrieb er in großen Lettern auf das Plakat. Davor postierte er einen der mitgebrachten Scheinwerfer damit er das Plakat anstrahlte. Im Kofferraum des Wagens fand er eine Unfall-Warnleuchte mit einem gelben Blinklicht. Diese stellte er ein paar Meter davor auf. Nachdem er die Beleuchtung seines Wagens ausgeschaltet hatte, ging er ein Stück weit davon und begutachtete seine Arbeit. Die blinkende Leuchte und die Lampe waren sehr auffällig und weit zu sehen. Auch aus den zahlreichen angrenzenden Straßen.

Der angestrahlte Hinweis hob sich deutlich von der rundherum dunklen Umgebung ab. Der erste Schritt war getan. Falls jemand direkt hier oder in den umliegenden Straßen vorbeikommen würde, müsste er es zur Kenntnis nehmen.

Von seiner guten Idee angetan überlegte er, wo er noch einen weiteren Treffpunkt einrichten könnte. Ebenfalls stark frequentiert war der Platz vor dem Ostbahnhof. Also würde er dorthin fahren und das gleiche Prozedere ausführen, beschloss er und startete sofort um keine wertvolle Zeit zu verlieren. Gespenstig war die Stadt in der herrschenden Dunkelheit. Nicht einmal ein Stern oder der Mond leuchteten vom dichtbewölkten Himmel. Manchmal erschrak er, wenn sich die Scheinwerfer seines Wagens in den Fensterscheiben wiederspiegelten. Die ganze Strecke, gesäumt mit den vielen Toten und zahlreichen demolierten Fahrzeugen war furchtbar nervenaufreibend. Es war so schaurig und deprimierend, dass er einige Male anhalten und sich verkriechen wollte.

Einzelne schwache Lichter irritierten ihn anfangs trügerisch. Bei näherer Betrachtung waren es aber über Bewegungsmelder gesteuerte Solarlampen. Die Hoffnung auf Lebenszeichen schmolz sehr schnell wieder dahin. Mehrmals kamen ihm wegen dem unendlichen Elend das ihn umgab die Tränen. Der Überlebenswille kehrte aber wieder zurück und gab ihm neuen Schwung. Bemüht über das Schlimmste einfach hinwegzusehen eilte er weiter. Unterwegs eignete er sich noch einige Baustellenlampen an. Sie hatten starke Batterien und nach dem Einschalten blinkten sie hell und aggressiv.

Für seine Beschilderung könnte er sie gebrauchen. Am Ostbahnhof war glücklicherweise auch wieder schnell ein Plakatständer zu finden. Die Werbung für eine Großveranstaltung im Olympiagelände brauchte jetzt sicher niemand mehr. Dafür war kein Publikum mehr zu begeistern. Das konnte er getrost herausnehmen und umdrehen. Wehmütig las er das Programm und registrierte die allesamt sehr prominenten Darsteller. So etwas würde es in absehbarer Zeit wohl nicht mehr geben.

Nachdem er in gleicher Manier sein Schild aufgestellt hatte, hier mit Zeitangabe 17 Uhr und die blinkenden Lampen davor postiert hatte, ging er auf die Suche nach einem Frühstück.

Ein neuer Tag war angebrochen, langsam wurde es hell. Aber es blieb trüb und sah nach Regen aus. Der wolkenverhangene Himmel ließ nur wenig Sonnenlicht durch. Das Grau in Grau entsprach der depressiven Stimmung in der er sich befand.

Vielleicht könnte ihn eine gepflegte Mahlzeit in eine etwas bessere Stimmung versetzen, hoffte er. In einem nahe gelegenen Restaurant fand er eine gut bestückte Küche. Am liebsten hätte er sich ein Steak gebraten, aber den mit Erdgas betriebenen Kochstellen traute er nicht. Wahrscheinlich war die zentrale Gasversorgung ohnehin längst nicht mehr in Betrieb. Die Vorräte aus den Kühlschränken waren aber auch köstlich. Beste Antipasti ließ er sich genüsslich munden. Nur das Brot, das noch aufzufinden war, strapazierte etwas seine Zähne. Mit einem Spirituskocher brühte er sich einen starken Kaffee auf, der seine Lebensgeister weckte und seine Laune wieder ein wenig verbesserte.

Auch wenn im schwachen Tageslicht alles sehr gespenstig wirkte, beeindruckte ihn das Ambiente des Lokals. Schade, dass die Umstände überhaupt nicht passten. Andererseits war dieses Restaurant etwas jenseits seiner finanziellen Gepflogenheiten. Trotz seines guten Einkommens war er sparsam. Unter normalen Verhältnissen würde er es sich eher nicht leisten, hier einzukehren. Höchstens bei besonderem Anlass könnte er es sich vorstellen. Das gehörte aber jetzt der Vergangenheit an.

Obwohl seine Nachtruhe recht kurz war, spürte er keine Müdigkeit, so dass er weitere Aktivitäten planen und ausführen könnte.

Was blieb ihm noch sinnvolles zu tun, überlegte er. Verpflegung und notwendige Gebrauchsartikel waren wohl für einige Zeit ausreichend gesichert. In Gedanken ging er erneut alles durch, was er bereits organisiert hatte. Bestimmt würden sich weitere Bedürfnisse herausstellen. Im Moment fiel ihm aber nichts zwingend erforderliches mehr ein. Die Erfahrung der nächsten Tage würde sicher weiterhelfen, dann könnte er reagieren. Also erst weitermachen mit der Suche nach Lebenszeichen. Der Flughafen war zwar weiter entfernt, aber auch dort könnte er sich bemerkbar machen, plante er. Sofort brach er mit Elan auf, es gab wieder ein Ziel. Auf der Fahrt kam er an einem Krankenhaus vorbei, was spontan zu einer nützlichen Idee führte. Ein Krankenwagen mit Martinshorn und Blaulicht war wohl das Auffälligste um auf sich aufmerksam zu machen. Beides würde weithin sein Überleben signalisieren. Entschlossen eignete er sich vor der Klinik einen gut ausgestatteten Notarztwagen an.

Damit hatte er gleich mehrere Fliegen mit einer Klappe geschlagen. Maximale Aufmerksamkeit erregen, Schlafplatz, Transportmittel und medizinische Versorgung waren damit geregelt. Letzteres leider nur soweit, wie er sich selbst helfen konnte. An schlimmeres verbat er sich zu denken.

Mit eingeschaltetem Blaulicht und Martinshorn fuhr er danach weiter durch die Stadt. Es war eher ein ständiges Umfahren von Hindernissen, als eine zügige Fahrt. Immer schaute er dabei aufmerksam in alle Richtungen auf der Suche nach eventuellen Lebenszeichen. Es war leider vergeblich, er würde wohl weiter allein bleiben müssen.

Im Eifer seiner Aktivitäten hatte er ganz vergessen einen Getränkevorrat für unterwegs mitzunehmen. Da er plötzlich Durst verspürte, steuerte er den nächsten großen Supermarkt an. Der Zugang war wieder kein Problem, die Türen waren geöffnet. Die Zustände im Innern mit den toten Menschen waren ihm mittlerweile hinreichend bekannt. Schnell versorgte er sich mit Getränken und nahm auf dem Weg gleich abgepackte Wurst, Käse und Brot für den kurzfristigen Bedarf mit. Da er nicht absehen konnte und sich auch nicht festlegen wollte wann er wieder nach Hause an sein Vorratslager zurückkommen würde, bediente er sich großzügig. Bremsen musste er sich, um nicht zu übertreiben. Mit einem randvoll bepackten Wagen war er nun für die nächsten Stunden gut versorgt. Ein Glück, dass er wenigstens mit der Nahrung noch kein Problem hatte. Sogar für einen längeren Zeitraum von mehreren Monaten nicht. Darüber hinaus machte er sich jetzt noch keine Gedanken.

Gewöhnungsbedürftig war, dass er keinem Zwang unterworfen war, zu irgendeiner festen Zeit an einem bestimmten Ort zu sein. Sein ganzes Leben war er bisher der Zeit nachgerannt. Oft hätte er gerne die Uhr angehalten um sich von der Hektik zu befreien. Nun hatte er alle Zeit der Welt. Es gab weder ein festes Ziel noch einen kurzfristigen Termin den er wahrnehmen musste.

Nach Hause zu fahren war nicht erforderlich, kein Mensch wartete dort auf ihn. Nicht einmal ein Haustier war zu versorgen.

Gemächlich schlenderte er vorbei an der riesigen Auswahl des Geschäftes und bedauerte, dass er nicht mehr damit anzufangen wusste.

V

Auf dem Weg zum Ausgang des Supermarktes wunderte sich Heinz Krüger über ein großes Durcheinander vor einem Regal. Im schwachen Dämmerlicht lagen zerrissene Verpackungen und Reste von Schokolade, Keksen und allen möglichen Süßigkeiten breit verstreut im Durchgang.

Hier hatte ohne Zweifel ein Lebewesen gewütet. Nach Mensch sah das Ganze allerdings nicht aus. Die Freude, dass es wohl noch ein lebendes Wesen außer ihm gab, wurde sogleich von Sorge getrübt. Wer oder was war es, drohte ihm eventuell Gefahr? Alleine auf der Welt war er schreckhaft geworden. Sicherheitshalber nahm er die Pistole, die er sich bei der Polizei besorgt hatte und seitdem immer mitführte aus dem Halfter und entsicherte sie. Langsam und vorsichtig schritt er die Regalreihen ab. Frischfleisch- und Wursttheke sahen nicht mehr sehr appetitlich aus. Zum einen war schon einiges in nicht mehr ganz frischem Zustand, zum anderen zeigten sich auch hier Spuren wilder Verwüstung. Bei näherem Betrachten war er sich ziemlich sicher, dass hier ein Hund gewütet haben musste.

Zwei Gänge weiter fand er dann die Bestätigung. Eine beachtliche Pfütze hatte sich ausgebreitet und unweit davon lag ein großer Haufen Hundekot mitten im Weg. Dem Volumen des Haufens nach müsste es ein recht großes Exemplar sein.

Mensch oder Tier war ihm in diesem Moment egal, es gab außer ihm noch ein Lebewesen. Vor Freude hätte er trotz aller gebotenen Vorsicht laut jubeln können. Seine Einsamkeit hatte vielleicht ein Ende.

Ihm fiel ein sehr bekannter Film ein, in dem ein Schiffbrüchiger nach seiner Strandung auf einer einsamen Insel sein Alleinsein mit einem bemalten Ball überbrückte. Ständig sprach er zu ihm, gab ihm einen Namen und hütete ihn wie einen Augapfel. Sogar sein Leben setzte er aufs Spiel, als der Ball bei starkem Seegang vom Floss gespült wurde. Untröstlich war er, als die Rettung nicht gelang. Den Titel des Films wusste er nicht mehr, aber an die mitreissende Handlung konnte er sich noch gut erinnern. Hervorragend inszeniert hielt ihn der Spielfilm damals in Bann.

Obwohl er erst kurze Zeit alleine war konnte er leicht nachvollziehen, wie wohltuend und wichtig ein Gesprächspartner sein kann.

Diesen Hund musste er unbedingt finden, den Spuren nach zu urteilen konnte er nicht weit sein. Langsam suchte er den weiteren Supermarkt ab. Leise pfiff er dabei immer wieder einen Lock-Ton. Zwischendurch rief er fortwährend mit gezähmt weicher Stimme in der Hoffnung auf eine Reaktion: „Hund wo bist du? Komm her zu mir, ich bin dein Freund, wir brauchen uns gegenseitig."

Einige Gänge hatte er bereits erfolglos abgesucht, als er meinte ein Rascheln vernommen zu haben. Ganz leise bewegte er sich in die Richtung aus der er das Geräusch vermutete. Nicht erschrecken, das könnte alles zunichtemachen. Lieber gefühlvoll herantasten. Aufmerksam schaute er in die Räume zwischen den einzelnen Warenauslagen. Erst in der vorletzten Reihe wurde er endlich fündig. In der hintersten Ecke am Ende des Ganges saß lauernd ein weißer Hirtenhund von respektabler Größe.

Beim Anblick des fremden Menschen fletschte er die Zähne und ließ sein beängstigendes Gebiss erkennen. Leise knurrte er vor sich hin, ohne sich in irgendeine Richtung zu bewegen.

Heinz Krüger ging behutsam näher auf ihn zu. In gedämpftem Ton sprach er ihn dabei an.

„Komm mein lieber Hund, komm zu mir, ich tue dir nichts. Ich will dir doch nur helfen. Wir beide scheinen die Einzigen auf der ganzen Welt zu sein."

Weiteres, deutlicheres und aggressiv klingendes Knurren war zunächst die Antwort, die erahnen ließ, dass der Hund nicht von seiner freundlichen Gesinnung überzeugt war. Anlegen wollte er sich nicht mit ihm, Geduld und Vorsicht war angesagt. Mit Fleisch oder Wurst brauchte er ihn wohl nicht zu locken, der Hund kannte selbst die Versorgungsquelle und hatte sich ausreichend bedient. Wasser war für ihn wahrscheinlich schwerer zu bekommen, weshalb Heinz Krüger sich nach einem Gefäß umsah. Eine zuvor geleerte Gebäckschale füllte er mit Mineralwasser und stellte es einige Meter vor den Hund. Immer wieder sprach er auf ihn ein. Allzu hektische Bewegungen vermied er dabei. Das Tier war durch die Umstände sicher genauso schreckhaft wie er selbst. Also musste er abwarten, sie würden schon zusammenfinden.

Es dauerte eine ganze Weile und bedurfte vieler guter Worte bis der Hund sein bedrohliches Gebiss endlich verdeckte. Es war ihm wohl zu langweilig geworden. Sein Blick wurde deutlich zutraulicher. Kurze Zeit später bewegte er sich kriechend zu der Wasserschüssel, immer genau sein Gegenüber im Auge behaltend. Gierig trank er dann endlich.

Die ständige Ansprache schien ihn zusehends zu beruhigen. Lauernd legte er sich nach einiger Zeit direkt neben die Schüssel und beobachtete weiter aufmerksam den fremden Menschen.

Erst nach geraumer Zeit entschloss er sich, seinen Entdecker zu beschnuppern, um sich anschließend von ihm sogar anfassen und streicheln zu lassen. Der Bann war endlich gebrochen, zwei Lebende hatten sich gefunden. In Heinz Krüger keimte weitere Hoffnung auf, sicher gab es noch mehr Lebewesen auf diesem Planeten.

Jetzt nicht mehr ganz alleine, musste er sich mit Tiernahrung versorgen, was kein Problem war. Zwei lange Regale gefüllt mit Dosenfutter in allen Geschmacksrichtungen gab es. Eine weitere Reihe war prall voll mit Trockenfutter, Kauknochen und allen erdenklichen Spielzeugen. Tiere werden ja heutzutage fast noch mehr verwöhnt als Kinder. Auf die Frage an den Hund, was er am liebsten mochte, erhielt er außer einem freundlichen Blick keine Reaktion. Also endschied er sich nach seiner Erfahrung mit dem eigenen, gerade verstorbenen Hund. Rechtzeitig fiel ihm noch ein, dass zu den Dosen auch ein Öffner erforderlich sein würde.

Es sind die kleinen Dinge an denen der Mensch scheitern kann, stellte er fest.

Mittlerweile schmiegte sich sein neuer Gefährte ständig an ihn und folgte ihm auf Schritt und Tritt, was Heinz dankbar mit ständigem Lob quittierte. Jetzt hatte er wenigstens einen Ansprechpartner. Einmal hielt Wolf, wie er ihn mittlerweile nannte, jaulend inne, als sie an einer weiblichen Leiche vorbeikamen. Jammernd leckte er ihr das Gesicht.

Es war wohl seine frühere Besitzerin gewesen. Heinz Krüger streichelte ihn zum Trost und ließ ihm ein wenig Zeit für seinen traurigen Abschied. Als er nach einigen Minuten nach draußen strebte, folgte ihm Wolf erst zögerlich, dann aber recht zügig und bestimmt. Seinen neuen Herrn hatte er offensichtlich angenommen und akzeptiert.

An der Kasse deckte Heinz sich großzügig mit Zigaretten ein. Eigentlich wollte er das Rauchen endlich sein lassen, aber das fiel ohnehin schon schwer. Unter den gegebenen Umständen hielt er jetzt dieses quälende Unterfangen für ganz sinnlos. Von irgendetwas musst auch du sterben, sagte er sich als willkommene Ausrede. Wie die meisten vernünftigen Raucher hätte er es gerne aufgegeben. Diese Sucht los zu werden ist jedoch nicht so einfach und ohne fremde Hilfe oder gesundheitlichen Zwang für die meisten Raucher nicht zu schaffen. Zwar gab es in seinem Bekanntenkreis auch welche die den eisernen Willen aufgebracht hatten und abrupt aufgehört haben, dafür empfand er große Bewunderung. Die meisten jedoch hörten auf der Intensivstation, oder gezwungen durch körperliche Notwendigkeiten erst damit auf ihr Geld sinnlos in die Luft zu paffen und die Lunge zu schädigen. Warum gab es nicht wenigstens Zigaretten ohne die vielen Suchtstoffe. Sicher war dazu keine Lobby vorhanden und auch die Regierung sah keine Veranlassung auf die Tabaksteuereinnahmen zu verzichten. Zu gerne würde er rauchen ohne sich Sorgen über die Gesundheit machen zu müssen. Bei Nahrungsmitteln kümmert man sich um jede kleine eventuell schädliche Zutat und Auswirkung.

Wein und Bier kann man alkoholfrei herstellen ohne ganz den Geschmack zu opfern. Warum sind unsere Wissenschaftler bei den Rauchwaren nicht in der Lage etwas Ähnliches zu finden?

Andererseits waren aber die Schadstoffbelastungen im Straßenverkehr der Ballungsräume nach der Ansicht mancher Ärzte schädlicher als ein paar Zigaretten. Ebenso wie auch das Passivrauchen Schaden anrichten kann. Ihm fiel der vermeintlich militante Nichtraucher ein, der auf einem Fest die vor dem Lokal rauchende Menge lange kritisch umrundete und beäugte. Zur allgemeinen Verwunderung äußerte er entgegen der Erwartungen: „Seit dem ich weiß, wie schädlich Passivrauchen ist, rauche ich nur noch aktiv."

Sprach es und zündete sich eine Zigarette an um genüsslich den Rauch zu inhalieren.

Große Sympathie der Umstehenden die das witzig fanden und Beifall klatschten, war ihm gewiss.

Aus den Zeiten, in denen man in allen Lokalen uneingeschränkt rauchen konnte, fiel ihm auch noch eine Anekdote ein, die vielleicht auch nur als Witz erfunden war. Eine Dame rügte den rauchenden Herrn am Nachbartisch ziemlich resolut: „Mein Herr, ihr Rauch ist mir sehr unangenehm", worauf der Mann spontan zynisch antwortete: „Liebe Frau, was soll ich dann erst sagen, mir ist er nicht nur unangenehm, mich bringt er sogar um."

Verwundert registrierte Heinz Krüger, dass er in seiner Situation über solche, in Anbetracht der Umstände nicht relevanten Nebensächlichkeiten nachdenken konnte, als er zusammen mit seinem neuen Begleiter dem Notarztwagen zustrebte.

Hatte er sich schon so weit in sein Schicksal gefügt, dass ihm sogar Witze und Anekdoten in den Sinn kamen, oder war das der Selbsterhaltungstrieb?

Kaum hatte er die Tür des Autos geöffnet, sprang Wolf bereitwillig hinein. Ausgestreckt legte er sich auf den Beifahrersitz und ließ seinen neuen Herrn nicht mehr aus den Augen. Der treue Blick des Tieres wirkte beruhigend. Zu sehr hatte Heinz sich nach einem lebenden Wesen gesehnt. Sein Leben hatte wieder einen Sinn bekommen, auch wenn ihm ein Mensch sicher lieber gewesen wäre.

Gemeinsam machten sie sich auf den Weg zum Flughafen. Bei der Suche nach weiterem Leben sollte alles ausgeschöpft werden, was ihm einfiel und erfolgversprechend erschien.

Die Fahrt wurde zum gewohnten umständlichen Umfahren von Hindernissen. Da er sich von dem Notarztwagen nicht mehr trennen wollte, nahm er manchmal auch etwas größere Umwege in Kauf. Glücklicherweise erwies sich das große Gefährt als einigermaßen wendig und geländegängig. Wo es notwendig war, konnte er damit auf Straßenränder und Grünflächen ausweichen.

Auf halbem Weg wurde er plötzlich von Müdigkeit übermannt. Obwohl es noch Tag war, gab es keinen zwingenden Grund mehr für die Einhaltung einer zeitlichen Ordnung. Also hielt er auf dem nächsten Rastplatz und legte sich auf die Krankentrage. Wolf begab sich anhänglich an seine Füße. Während des Schlafes jaulte der Hund mehrmals jämmerlich, offensichtlich träumte er und trauerte seinen Besitzern nach. Er legte ihm eine Hand auf seinen Kopf bis er sich beruhigte und weiterschlief.

Eine feuchte Hundeschnauze im Gesicht weckte Heinz Krüger nach einigen Stunden. Das kannte er bereits von seinem eigenen Hund, an den er dadurch erinnert wurde, was ihm wieder sehr nahe ging. Obwohl er jetzt einen Ersatz dafür hatte. Wolf marschierte zielstrebig zur Tür und winselte leise, sicher musste er dringend raus. Als Heinz die Tür öffnete, stürmte er los und steuerte die nächste Grünanlage an, um seine Geschäfte zu erledigen. Heinz trottete gemächlich hinterher und ging mit ihm anschließend auf eine nahe gelegene Wiese, damit er sich etwas austoben konnte.

Beide genossen noch einen kleinen Spaziergang in der frühmorgendlichen Kühle.

Zurück im Wagen waren die Einschränkungen der fehlenden Zivilisation zu spüren. Ein Kaffee am Morgen war eigentlich zwingend notwendig, dafür musste schnellstens eine Lösung gefunden werden. Bei der nächsten Gelegenheit würde er einen Campingkocher mit Gas oder Spiritus beschaffen. Eine andere Schwachstelle hatte er schon vorher bemerkt. Die menschlichen Bedürfnisse konnte er bisher noch überall loswerden. In den Spülkästen der Toiletten war noch Wasservorrat, aber das würde nicht so bleiben. Eine Chemikalientoilette notierte er sich zusätzlich zur Kaffeelösung auf seiner Aktionsliste. Sicher würden noch weitere Versorgungslücken auftauchen. Also notieren und sammeln, es war noch alles zu besorgen.

Wolf bekam jetzt ein ausgiebiges Frühstück, das er schwänzelnd hinunterschlang. Auch das Wasser nahm er dankbar an. Dafür, dass er sich an der Fleischtheke so ausgiebig gelabt hatte, entwickelte er wieder einen erstaunlichen Appetit. Heinz begnügte sich nur mit Knäckebrot und Dosenwurst. Für einen starken Kaffee hätte er einiges gegeben. Gemächlich brach er danach zum Flughafen auf. Dort stellte sich ihm die Frage, wohin mit einem Hinweisschild. Nach einiger Überlegung entschied er sich für den Mittelpunkt des Zentralbereiches. Hier war eine große freie Fläche. Ein Plakatständer war auch schnell wieder gefunden, bestückt und beleuchtet. Als Uhrzeit für ein Treffen legte er 22 Uhr fest. Aufgrund des großen unüberschaubaren Geländes und der vielen verzweigten Gebäude gab es nur wenig Hoffnung, dass ausgerechnet hier jemand auf seinen Aufruf aufmerksam würde. Versucht hatte er es jedenfalls, etwas Besseres fiel ihm im Moment einfach nicht ein.

Das Katastrophenszenario im Flughafengebäude und auf dem Flugfeld berührte ihn kaum noch. Wie auf einem Kriegsschauplatz sah es überall aus. Zu viel Chaos hatte er in den letzten Stunden schon gesehen. Die vielen Leichen umging er und schaute darüber hinweg. Auch Wolf ignorierte die Toten weitgehend. Zwar schnupperte er ab und zu im Vorübergehen, aber aufhalten ließ er sich nicht. Auf dem Flugplatz waren einige Maschinen und Fahrzeuge kollidiert. Trümmerfelder wiesen auf verschiedene Abstürze hin. Teilweise mussten die Flugzeuge wohl explodiert und ausgebrannt sein. Abgestumpft konzentrierte sich Heinz nur auf das eigene Weiterleben. Der Hund blieb treu ohne Kommando und ohne Leine ständig an seiner Seite. Oft schaute er warmherzig zu ihm auf, beide waren froh sich gefunden zu haben.

Die Suche nach einem frischen Kaffee blieb leider auch im Flughafenkomplex erfolglos. Es gab zwar ausreichend Maschinen dafür, aber ohne Strom waren sie vollkommen wertlos.

Resignierend beschloss er in Richtung München zurück zu fahren und abzuwarten, bis ihm etwas anderes einfallen würde. Vorher durchforstete er noch die zahlreichen Geschäfte im Zentralbereich nach sinnvollem Bedarf. Außer Schokoriegeln und ein paar Spirituosen fiel ihm jedoch nichts ein. Schade, dass die vielen sonst immer sehr interessanten Modeartikel und Accessoires im Moment das absolut Unnützeste waren. Trotzdem bummelte Heinz eine Weile durch die Boutiquen und schaute sich die Auslagen an. Zeit genug hatte er. Erstaunt stellte er fest, was der Mensch eigentlich alles nicht braucht. Früher hatte er einiges Geld für den modischen Kleinkram ausgegeben, der hier in meist exklusiven Ausführungen angeboten wurde. Bei seinen Geschäftsreisen hatte er sich oft mit kleinen Geschenken für Frau und Tochter versorgt. Edle, auch meistens teure Mitbringsel erfreuten die beiden immer und entschädigten etwas für seine Abwesenheit. Melancholisch dachte er daran zurück und Trauer überkam ihn wieder.

Da keine weitere Aktivität mehr sinnvoll schien, kehrte er nach seinem Rundgang zum Fahrzeug zurück. Mit Blaulicht und Martinshorn fuhr er das gesamte Flughafengelände ab. Vielleicht war ja doch noch irgendwo ein Lebewesen zu finden. Kurz hatte er überlegt, ob er sich vielleicht die Funkmöglichkeiten des Flughafentowers zunutze machen könnte um seine Aktivitäten zu ergänzen.

Die komplizierte Technik würde er jedoch sicher nicht überschauen und bedienen können.

Gemütlich machte er sich wieder auf den Rückweg. Auf dem Zubringer zur Autobahn nach München war problemlos voranzukommen. Wenige, leicht zu überwindende Hindernisse säumten den Weg. Fast hatte er schon die Autobahnauffahrt erreicht, als er glaubte ein Geräusch zu vernehmen, das von einem Flugzeug kommen könnte. Sofort stoppte er und sprang aus dem Wagen. Sicher war es nur ein Wunsch, dachte er zunächst. Aber dann war es deutlicher zu hören und schien näher zu kommen. Schnell schaltete er die Autobeleuchtung und das Blaulicht ein. Um keine Zeit zu verlieren wendete er auf der mehrspurigen Fahrbahn und fuhr schnell in falscher Richtung zurück. Es war gewöhnungsbedürftig entgegen der Fahrtrichtung zu fahren. Alles was bisher galt war aber nicht mehr relevant, er war weit und breit alleine unterwegs.

Die Beschilderungen waren jetzt auf der anderen Fahrspur. Die erste Auffahrt an der er die Straße verließ war verkehrt. Gezwungenermaßen fuhr er durch alle Lücken und über Grünstreifen einfach in die angestrebte Richtung. Ohne Rücksicht auf die Sträucher und Blumenbeete.

Wenn tatsächlich ein Flugzeug in der Luft war, musste er sich bemerkbar machen. Kurz vor den Flughafenterminals blieb er auf einer Brücke stehen. Sie war in unmittelbarer Nähe einer Rollbahn. Es war weithin der am leichtesten einsehbare Platz. Hier konnte er auf sich aufmerksam machen. Schnell kletterte er auf das Dach des Autos und hielt angestrengt Ausschau in alle Richtungen.

Tatsächlich kam ein kleines einmotoriges Flugzeug aus südöstlicher Richtung auf den Flughafen zu. Anscheinend hatte es bereits eine Schleife über dem Airport gedreht. Es kam aus einer anderen Richtung als dem Geräusch nach angenommen. Den Notarztwagen drehte er jetzt schnell in die Richtung aus der die Maschine kam, machte das Licht an und blendete fortwährend auf und ab. Gleichzeitig schaltete er das Blaulicht in Intervallen an und aus. Somit hatte er die beste Signalwirkung. Die kleine Maschine kam nun unmittelbar in seine Richtung und ihm war, als hätte sie mit den Tragflächen gewackelt. Der Pilot schien ihn gesehen zu haben und drehte eine kleine Runde, bevor er auf der am nächsten liegenden freien Rollbahn landete.

VI

Quer über die Grasflächen steuerte das Flugzeug auf das Blaulicht zu. Heinz Krüger suchte nach einem Tor im Absperrzaun und fuhr schnell dorthin. Natürlich war das Tor gut gesichert, aber als er langsam mit dem Wagen dagegen fuhr, gab ein Stück davon nach und bog sich nach innen. Die Lücke reichte gerade um hindurch zu schlüpfen. Hastig zwängte er sich hinein, Wolf folgte ihm natürlich. Der Pilot hatte das Flugzeug abgestellt, stieg aus und kam eilig auf sie zu. Ohne Worte lagen sich beide Männer erfreut in den Armen, wobei Wolf ständig um sie herumstreifte und natürlich ausgiebig begrüßt und gestreichelt wurde. Erst nach einigen Minuten lösten sie sich endlich wieder voneinander. Sie hatten feuchte Augen und waren den Tränen sehr nahe. Gleichzeitig sprachen sie aufeinander ein, bis beide lauthals loslachen mussten und sich anschließend zu Disziplin und Ruhe zwangen.

„Mein Gott bin ich froh ein menschliches Wesen gefunden zu haben", begann Heinz den Dialog.

„Wo kommen sie her und wie ist es ihnen ergangen. Haben sie noch irgendwo Überlebende entdeckt und wissen sie was eigentlich passiert ist?", sprudelte es dann hektisch aus ihm heraus.

„Langsam, das sind viele Fragen auf einmal. Wir haben uns sicher einiges zu berichten", entgegnete der Pilot, der sich als Frank Sanders vorstellte.

„Können wir uns einen Platz suchen an dem es etwas zu essen und zu trinken gibt, ich habe seit Stunden nichts mehr zu mir genommen."

Sie begaben sich zum Auto, fuhren zum Terminal und nahmen Platz in einem Bistro, abseits der auch hier überaus zahlreich herumliegenden Leichen.

An der Theke versorgten sie sich mit verpackter, noch genießbarer Verpflegung und Getränken, bevor sie sich ausführlich Bericht erstatteten.

Natürlich redeten sie sich mit ihren Vornamen an und duzten sich. Schnell kamen sie sich sehr vertraut vor, das gleiche Schicksal vereinte sie.

Frank war vor fünf Tagen in London gestartet mit dem eigentlich geplanten Ziel Paris. Zunächst war der Flug normal verlaufen, bis die Funkverbindung plötzlich abgerissen war. Auf keiner Frequenz bekam er eine Antwort, was ihn sehr beunruhigte. Abgestürzte Flugzeuge, brennende Trümmerfelder und nur tote Menschen blockierten die Rollbahnen des Pariser Flughafens. Ohne Einweisung durch Fluglotsen landete er etwas abseits auf einer Wiese. Zunächst hielt er das Ganze für einen Terroranschlag von gewaltigem Ausmaß. Geschockt hatte er seine Maschine selbst aufgetankt und panikartig Paris in Richtung Berlin verlassen. Dort sah es genauso aus, woraus er schließen musste, dass es nicht nur einen kleineren Bereich getroffen hatte. Einen ganzen Tag lang war er dann durch Berlin gelaufen oder gefahren, je nachdem wie es die Umstände gerade zuließen. Kein Lebewesen war zu finden, keine Ursache erkennbar. Verzweifelt hatte er danach Hamburg, Düsseldorf und Frankfurt angeflogen. Überall das gleiche Bild. Weder in der Luft noch am Boden fand er auf seinen Routen ein Zeichen von Überlebenden vor. Kein Flugzeug war in der Luft und auf der Erde rührte sich nichts.

Bei seinen Landungen tankte er die Maschine auf und beschaffte sich Verpflegung. Da er in seiner Not nichts Besseres wusste beschloss er, so lange andere Städte anzufliegen, bis irgendwo Lebenszeichen zu finden waren. Über Prag und Wien war er jetzt, ohne sich Hoffnungen zu machen, nach München gekommen und ebenso wie Heinz erleichtert über ihr glückliches Zusammentreffen. Damit hatte er nicht im Entferntesten gerechnet. Frank war Berufspilot und lebte hauptsächlich in London. Ständig im Langstreckenbereich eingesetzt, war er viel auf allen Kontinenten unterwegs. Zwei Frauen hatten das auf Dauer nicht mitmachen wollen und sich deshalb nach jeweils wenigen Jahren Ehe von ihm getrennt. Aus seiner ersten Ehe hatte er eine mittlerweile erwachsene Tochter, die in New York lebte. Wann immer er dorthin kam und das war recht oft, besuchte er sie.

Nach der Katastrophe hatte er alle paar Stunden verzweifelt versucht, sie telefonisch zu erreichen, aber nie kam eine Verbindung zustande. Es war deshalb zu befürchten, dass dort die Ereignisse die Gleichen waren. Das Unglück hatte anscheinend auch die anderen Kontinente nicht verschont.

Heinz unterrichtete Frank über seine bisherigen Aktivitäten und drängte rechtzeitig zum Aufbruch an die vorbereiteten Treffpunkte.

„Ich bin schwer beeindruckt von deinen kreativen Ideen und deinem Weitblick. Du hast dich besser mit der Situation auseinandergesetzt als ich und der Erfolg gibt dir Recht. Ohne deine auffällige Präsenz hätte ich München auch wieder verlassen und wäre ziellos weiter geflogen", eröffnete Frank.

Gemeinsam würden sie weitere Pläne schmieden, wie man eventuelle Überlebende auffinden könnte. Nachdem sie jetzt schon zusammen mit Wolf zu dritt waren, kam neue Hoffnung auf.

Da sie noch etwas Zeit hatten, fuhren sie im Stadtgebiet langsam mit Blaulicht und Martinshorn kreuz und quer durch die Straßen. Ganz München lag mittlerweile in einem äußerst übel riechenden Dunstschleier. Fäkaliengeruch aus der Kanalisation mischte sich mit dem Brandgeruch. Dazu kam der Verwesungsgestank, hauptsächlich anscheinend von pflanzlichen Produkten und Müll. Die Leichen waren noch relativ gering angegriffen und rochen noch vergleichsweise harmlos. Glücklicherweise herrschte keine zu große Hitze, die eine schnellere Verwesung fördern würde. Trotzdem war die Fahrt durch die Stadt alles andere als angenehm. Alles Leben war unwiederbringlich erloschen. Über eineinhalb Millionen Einwohner und die immer sehr zahlreichen Touristen aus aller Welt würden die ganze Schönheit der heimlichen deutschen Hauptstadt nicht mehr genießen können. Übrig geblieben war nur ein großes stinkendes Grab. Nach dem Bericht von Frank sah es in den anderen Städten Europas genauso aus.

Kurz bevor sie mit dem geliehenen Notarztwagen den Ostbahnhof erreichten, sahen sie plötzlich eine Frau durch eine schmale Seitenstraße wanken. Sofort bremsten sie und wendeten um ihr entgegen zu fahren. Sichtlich erschrocken drehte sich die Frau jedoch um und versuchte so schnell sie konnte davon zu rennen. Zu Fuß sprinteten sie hinterher und riefen ihr zu, sie möge doch stehen bleiben.

Wolf rannte voraus und als er sie erreicht hatte, bellend um sie herum. Erst ein Sturz, als sie über eine Bordsteinkante stolperte, stoppte ihre Flucht. Bei ihr angekommen, bemerkten sie einen wirren Blick aus panisch aufgerissenen Augen und ein gewaltiges Zittern ihres ganzen Körpers. Sie war noch jung und sah mitgenommen und verwahrlost aus. Wahrscheinlich hatte sie nach dem Eintreten der Katastrophe kein Wasser mehr gesehen und keine Körperpflege vorgenommen.

„Tot, tot, alle tot. Mein Benny, Silvia und Manuel alle sind tot. Oh' Gott, was habe ich bloß getan und was soll nun werden?", stammelte sie heulend vor sich hin. Einige Zeit redeten beide Männer sanft auf sie ein. Als sie trotzdem wieder zu jammern anfing, schlug ihr Frank mit der flachen Hand ins Gesicht.

„Komm zu dir, du lebst und kannst weiter leben. Sei nicht hysterisch. Wir haben auch alle unsere Angehörigen und Freunde verloren. Geh mit uns, zusammen schaffen wir es. Alleine wirst du hier zugrunde gehen. Mit unserem Schicksal müssen wir uns abfinden und das Beste daraus machen." Ihre Augen blickten ins Leere, aber sie schien sich wenigstens nicht mehr zu wehren. Bereitwillig ließ sie sich anschließend zum Wagen führen. Durch den Sturz hatte sie einige kleine Blessuren, die man dank der komfortablen Notarzteinrichtung gleich versorgen konnte. Frank schaffte sie ins Auto, platzierte sie auf die Krankentrage und setzte sich zu ihr. Ihre Hand haltend und ständig freundlich auf sie einredend, kam sie langsam zur Ruhe. Nach ihrem ungepflegten Aussehen zu urteilen, musste sie schon seit dem Unglück herumgeirrt sein.

An dem geplanten Treffpunkt am Ostbahnhof war zunächst niemand zu sehen.

Schon schwand die Hoffnung wieder noch weitere Überlebende zu finden. Es war noch zehn Minuten vor der angegebenen Uhrzeit. Martinshorn und Blaulicht sorgten für ausreichend Aufmerksamkeit. Also warteten sie und verpflegten zwischenzeitlich die junge Frau. In ihrer Verwirrung schien sie schon seit einiger Zeit nichts zu sich genommen zu haben. Gierig aß und trank sie. Nach vielen gefühlvollen Worten stammelte sie ihre Erlebnisse. Im Kreise ihrer Familie musste sie miterleben wie alle plötzlich leblos im Raum lagen oder saßen. Sie war nur kurz im Keller an ihrer Waschmaschine gewesen. Als sie mit der Wäsche zurück kam war alles Leben rundum erloschen. Schreiend hatte sie das Haus verlassen um Hilfe zu suchen. Juliane war ihr Name, den sie nach mehrmaligem Drängen unwillig preisgab. Ihr Blick blieb apathisch und sie konnte weiterhin nur sehr schwer verständlich stammeln. Mit einiger Mühe ließ sie sich ein paar Beruhigungstropfen einflössen.

Juliane Weber war 34 Jahre alt. Als Tochter eines Arztes hatte sie ursprünglich Medizin studiert. Nachdem sie ihren jetzigen Ehemann Manuel kennen und lieben gelernt hatte, versagte ihr Vater die weitere Finanzierung ihres Studiums. Manuel passte nicht in seine Welt. Er war Spanier, hatte keine abgeschlossene Berufsausbildung und schlug sich mit allerlei Gelegenheitsjobs durchs Leben. Dem gesellschaftlichen Status von Julianes Eltern wurde das nicht gerecht. Ihre einzige Tochter sollte standesgemäß in ihren elitären Kreisen heiraten.

Sie versuchten alles um die beiden auseinander zu bringen. Aber ihre Bestrebungen, sogar die zuletzt angedrohte Enterbung, konnten die zwei nicht trennen. Die Liebe siegte.

Juliane gab ihr Studium auf und arbeitete fortan als Krankenschwester. Sehr bald schon wurde sie schwanger und brachte einen Sohn zur Welt. Zwei Jahre später folgte die Geburt einer Tochter. Völlig losgelöst von ihren Eltern und auch ihrer gesamten restlichen Verwandtschaft lebte sie mit ihrem Mann und ihren beiden Kindern recht bescheiden aber glücklich. Die sehr zahlreichen Brüder und Schwestern, sowie die übrigen Verwandten ihres Mannes, nahmen sie vorbehaltlos mit in ihre große Familie auf. Gerade hatten sie ein Treffen in der Heimatstadt von Manuel geplant und freuten sich darauf. Das Ereignis hatte alles zerstört und eine glückliche Familie radikal auseinander gerissen. Nur Juliane war aus unerfindlichen Gründen verschont geblieben und dachte in ihrer Verwirrung, dass es ihre Schuld sei. Sollte damit ihre Trennung von ihren Eltern bestraft werden?

Heinz hatte die ganze Zeit weiterhin gespannt den Platz vor dem Ostbahnhof im Auge behalten. Es schien zunächst, dass sein Aufruf nicht den gewünschten Erfolg bringen würde. Die angegebene Zeit war bereits um einige Minuten überschritten. Aufgeben wollte er aber noch nicht.

Plötzlich erschienen an einem Seiteneingang doch noch zwei Männer. Schwankend bewegten sie sich brüderlich umarmt auf das auffällige Auto zu. Beide hielten Schnapsflaschen in den Händen und hatten diesen offenbar schon rege zugesprochen.

Heinz ging ihnen entgegen, wurde kumpelhaft begrüßt und als Erstes zum Mittrinken eingeladen. Das hässliche Umfeld und das ganze Geschehen schienen beide nicht mehr aufzunehmen, sie hatten sich ins Delirium gesoffen. Das war anscheinend ihre Lösung um über das Katastrophenszenario um sie herum hinwegzusehen.

Beim Versuch die beiden Trunkenbolde ins Auto zu schaffen, lenkte Wolf die Aufmerksamkeit auf sich. Er jaulte vor sich hin und hielt wachsam den Eingang eines Geschäftes im Auge.

Langsam kam dort eine junge Frau heraus, sie wirkte total verängstigt und zauderte noch ein wenig. Heinz redete auf sie ein. Er erklärte ihr, dass sie dabei seien, Überlebende einzusammeln, um gemeinsam eine Strategie zu entwickeln, wie es weitergehen sollte. Zögerlich bekam sie Vertrauen und kam näher. Wolf war bereits bei ihr und schwänzelte um sie herum. Sie streichelte und kraulte ihn, während ihr dicke Tränen über die Wangen liefen. Auf einmal drehte sie sich um und rief ganz laut: „Erna du kannst jetzt auch heraus kommen, es ist anscheinend alles in Ordnung". Sofort öffnete sich die Tür wieder und eine etwas ältere Frau kam langsam heraus. Schwerfällig humpelte sie auf die Gruppe zu. Nach einer kurzen Begrüßung und knappen Erklärungen erzählten auch sie ihre Erlebnisse.

Die Frauen hatten sich am Vortag in der Stadt getroffen. Auf den Sammelpunkt wurden sie durch die nächtlichen Signale aufmerksam. Bereits als Heinz am Abend zuvor wegfuhr waren sie eingetroffen, konnten sich aber nicht bemerkbar machen.

Die letzte Nacht hatten sie im Warteraum des Bahnhofs verbracht. Die vier Tage davor waren sie jeweils alleine ziellos in der Stadt herumgeirrt und immer nur widerstrebend nach Hause zurückgekehrt, wo sie ruhelos und verzweifelt mit ihrem Schicksal haderten. Beide lebten alleine und hatten keine Familie in der Nähe. Heute in den frühen Morgenstunden waren sie durch den Lärm der zwei betrunkenen Männer aufgeschreckt worden. Da sie den beiden in deren Zustand nicht über den Weg trauten, hatten sie sich den ganzen Tag vor ihnen versteckt und sie immer nur aus sicherer Distanz beobachtet.

Sam und Gerd hatten sich die zwei genannt, in ihrem Alkoholrausch schienen sie unberechenbar. Sam hieß eigentlich Samuel Weinsberg. Um seine jüdischen Wurzeln zu vertuschen, nannte er sich nur Sam. Dadurch würde man ihn eher für einen Amerikaner halten können, meinte er. Nach seinem Aussehen war das auch möglich. Leider ist trotz allem Unheil der Vergangenheit Antisemitismus in diesem Lande immer noch ein Thema. Traurig, dass man deshalb seine Herkunft und Religion manchmal besser verschweigen sollte.

Samuel war KFZ-Mechatroniker und hatte gerade erst seine Meisterprüfung bestanden. Er war dabei sich mit einer kleinen Werkstatt selbstständig zu machen. Seine Familie lebte seit Jahren in Israel. Ledig und alleine genoss er mit seinen 28 Jahren das Leben in vollen Zügen. Hinter der Katastrophe vermutete er als streng gläubiger Mensch religiöse Hintergründe. Vor Schreck hatte er als erstes die nächstliegende Synagoge aufgesucht und gebetet.

Die vielen Toten betrachtete er als eindringliche Warnung an die Ungläubigen. Beim Verlassen der Gebetsstätte hatte er in seiner Trost suchenden Verfassung durch die Gegend laufend, ein Zeichen Gottes gesucht. Gefunden hatte er lediglich einen offensichtlich ziemlich stark betrunkenen weiteren Überlebenden tief schlafend auf einer Parkbank.

Gerd Meier, sein neu gewonnener Kumpan war ein unterhaltungssüchtiger Mensch. Kein Event und keine Party die in seiner Reichweite stattfanden, blieben von seinem Erscheinen verschont. Da er zu gerne dem Alkohol zusprach, war er nicht überall sehr gerne gesehen. Seinen Lebenswandel konnte auch die Frau, mit der er nur wenige Jahre verheiratet war, nicht lange ertragen. Glücklicherweise war die Ehe kinderlos geblieben. Nach einer durchzechten Nacht, bei der er eine Menge Lokalitäten besucht hatte, übermannte ihn am frühen Morgen der Schlaf, noch bevor er seinen Heimweg gefunden hatte. Die milde Nacht verbrachte er deshalb einfach im Park. Es war anzunehmen, dass er das Chaos um ihn herum im Alkoholdunst für einen Event hielt und die Ernsthaftigkeit gar nicht realisierte. Als Sam ihn entdeckte, war ihr gemeinsames Ziel der nächste Kiosk für einen morgendlichen Schluck. Sam machte sich nicht die Mühe Gerd davon abzuhalten, sondern trank mit. Auch die nächsten Tage verbrachten sie mit exzessivem Trinken. Nur zum Schlafen zogen sie sich in Sams Wohnung zurück, ansonsten streiften sie durch die Parkanlagen. Dort bekamen sie von der Katastrophe am wenigsten mit. Der Alkohol machte es ihnen leichter die Umstände zu ertragen.

In dem Stadium, in dem sie sich befanden, machten sie sich um die Zukunft zunächst keine Sorgen.

Mittlerweile war es an der Zeit, den Treffpunkt am Hauptbahnhof anzusteuern. Das erforderliche zweite Fahrzeug war schnell gefunden. Die junge Frau, die Sandy genannt werden wollte, erklärte sich bereit, zusammen mit Erna, der älteren Frau in ihrer Begleitung, hinter ihnen herzufahren.

Frank musste im Notarztwagen die beiden Trinker und die noch immer etwas verwirrte Juliane im Auge behalten. Wenn auch die bisher gefundenen Überlebenden nicht alle Wunschkandidaten waren, so war es doch tröstlich, noch einige Menschen um sich zu haben. Einhellig waren alle der Meinung, dass sie in jedem Fall zusammenbleiben sollten, um ihr weiteres Schicksal leichter zu bewältigen.

Am Hauptbahnhof kamen ihnen sofort freudig erregt fünf weitere Personen, drei Männer und zwei Frauen entgegen. Auch sie hatten sich nach tagelanger Odyssee nach und nach bereits in der Stadt getroffen und zufällig den Hauptbahnhof angesteuert. Alle schienen sich bestens vorbereitet zu haben. Zwei mit Verpflegung randvoll bepackte Einkaufswagen aus einem nahen Supermarkt zeugten von sinnvoller Vorausplanung. Die zwei Frauen hatten auch ihr Reisegepäck dabei, da sie von außerhalb angereist waren.

Nachdem man sich miteinander bekannt gemacht hatte und die ersten Erfahrungen ausgetauscht waren, ging es um die weitere Vorgehensweise. Heinz Krüger wurde aufgrund seiner bisherigen Initiative als Wortführer von allen vorbehaltlos akzeptiert. Er übernahm das Kommando.

Da der Treffpunkt am Flughafen später auch noch angefahren werden musste, schlug er vor, ein Hotel direkt am Airport als vorläufigen Ausgangspunkt auszuwählen und in Beschlag zu nehmen. Dort würde man alle weiteren Aktionen planen und abstimmen können. Alle waren einverstanden. Die Trunkenbolde hatte Frank ein wenig ernüchtert, so dass auch sie den Ablauf mitverfolgen konnten. Froh, nicht mehr alleine auf der Welt zu sein war man guten Mutes, dass man gemeinsam einen Weg zum Weiterleben finden würde. Sie hatten alle wieder eine Perspektive.

Erforderlich war jetzt wieder die Beschaffung von Transportmitteln. Sie fanden in der Tiefgarage einen Jeep und einen großen BMW. Ihre Fahrer waren offensichtlich gerade beim Aussteigen vom Unglück getroffen worden. Beide Fahrzeuge waren gleichermaßen geeignet, deshalb entschlossen sie sich, gleich alle zwei mitzunehmen. Genügend zu laden gab es ohnehin.

Mit einem Konvoi von mittlerweile schon vier Autos machten sie sich auf den Weg.

Unterwegs galt es, nach weiteren Lebenszeichen zu schauen und eventuell nützliche Ergänzungen der Überlebensausstattungen mit einzuladen.

VII

Die Fahrstrecke zum Flughafengelände war für Heinz schon zur Routine geworden. Er kannte die Hindernisse und wusste sie sicher zu umfahren. Alle anderen Fahrzeuge folgten ihm diszipliniert. Mit Schrecken registrierten sie die Verwüstungen und die massenhaften Leichen die ihren Weg säumten. Es fiel ihnen nicht leicht den Anblick zu ertragen und sich auf die Route zu konzentrieren. Ständig mussten sie zur Loslösung von den schauerlichen Anblicken gedrängt und zu zügigem Fahren angetrieben werden. Die Bewältigung des Unglücks würde sie sicherlich noch einige Zeit beschäftigen und belasten. Schwer dürfte es werden, nach den furchtbaren Erlebnissen zu einem geregelten Leben zurück zu finden.

Das ausgewählte Hotel direkt am Airport war vermutlich zum Katastrophenzeitpunkt nur sehr schwach frequentiert gewesen. Wahrscheinlich hauptsächlich von Geschäftsleuten und Touristen auf der Durchreise. Zum wohl nur kurzfristigen Aufenthalt ausgewählt, waren die meisten Gäste bereits unterwegs oder abgereist. Jedenfalls war die Anzahl der Leichen überschaubar.

Alle statteten sie sich mit einem Mundschutz und Gummihandschuhen aus, die im Notarztwagen aufzufinden waren, um die Leichenbeseitigung und Reinigung vorzunehmen, damit es bewohnbar wurde. Raum für Raum durchforsteten sie das Hotel. Ganz in der Nähe des Standortes befand sich glücklicherweise eine große Baustelle, die nun kurzerhand zur Deponie umfunktioniert wurde.

Die Toten und alles was verwest war, wurden auf Gepäckwagen geladen und dort hin transportiert. Alle Beteiligten brachten ihren vollen Einsatz in die erste gemeinsame, äußerst unangenehme Aufgabe ein. Frank übernahm die Koordination und die Verteilung der Arbeiten, während sich Heinz, zusammen mit einem der Neuzugänge vom Hauptbahnhof, auf den Weg zum Treffpunkt im nahen Zentralbereich des Flughafens aufmachte.

Erstaunt und erfreut fanden sie dort ein Ehepaar mit ihrem halbwüchsigen Sohn vor. Direkt vor der Hinweistafel hatten sie sich niedergelassen. Mit Gepäckwagen, Feldbetten, Tischen und Stühlen hatten sie einen Lagerplatz eingerichtet.

Die aus der Schweiz angereiste Familie machte Freudensprünge, als sie die weiteren Überlebenden begrüßen konnten. Mit einem Privatjet waren sie aus Zürich gekommen. Der Pilot hatte sie abgesetzt und war sofort wieder zurückgeflogen, um sich um seine Angehörigen zu kümmern. Seither hatten sie nichts mehr von ihm gehört. Das Unglück hatten sie bereits kurz nach dem Abflug aus der Schweiz mitbekommen. Zuerst war nur der Funkverkehr aus unerfindlichen Gründen abrupt abgebrochen. Danach sahen sie aus ihrer geringen Flughöhe die Menschen und Tiere umfallen und liegenbleiben. Autos stießen ohne erkennbaren Grund zusammen oder kamen von der Straße ab. Ein großes Passagierflugzeug stürzte in den Schweizer Alpen an ihnen vorbei in ein Tal und explodierte zu einem riesigen Feuerball. Zu Tode erschrocken hofften sie normale Verhältnisse jenseits des Alpenkammes in München und der Umgebung vorzufinden.

Seit Tagen irrten sie im ganzen Flughafengelände umher auf der Suche nach Überlebenden und in verzweifelter Unschlüssigkeit über ihr weiteres Vorgehen. Mit vor Erlösung tränenden Augen fuhren sie bereitwillig mit zur Sammelunterkunft. Dort gab es einen lebhaften Empfang. Alle redeten wie wild durcheinander und berichteten über das Geschehen. Einige spekulierten über die Ursache. Einzig Erna und Sandy hatten praktische Arbeiten vorgezogen. Die Küche des Hotels hatten sie schon gemeinsam nutzbar gemacht. Im Kühlhaus fanden sie noch jede Menge brauchbarer Nahrungsmittel aus denen sie gleich eine Auswahl als Abendessen zubereiten wollten. Das Hotel verfügte entweder über einen eigenen Gastank oder das öffentliche Versorgungsnetz war noch in Betrieb. Jedenfalls waren die Kochplatten benutzbar. Im Restaurant hatten die beiden Frauen Kerzen und verfügbare Leuchtquellen positioniert, so dass es gemütlich aussah und die Schrecken der letzten Tage etwas vergessen ließ. Erna war gelernte Köchin und fand sich jetzt in ihrem Element. Ihr angestrebtes Ziel war es, die ganze Mannschaft so vorzüglich wie möglich zu verpflegen, solange dies noch ging. Alle hatten bisher von hier und da zusammengesuchten Nahrungsmitteln gelebt und fieberten einer anständigen Mahlzeit entgegen.

Heinz und Frank drängten alle anderen zur Vollendung der Aufräumarbeiten. Dabei begrenzten sie sich auf das Erdgeschoss und die erste Etage. Solange nicht klar war, ob sie länger hier verweilten, sollte niemand unnötig Energie verschwenden. Sicher war das Hotel nur eine Übergangslösung.

Zwei Männer, darunter einer der Trunkenbolde und eine Frau hatten bei der „Reinigung" bereits schlapp gemacht. Sie waren nicht in der Lage die Leichen anzufassen und wegzuräumen und einem Nervenzusammenbruch nahe.

Das Notwendigste war bald gemacht und einige hatten schon ein Hotelzimmer bezogen, als Erna zum gemeinsamen Essen rief. Schon immer hatte sie davon geträumt in so einer komfortablen Küche mit allen Schikanen und dann noch mit dem umfangreichen Vorrat wirken zu können. Was sie zusammen mit Sandy zubereitet hatte konnte sich durchaus sehen lassen.

Ein überaus üppiges italienisches Vorspeisenbüfett vom Feinsten, mit frisch gebackenem Baguette bildete den ersten Gang. Danach brachten sie eine vorzügliche Ochsenschwanzsuppe auf den Tisch. Zum Hauptgang gab es gegrillte T-Bone-Steaks, die besonders die Männerherzen höher schlagen ließ. Bei den Beilagen mussten sie sich auf Nudeln und verschiedene Gemüse aus Konserven begrenzen, da es mittlerweile schon recht spät war. Es konnte nicht ausbleiben, dass man sich zum Essen an den besten Weinen labte, die in großer Auswahl und Menge zur Verfügung standen. Jeder bediente sich großzügig nach seinem Geschmack. Auf die Kosten musste ja niemand Rücksicht nehmen. Welch ein Glück, dass sie diese optimalen Voraussetzungen in dem Hotel vorgefunden hatten.

Alle feierten sie euphorisch das eigene Überleben und lernten sich zusehends näher kennen.

Die Sorgen der vergangenen Tage wurden eine Zeitlang in den Hintergrund gedrängt.

Die beiden Trunkenbolde Gerd und Sam waren in der Zwischenzeit fast nüchtern geworden und tranken nur noch gemäßigter mit. Juliane war auch einigermaßen zur Ruhe gekommen. Nur ihre Augen waren noch starr und voller Leid. Aber sie war wenigstens normal ansprechbar.

Heinz hatte eigentlich vor, schnellstmöglich eine Strategie für das weitere Vorgehen zu besprechen. Unruhig sah er die Zeit ungenutzt verstreichen. Das gute gemeinsame Essen und Trinken und die Freude über die Entwicklung unter diesen Umständen, hatten aber alle in eine Laune versetzt die er nicht trüben wollte. Außerdem waren sie lange genug auf den Beinen und hatten Ruhe nötig. Er hatte zwar Bedenken, dass ihre Ausgangssituation mit jeder Stunde schlechter werden würde, aber trotzdem gönnte er ihnen den gemütlichen Abend. Am nächsten Morgen würde man sich zusammensetzen, um die nächsten Schritte zu planen und in die Wege zu leiten.

Gleich nach dem Essen waren zwei der Männer mit Taschenlampen bestückt auf Erkundungsgang im Keller verschwunden. Ein Raunen ging durch den Raum als es ihnen gelang, die Notstromversorgung des Hauses in Gang zu setzen und die Beleuchtung aufflammte. Nun verfügten sie sogar über Licht und Warmwasser. Nach einer ausgiebigen warmen Dusche sehnten sich alle.

Anspannung und Sorgen der letzten Tage zeigten bald ihre Spuren und sie waren froh, sich in ein komfortables Hotelzimmer zurückziehen zu können. Seit Tagen würde es für sie wieder einmal eine geruhsame Nacht in einem sicheren Umfeld geben.

Als auch Erna ihre Küche in Ordnung gebracht hatte und das Klappern des Geschirrs endlich ein Ende hatte, kehrte eine wohltuende Ruhe ein.

Kein Flugzeug und kein Straßenlärm störten den erholsamen Schlaf.

Morgens fanden sie sich wieder im Restaurant ein. Alle wirkten sichtlich entspannt und erfrischt. Die Frühaufsteher hatten Kaffee und Tee gekocht und ein reichhaltiges Frühstücksbüfett aufgebaut.

Sobald sie ihre erste Mahlzeit hinter sich hatten bat Heinz um die allgemeine Aufmerksamkeit.

„Ich freue mich, dass wir uns gefunden haben und hier so hervorragend versorgt sind. Leider wird das so nicht von langer Dauer sein. Heute Morgen war ich in der näheren Umgebung unterwegs. Immer mehr breitet sich ein fürchterlicher Gestank aus. Bevor ich hier jetzt in die Details gehe, sollten wir uns nachher gleich im Konferenzraum treffen und unseren weiteren gemeinsamen Weg planen und besprechen. Die Zeit drängt."

Alle applaudierten lange anhaltend und waren einverstanden. Einzelne umarmten ihn sogar und dankten ihm für die bisherige Initiative und seine Organisation. Ohne ihn und seine Ideen gäbe es diese Gemeinschaft sicher nicht. Einzelne hätten sich schon aufgegeben, andere würden immer noch ziellos durch die Stadt irren. Die Erleichterung stand ihnen ins Gesicht geschrieben.

Als man dann auch Erna aus ihrer heißgeliebten Küche geholt hatte, ergriff Heinz wieder das Wort.

„Ich schlage vor, dass Frank und ich zunächst die Koordination übernehmen. Sobald wir uns besser kennen, werden wir demokratisch abstimmen.

Niemand wird gezwungen in unseren Reihen zu bleiben, aber sicher ist es für alle zumindest vorerst von Vorteil. Wer von euch wäre bereit, die wesentlichen Dinge die wir planen und besprechen zu protokollieren?" Zwei Frauen meldeten sich sofort und machten untereinander aus, wer welchen Teil übernimmt. Vorgehensweise und Bedarf galt es zu notieren und eine Liste der Beteiligten mit ihren Neigungen und Kenntnissen zu erstellen.

Als erstes bat Heinz um eine Vorstellung jedes Einzelnen, damit man sich mit Namen kennen würde. Vornamen waren ausreichend. Dazu wäre eine kurze Angabe über die jeweiligen Fähigkeiten und Einsatzbereiche sehr vorteilhaft. Alles Weitere könnte man bei entsprechender Notwendigkeit im Laufe der Zeit noch erfragen.

„Wir müssen uns in unserer neuen Welt alle im Rahmen unserer Fertigkeiten einbringen. Ohne Arbeit wird es auch nach dieser Katastrophe nicht möglich sein, uns zu ernähren und weiterzuleben. Etwas Planung ist deshalb unumgänglich."

Er fing selbst an und bat danach im Uhrzeigersinn mit der jeweiligen Vorstellung weiter zu machen. „Mich kennt ihr ja alle schon, mein Name ist Heinz. Ich bin 46 Jahre alt oder besser gesagt jung und komme hier aus der Umgebung von München. Selbstständig habe ich ein kleines Unternehmen geleitet. Meine Stärken liegen im organisatorischen Bereich, ich bin aber auch für viele handwerkliche Arbeiten ganz gut zu gebrauchen und kann bei Bedarf auch kräftig zupacken."

Er gab weiter an Frank und so bekamen sie nach und nach die Namen und einige Informationen.

Frank ist 45 Jahre alt und Berufspilot bei einer Fluggesellschaft. Mit fast allem was fliegt ist er vertraut. Er lebte weitgehend in der Nähe von London, war aber ständig in aller Welt unterwegs. Da sein Beruf auch seine große Leidenschaft war, flog er oft mit seiner eigenen kleinen Maschine zu seinem nächsten Einsatzort.

Juliane, die verwirrte junge Frau, die Heinz und Frank in der Stadt aufgelesen hatten, gab ihr Alter mit 34 Lenzen an. Nach ihrem abgebrochenen Medizinstudium arbeitete sie als Krankenschwester. Mittlerweile hatte sie sich stabilisiert und neuen Lebensmut gefunden. Die neue Gemeinschaft hatte ihr Auftrieb gegeben. Die Trauer um ihre Kinder und die Familie übermannte sie zwischendurch immer mal wieder. Ihre Jammereskapaden wurden aber durch den tröstenden Beistand der anderen Frauen allmählich weniger.

Sam, einer der Trunkenbolde vom Ostbahnhof, ist 28 Jahre alt und KFZ-Mechatroniker. Mit fast allem was Räder hat kennt er sich bestens aus.

Gerd, der andere Schnapsfanatiker, ist vor vier Tagen erst 30 Jahre alt geworden. Von Beruf ist er Elektronikingenieur. Nebenbei betätigte er sich als leidenschaftlicher Amateurfunker.

Sandy, die junge Frau vom Ostbahnhof, ist gerade mal 25 Jahre jung und somit die Jüngste unter den Erwachsenen. Im Einzelhandel als Verkäuferin tätig, hat sie gute hausfrauliche Fertigkeiten. Auf einem Bauernhof aufgewachsen ist sie auch mit Landwirtschaft und Viehzucht vertraut.

Erna, die ältere Frau vom Ostbahnhof, ist gelernte Köchin und eine erfahrene Hauswirtschafterin.

Ihre Fähigkeit hatte sie schon eindrucksvoll unter Beweis gestellt und somit als erste ihre zukünftige hauptsächliche Aufgabe in der Gemeinschaft angenommen. Sie hat eine leichte Behinderung von frühester Kindheit an. Das linke Bein zieht sie nach und ist deshalb nicht so gut zu Fuß unterwegs. Für ihr Handicap bat sie um etwas Nachsicht. Mit ihren 66 Lebensjahren ist sie mit Abstand die Älteste in der Runde.

Heinz fügte sofort ein, dass alle gemeinschaftlichen Erfordernisse von allen unterstützend mitgetragen werden müssen. Niemand dürfte bei seinen Aufgaben alleine gelassen werden. Gemeinschaftssinn sollte das Zusammenleben prägen und die Hilfsbereitschaft für jeden selbstverständlich sein.

„Nur gemeinsam sind wir lebensfähig", betonte er.

Florian, Carsten und Rolf, die drei Männer vom Hauptbahnhof, sind alle Mitte bis Ende 30 und stellten sich jetzt als nächste vor.

Florian arbeitete als Manager im IT-Bereich. Für die neue Situation brauchbare Kenntnisse seinerseits ließen sich noch keine definieren. IT ist sicherlich für die nächste Zeit etwas außerhalb der benötigten Bedürfnisse. Aber auch für ihn würde sich ein Aufgabengebiet finden lassen.

Carsten hatte einen eigenen Handwerksbetrieb als Heizungs- und Sanitär-Meister. Auch mit Solarenergie kennt er sich gut aus. Das sind optimale Voraussetzungen, die der Gemeinschaft bestimmt sehr nützlich sein werden. Er hatte auch die Notstromversorgung des Hotels wieder flott gemacht.

Rolf als selbstständiger Metzgermeister, ist sicher auch eine sinnvolle Bereicherung für die Gruppe.

Außerdem ist er noch passionierter Jäger und Hobby-Angler. Vielleicht könnte gerade das für die künftige Versorgung der Gruppe von Nöten sein, falls in den Seen, Flüssen, Wäldern und Feldern Tiere am Leben geblieben waren.

Patrizia, die eine Frau vom Hauptbahnhof, ist Gymnasial-Lehrerin in Deutsch und Geschichte. Sie spricht fließend mehrere Sprachen und ist 37 Jahre alt. Elegant gekleidet, mit überzeugendem Auftreten zeigte bei ihr das katastrophale Geschehen keinerlei Spuren. Sie bewegt sich fast als wäre nichts geschehen. Im Business-Dress sieht sie aus als wäre sie gerade erst vom Friseur gekommen und zu einem wichtigen Termin unterwegs. Auch ihre Mimik ist entspannt, ohne ein Anzeichen von Anstrengung. Entweder hat sie eine beispiellose Selbstbeherrschung oder eine abgebrühte Natur.

Eine Kaffeepause unterbrach zunächst die weitere Vorstellung. Bei einem anschließenden kurzen Rundgang im Gelände zur Entspannung lernte man sich etwas näher kennen.

Zurück im Hotel waren die meisten der Meinung, dass es sich nicht lohnte, nach draußen zu gehen. Weder die unsaubere Luft, noch der unerfreuliche Anblick der verbliebenen Welt waren erbaulich. Die gerade mühevoll verdrängten Erinnerungen kamen wieder hoch und vermiesten die Stimmung. In der Geborgenheit des Hotels hatten sie den unerfreulichen Anlass ihres Zusammentreffens schon fast wieder vergessen. In der Gruppe der bunt zusammengewürfelten Überlebenden stellte man aber auch bereits fest, wie die Chemie der doch sehr verschiedenen Charaktere zusammen passte.

Einige empfanden starke Sympathien füreinander und die ersten Freundschaften bahnten sich an.

Wolf, der im Supermarkt entdeckte Hund, hatte mit der Bewältigung seiner Vergangenheit keine Probleme. Er erfreute sich großer Beliebtheit und liebevoller Zuwendung. Neu für ihn war, dass sich so viele Personen um ihn kümmerten. Jeden einzelnen umgarnte er freudig. Tiere sind in dieser Hinsicht den Menschen doch deutlich überlegen. Seine Trauer hatte er schnell überwunden.

Wertvolle Zeit war mittlerweile verstrichen, als man sich besann, umgehend mit der Vorstellung und Planung fortzufahren.

Manuela, die 42-jährige Frau vom Treffpunkt am Hauptbahnhof, arbeitete als Erzieherin. Bei der Versorgung hatte sie sich schon hervorgetan. Etwas kräftig, aber nicht unattraktiv, konnte sie gut mit anpacken und schien psychisch sehr stabil zu sein.

Paolo, der am Flughafen angetroffene Schweizer war Fabrikant in der Textilindustrie und Hobby-flieger. Mit seinen 59 Jahren wollte er sich gerade vorzeitig aus seinem Berufsleben zurückziehen. Jahrelange, sehr erfolgreiche Geschäfte hatten ihn eine finanzielle Basis erwirtschaften lassen, die es ihm ermöglichte, sich nur noch seiner Familie und allen angenehmen Dingen des Lebens zu widmen. Die Fabrik würde auch ohne ihn einen guten Ertrag als dauerhafte Rente abwerfen. Sein angehäuftes Kapital und alle bereits erworbenen Immobilien und Wertsachen waren nun vollkommen nutzlos. Für sein gut gefülltes Bankkonto würde sich jetzt niemand mehr interessieren. Auch für viel Geld war zunächst nichts mehr zu erwerben.

Christine, seine mit ihren erst 41 Jahren deutlich jüngere Frau, betätigte sich nach abgeschlossenem Jurastudium nur noch als Hausfrau und Mutter. Sorgenfreies Leben auf höchstem Niveau gewohnt, würde es ihr wahrscheinlich schwer fallen sich in eine Gemeinschaft aus so vielen unterschiedlichen Charakteren einzugliedern. Bereits jetzt war aufgefallen, dass sie gewohnt war, bedient zu werden und nicht selbst Hand anzulegen. Verwöhnt mit allem was das Leben zu bieten hatte, würde ein einfaches Weiterleben mit dem reinen Kampf ums Dasein für sie bestimmt besonders leidvoll werden. Die bisher gewohnten kulturellen Veranstaltungen konnte sie jetzt genau so wenig einplanen, wie ihre endlosen Shopping-Touren und Bridge-Abende. Nur Frauen aus den allerbesten Kreisen gehörten bisher zu ihren vielen Freundinnen und Bekannten. Konversationen mit den anderen Frauen in der Gruppe würden ihren abgehobenen Erwartungen sehr wahrscheinlich nicht gerecht werden.

Patrick, der 14-jährige Sohn von Christine und Paolo, ist ein Musterbeispiel eines verwöhnten und verzogenen Einzelkindes. Bleibt nur zu hoffen, dass er jung genug ist, um noch umzulernen. Er hatte in Wolf bereits einen neuen Freund gefunden. Deshalb wurde ihm die Aufgabe zugeteilt, sich um den Hund zu kümmern, was er dankbar aufnahm. Schon immer hatte er sich einen Hund gewünscht, seine Eltern hatten ihn ständig wieder vertröstet. Die Schule sollte nicht vernachlässigt werden.

Nach München waren sie in der festen Absicht gekommen, ihn in ein gutes Internat zu stecken. Unter strenger Hand sollte er erzogen werden.

Seine Ambitionen für alle Spielereien und dummen Streiche verdrängten bisher jeglichen Lerneifer. Wesentlich lieber beschäftigte er sich mit seinem Computer, der Beschaffung neuester Software oder den modernsten I-Phons und Tabletts. Seine technische Ausstattung mit jeder Art fortschrittlichster Elektronik und die Sammlung an Computerspielen füllten mehrere Regalreihen in seinem gleichmäßig unaufgeräumten Zimmer. Manchmal streifte er auch mit Freunden durch Felder und Wälder, auf der Suche nach neuem Unfug.

Intelligenz war bei ihm ausreichend vorhanden. Bequemes Leben und erst recht das ungewöhnlich üppige Taschengeld reizten zu sehr zu allen Ablenkungen vom Lernen. Im sicheren Schoß der Familie, mit reichem Erbe in Aussicht, gab es für ihn keine Motivation für seine Zukunft zu arbeiten.

***

Heinz Krüger überblickte erfreut die große Schar von mittlerweile 14 Personen und einem Hund, bevor er wieder das Wort ergriff, um die weitere Zielsetzung vorzuschlagen und zu besprechen.

„Nun haben wir alle einen ersten Überblick mit wem wir es zu tun haben. Bleibt zu hoffen, dass wir uns zu einem harmonischen, gemeinsamen Leben zusammenraufen können", bemerkte er zu Beginn.

„Es dürfte klar sein, dass das Leben in den Städten immer unangenehmer werden wird. Ich bin der Auffassung, dass wir uns zunächst ein geeignetes neues Domizil suchen sollten. Sinnvoll wäre ein Anwesen auf dem Lande, das wir eigenständig bewirtschaften können. Möglichst ausgestattet mit eigener Energieversorgung mittels Solarenergie.

Falls es das geben sollte, wäre eine unabhängige Wasserversorgung über eine Quelle oder einen Brunnen ebenfalls wünschenswert. Zwei wichtige Grundbedürfnisse könnten wir damit absichern. Im Laufe der Zeit werden wir Nahrungsmittel anbauen müssen und falls wir welche finden, Tiere halten für unsere Verpflegung. Auch dafür haben wir auf dem Land bessere Voraussetzungen. Bis wir soweit sind, müssen wir zusammentragen, was wir an Lebensmitteln für die erste Zeit benötigen. Die Verwesung und Zersetzung ist bereits stark im Gange, das heißt, wir müssen zügig handeln."

In allgemeiner Zustimmung redeten nun alle wild durcheinander. Fragen kamen von allen Seiten. Heinz musste um eine disziplinierte Diskussion bitten und erteilte nun der Reihe nach das Wort an die einzelnen Fragesteller. Die Suche nach dem geeigneten Quartier fanden alle als vordringlich. Mit einem Anwesen auf dem Lande, abseits der Städte mit den Unmassen an verwesten Leichen und der ganzen Zerstörung konnten sie sich alle anfreunden. Von der Stadt hatten sie im wahrsten Sinne des Wortes die Nase voll.

VIII

Nachdem das vordringlichste Ziel nun definiert war, wollte man baldmöglichst zur Tat schreiten. Bei der Debatte wie und wo ein geeignetes Objekt für das neue Domizil wohl am besten zu finden sein könnte, schaltete sich Frank ein.

„Ich bin in der Lage einen Hubschrauber zu fliegen und meine, die Beschaffung eines solchen sollte auf dem angrenzenden riesigen Flughafen problemlos sein. Wenn wir damit umgehen können, steht uns eine ganze Flotte an Fluggeräten zur Verfügung. Soviel Ahnung, dass ich einen Helikopter oder ein kleines Flugzeug technisch in Ordnung halten kann, habe ich auch. Von oben werden wir sicher wesentlich schneller etwas finden und auswählen können. Mit wie vielen Hindernissen wir auf den Straßen zu kämpfen haben, war auf dem Weg hierher ja schon zu sehen. Außerdem könnte uns ein Hubschrauber oder eine kleine Maschine auch später bestimmt nützlich sein."

Da alle der Meinung waren, dass das die optimale Lösung ist und die Zeit drängte, schlug er vor, sofort aufzubrechen. Paolo bot an, ihn zu begleiten. Ziel war es, ein größeres Anwesen zu finden, das gegen jeglichen Unbill des Wetters geschützt war, also auch gegen Hochwasser und, falls es nahe der Alpen in höheren Lagen sein sollte, natürlich auch gegen Lawinen. Möglichst ideale Voraussetzungen bezüglich Solarenergie und Wasserversorgung wären wünschenswert. Groß genug müsste es auch sein, damit auch noch Spielraum für eventuelle weitere versprengte Überlebende vorhanden wäre.

Und etwas Freiraum für jeden einzelnen sollte vorhanden sein, damit man sich nicht beengt fühlt. „Wir wollen zwar zusammen leben, brauchen aber auch die Privatsphäre, damit wir uns nicht auf die Nerven gehen, wenn wir mal alleine sein wollen. Bestimmt braucht jeder irgendwann einmal eine Rückzugsmöglichkeit", merkte Heinz noch an.

Ein weiterer Wunsch wären Flächen zur landwirtschaftlichen Nutzung für die spätere Ernährung. Ohne zu zögern machten sich beide auf den Weg zum nahen Münchener Airport. Bereits kurze Zeit später flogen sie mit einem Helikopter in niedriger Höhe über das Hotel, um zu signalisieren, dass die erste Hürde genommen war. In ständig größeren Halbkreisen würden sie südlich von München das Voralpenland absuchen. Hier waren die geringste Bevölkerungsdichte und eine zur Bewirtschaftung geeignete Landschaft am ehesten zu finden.

Ein wesentlicher Schritt war in die Wege geleitet, hoffnungsvoll erwartete man das Ergebnis.

Erna hatte den Suchtrupp noch mit Verpflegung versorgt, falls er länger unterwegs sein sollte. Sie ging bereits voll auf in der umfangreichen, nun übernommenen Aufgabe. Als allein lebende Frau hatte sie sich immer eine große Familie gewünscht, die sie liebevoll versorgen könnte. Nun hatte sie gleich 15 Personen und einen Hund zu verpflegen. Unter normalen Verhältnissen wäre das ihr Wunschtraum gewesen. Sie bat auch gleich wieder, sich zurückziehen und um das Essen kümmern zu dürfen. Christine schloss sich bereitwillig an. Beide waren voller Vertrauen, dass alle Planungen und Entscheidungen auch in ihrem Sinne sein würden.

Patrizia bewegte die Frage, wie eventuelle weitere Lebende aufgefunden werden könnten.

Die Treffpunkt-Stationen an den drei Standorten waren ja noch aktiv. Zu den entsprechenden Zeiten mussten sie wieder aufgesucht werden. Gab es noch weitere erfolgversprechende Möglichkeiten? Gerd machte daraufhin einen kreativen Vorschlag, wie man an den vorhandenen und eventuellen weiteren Stationen am rationellsten weiterkäme und auch noch die Kommunikation untereinander sichern könnte. Katastrophenschutz oder auch die Bundeswehr müssten über geeignete Funkgeräte verfügen, die man mit kurzer Anleitung an den Anlaufstationen postieren könnte. Überflüssige Fahrten würden damit vermieden. Außerdem wäre eine Funkmöglichkeit für die Verständigung untereinander sinnvoll, wenn wie jetzt Frank und Paolo, einzelne aus der Gruppe unterwegs waren. Da dieser Vorschlag sehr gut ankam, machte Gerd sich zusammen mit Sam gleich auf den Weg, die Kasernen im Umkreis nach entsprechenden Möglichkeiten abzusuchen.

Heinz bestand darauf, dass keiner aus der Gruppe jemals alleine auf Unternehmungen gehen sollte. Noch zu unklar waren die Verhältnisse rundum. Keiner wusste was und wie sich alles entwickeln würde. So lange sie im Ungewissen waren über die Ursache der Katastrophe gab es keine Sicherheit. Zwischendurch waren immer wieder angeregte Diskussionen über das plötzlich gekommene große Unglück und dessen Ursache entflammt. Wilde Spekulationen machten die Runde. Sam hatte schon einmal eine kurze Predigt dazu gehalten.

Trotz seinem lockeren Lebenswandel war er sehr religiös und streng gläubig.

„Die Verrohung der Menschheit und der ständig fortschreitende Verfall der Werte und der Sitten konnte doch nicht immer so weitergehen, ohne dass unser Herrgott einschreitet. Das war schon längst überfällig. Viel zu lange hat er tatenlos zugeschaut", konstatierte er voller Enthusiasmus.

Keiner der Anwesenden war damit zu überzeugen. Höflich überging man diese Theorie, indem sie einfach totgeschwiegen wurde.

Sandy meldete sich zu dem Thema mit der vagen Vermutung, dass es durchaus mit dem Klimawandel zusammenhängen könnte.

„Wir erleben doch ständig neue Dimensionen an Naturkatastrophen. Stürme und Unwetter werden immer stärker und unberechenbarer. Große Überschwemmungen gibt es selbst dort, wo niemand je damit gerechnet hat. Hitzewellen werden häufiger und Waldbrände breiten sich immer stärker und vernichtender aus. Verheerende Dürreperioden gibt es auch öfter. Die Wüsten und die Meere dehnen sich weiter aus. Schädliche Treibhausgase beeinflussen das Wetter schon seit vielen Jahren. Warum sollte diese Katastrophe nicht eine Folge des Klimawandels sein, die niemand ergründen konnte und von der bisher keiner etwas geahnt hat?", führte sie überzeugt und sichtlich erregt an.

Auch an Analysen, was die wenigen Überlebenden von den vielen umgekommenen Menschen unterscheiden könnte, versuchten sich einige. Es gab keinerlei schlüssigen Erkenntnisse, weshalb sie verschont geblieben waren und alle anderen wie von Geisterhand aus dem Leben gerissen wurden. Ergebnislos stellte man bald die Debatten wieder ein und resümierte, dass es Zeitverschwendung war und zu nichts führte.

„Freut euch, dass wir leben, machen wir das Beste daraus", war das abschließende Fazit von Heinz, der darauf drängte, sich wieder den praktischen und vorrangigen Themen zuzuwenden.

Der nächste Tagesordnungspunkt war die medizinische Versorgung. Juliane übernahm die Aufgabe die Bestückung des Notarztwagens zu inspizieren und alle Geräte, Medikamente und Verbandmittel zu beschaffen, die ihr zusätzlich noch sinnvoll schienen. Als Krankenschwester und ehemalige Medizinstudentin war sie dafür prädestiniert. Eine sehr umfangreiche Ausstattung war ja bereits im Krankenwagen vorhanden. Selbst ein Defibrillator, und ein Beatmungsgerät waren verfügbar. Den Rest wollte sie aus der Ambulanz des Flughafens beschaffen. Bestimmt war dort alles Erforderliche ausreichend verfügbar. Florian bot sich freundlich als Unterstützung an. Beide machten sich auch sofort auf den Weg.

Heinz war zwar beruhigt, wie konstruktiv und zügig sie vorankamen, aber die Uhr lief weiter mit. Kurze Zeit war noch auf vieles zurückzugreifen, was ihnen später vielleicht fehlen könnte. Es lohnte sich bestimmt, darüber gründlich nachzudenken. Beschaffung von Nahrungsmitteln und Hygieneartikeln war ein weiteres sehr wichtiges Anliegen. Heinz berichtete über die vor seinem Haus bereits bereitstehenden Vorräte. Sobald ein fester Standort gefunden war, würden sie diese mitnehmen.

Rolf erklärte sich bereit, die Versorgung mit Fleisch zu übernehmen. Ein LKW mit Kühlanlage war sicher am Großmarkt auffindbar. Dort könnte man auch bestimmt noch genügend genießbare Vorräte vorfinden und mitnehmen. Er kannte sich bestens aus mit Lagerung und Konservierung. Räucherwaren gab es ja auch genügend, die neben den Fleischkonserven einige Zeit lang reichen sollten. In der Verpflegung sah er zumindest für die nächsten Wochen kein großes Problem. Danach war Voraussetzung, dass die Natur noch etwas hergab und nicht alles ausgelöscht war. Falls es etwas zu jagen oder zu fischen gab, würde er als Jäger und Hobbyangler die ganze Gruppe auch dauerhaft versorgen können.

Erna hatte mittlerweile ein Essen gezaubert und im Konferenzraum serviert, damit keine wertvolle Zeit verloren ging. Das Thema Fleisch hatte sie interessiert mitverfolgt. Sofort würde sie alle verbleibende Zeit nutzen um die Bestände aus dem Kühlhaus des Hotels zu konservieren. Dort lagerten noch erhebliche Mengen. Sie bat Rolf um kurze Unterstützung bei Vorgehensweise und Auswahl. Falls Zeit bleiben würde, könnte er ja trotzdem immer noch den Großmarkt ansteuern. Sonst würde man es, mit der restlichen Verpflegung und allen Bedarfsartikeln aus den Lagerbeständen in den Supermärkten bestimmt ergänzen können.

Die Frauen wurden gebeten, gemeinsam alles zu notieren, was für einen Haushalt mit 15 oder mehr Personen notwendig sein würde. Dabei galt es, die Bedürfnisse auf das unbedingt Notwendige zu begrenzen und alles Überflüssige zu vermeiden.

Niemand sollte die Zeit mit Exquisitem vergeuden, erst war nur die Grundversorgung zu sichern. Wasch- und Putzmittel, sowie alle Hygieneartikel waren großzügig einzuplanen.

Heinz erinnerte nochmals daran, dass der Zugriff zu den noch vorhandenen Vorräten in Geschäften und Supermärkten nicht unbedingt dauerhaft zu gewährleisten war. Bevorratung der wichtigsten Artikel sei sicher sinnvoll. Manuela und Patrizia stöhnten sehr bald bei der Aufstellung der umfangreichen Bedarfslisten.

„Das ist ja erschreckend was der Mensch so alles braucht, oder glaubt zu benötigen", meinte dann auch Christine, die ihre Haushaltsführung bisher immer nur dem Personal überlassen hatte.

Schon entbrannte eine heiße Diskussion auf was man alles verzichten sollte oder könnte.

Sandy schaltete sich sehr resolut ein.

„Wir sind eben viel zu sehr zivilisationsversaut, es geht sicher auch sparsamer. Wenn wir schon neu anfangen, könnten wir auch ökologischer leben. Denken wir an die Umwelt, auch wenn sie jetzt leider sowieso schon zerstört ist. Unseren eigenen zukünftigen Lebensbereich können wir aber noch dementsprechend beeinflussen und einrichten."

Trotz grundsätzlicher Zustimmung kamen sie in den Details nicht auf einen gemeinsamen Nenner.

„Die Zeit und die ersten Erfahrungen werden uns lehren und prägen", schloss Heinz die Debatte. „Hauptsache ist zunächst einmal, wir haben einen vernünftigen Plan und ein Ziel. Fangen wir erst einmal mit dem an was sein muss, der Rest wird sich im Laufe der Zeit ergeben", merkte er an.

Viele Stunden waren während der Planungen vergangen, am Ende waren sie jedoch immer noch nicht. Einige organisatorische Fragen waren offen. Juliane und Florian waren mittlerweile mit dem Notarztwagen zurückgekehrt. Beide waren der Überzeugung, ausreichend bestückt zu sein für die meisten kleinen Wehwehchen und Krankheiten. Alles Größere wäre voraussichtlich sowieso nicht zu gewährleisten. Es machte auch keinen Sinn das Schlimmste herbeizureden. Außerdem waren die Ladekapazitäten des Wagens voll ausgeschöpft. „Den Rest müssen wir auf uns zukommen lassen und beten. Ärzte oder Kliniken haben wir leider nicht zur Verfügung", meinte Juliane. Den Wagen hatten sie voll beladen bis unters Dach, damit könnte man eine ganze Stadt versorgen. Für einen Kranken zu transportieren hatten sie im Auto jetzt allerdings keinen Platz mehr übrig.

Die verantwortungsvolle Aufgabe hatte Juliane von ihren Sorgen und ihrer Trauer abgelenkt, sie schien sich nervlich wieder voll im Griff zu haben. Die Arbeit hatte ihr anscheinend gut getan.

Lautes dauerhaftes Hupkonzert vor dem Hotel riss unvermittelt alle aus den Planungen und Notizen. Sie stürmten gemeinsam zum Ausgang.

Gerd und Sam waren zurückgekommen, sie hatten ganze Arbeit geleistet. Die Ausrüstung einer kleinen Fernmeldekompanie parkte vor dem Haus. Kurzerhand hatte Gerd einen kompletten Funkwagen konfisziert. Somit gab es jetzt eine mobile Funkleitzentrale mit modernster Ausstattung. Eine beachtliche Menge transportabler Geräte hatte Sam auf einen geländegängigen Hummer geladen.

„Endlich bin ich zu einem Traumauto gekommen", freute er sich fast kindisch. Sofort richteten beide die Zentrale ein und machten einige der Geräte betriebsbereit. Mit kurzen Bedienungsanleitungen sollten sie an den Treffpunkten postiert werden. Viel Zeit für die Vorbereitungen blieb ihnen nicht mehr, bald mussten die Sammelpunkte wieder abgefahren werden, dabei sollten sie auch gleich mit den Geräten bestückt werden.

Carsten und Gerd boten an, die Anlaufstationen an Haupt- und Ostbahnhof zu übernehmen.

Sam und Florian würden sich um den Treffpunkt am nahen Flughafen kümmern.

Heinz zog schon einmal Bilanz und war recht zufrieden mit den bisherigen Planungsfortschritten. Die meiste Arbeit würde aber erst auf alle zukommen, wenn der neue Standort feststand.

Ein Fluggeräusch über dem Hotel verbreitete kurze Zeit später Spannung unter allen Anwesenden. Die beiden Quartiersucher waren auch schon zurück. Frank machte keine großen Umstände, kurzerhand landete er direkt vor dem Hotel auf einer Wiese. Mit gespannter Erwartung wurden sie empfangen. Freudestrahlend gingen sie zügig voran in den Konferenzraum. Frank kam sofort zur Sache.

„Freut euch, wir haben unsere neue Welt gefunden und wir haben sogar einige Prospekte davon dabei. Drei Objekte haben wir näher besichtigt. Ich fange gleich mit dem nach unserer Ansicht Besten an. Auf einer Höhe von 860 m Richtung Allgäu haben wir ein Kongress-Hotel gefunden mit mindestens 80 Zimmern und noch einigen Ferienwohnungen in zwei separaten Dependancen im Parkgelände.

Das Hotel hat eine eigene Stromversorgung über Solarenergie. Bei der riesigen Menge an Solarzellen auf allen Dächern dürfte die Anlage ausreichend Energie erzeugen für ein ganzes Dorf. Wasser kommt aus einer hauseigenen Quelle auf dem Berg. Eine Kläranlage gibt es auch. In der Nähe ist ein kleiner See zum Angeln und Baden. Sämtliche Sport- und Freizeiteinrichtungen sind vorhanden. Auch wenn das jetzt noch nicht relevant ist, später sind wir bestimmt einmal dankbar dafür. Natürlich müssen wir alles erst aufräumen und das sollte bald sein. Soweit wir es überblicken konnten, ist es aber recht überschaubar."

Er machte eine Pause um das Ganze erst wirken zu lassen und die begeisterten Blicke einzufangen.

„Aber es geht noch weiter. In Sichtweite des Hotels ist ein großer Bauernhof mit weitläufigen landwirtschaftlichen Anbauflächen. Das dürfte für uns ausgesprochen nützlich sein. Soweit zum Domizil, wir glauben besser geht es nicht. Die Fahrt dahin wird mindestens zwei Stunden dauern. Das finden wir, ist es aber sicher wert. Natürlich könnten wir alle dorthin fliegen, aber einige Transportmittel, unsere ganze Versorgung und das Gepäck müssen wir ja auch mitnehmen."

Alle waren hellauf begeistert und stürzten sich auf die mitgebrachten Prospekte. Am liebsten wären sie sofort aufgebrochen.

Frank bremste die Euphorie noch einmal kurz.

„Es gibt eine weitere angenehme Überraschung. Auf unserem Rückflug haben wir einen Landwirt auf seinem Traktor gesichtet. Als wir gelandet sind, kam er sofort freudestrahlend auf uns zugestürzt.

Seine Erkenntnisse sind genau wie unsere auch. Nur haben glücklicherweise bei ihm sogar vier Kühe und mehrere Hühner überlebt. Wir haben ihm unsere Lage und auch unsere Pläne geschildert und versichert, dass wir uns melden, sobald wir unseren endgültigen Standort bezogen haben. Er nennt sich Bertl und ist wohl ein Eigenbrötler. Vor der Katastrophe lebte er auch schon alleine dort. Das Hotel kennt er flüchtig. Zu dem angrenzenden Bauernhof umzusiedeln war er zunächst nicht begeistert, aber dazu können wir ihn bestimmt bald überreden. Sein Hof liegt nicht sehr weit vom Hotel entfernt, höchstens eine Autostunde schätzen wir. Falls ihr mit dem neuen Wohnort und dem Hotel einverstanden seid, brauchen wir die Alternativen gar nicht erst anzuschauen und zu beschreiben. Wir glauben, dass ihr euch dort wie im Urlaub fühlt. So ein Ferienressort in einer solch schönen Landschaft hätte ich mir früher immer gewünscht. So, jetzt seid ihr dran, wie geht es voran und was gibt es an Neuigkeiten zu berichten?"

Mit dem Ergebnis waren selbstverständlich alle einverstanden und lobten die beiden für ihre erfolgreiche Suche. Etwas Geeigneteres konnten sie gar nicht finden. Es war erstaunlich, wie schnell dieses Problem gelöst schien.

Heinz berichtete kurz und sachlich über den Stand der weiteren Planungen. Die Anwesenden waren sichtlich erleichtert über die positive Entwicklung und die bisher erreichten Fortschritte. Alles deutete darauf hin, dass sich eine gut harmonisierende Gemeinschaft mit sehr nahe beieinanderliegenden Zielen und Interessen zusammengefunden hatte.

Schon wurden detaillierte Pläne geschmiedet, was man wie aufziehen würde. Heinz verschaffte sich nach kurzer Zeit wieder Gehör, unumstritten war seine Führungsrolle. Deshalb erwarteten sie mit Interesse seine weiteren Vorschläge.

„Wir sollten so wenig Zeit wie möglich verlieren, es gibt noch einiges zu erledigen bis wir in geordneten Bahnen leben können. Heute ist es zum Aufbruch schon zu spät. Es ist zu riskant, hektisch alles zu packen und in die Nacht hinein zu fahren. Aber morgen früh werden wir am besten gleich alles Sinnvolle einladen und starten. Wer muss oder möchte noch zu seiner Wohnung um das Notwendigste einzupacken?" Auf zehn Personen dürfte das zutreffen, hinzu kam er selbst.

„Denkt daran, dass wir jetzt neue Verhältnisse haben und uns noch mit vielem eindecken können. Löst euch bitte gleich von allem Überflüssigen. Abendgarderobe und Stöckelschuhe bleiben besser zurück. Nur zweckmäßige Kleidung ist gefordert." Alle lachten, sie hatten verstanden.

Paolo, Christine und Patrick hatten ihr Reisegepäck für einige Tage bereits dabei. Alles andere musste wohl in der Schweiz zurückbleiben. Schweren Herzens haben sie ihr Hab und Gut abgeschrieben. Frank hatte seinen Koffer noch im Flugzeug. Er musste ohnehin den Hubschrauber warten und auftanken, dabei würde er umladen. Gleichzeitig könnte er sich ausreichend Treibstoff beschaffen, den man sicherheitshalber separat auf einem Transporter mitnehmen sollte. Der Helikopter war eine sinnvolle Ergänzung für die Gruppe und verschaffte ein Gefühl der Sicherheit und Mobilität.

Später könnte man vielleicht sogar noch auf ein kleines Flugzeug zurückgreifen.

Die Planungen wurden nun erneut unterbrochen. Carsten und Gerd kamen zurück von den zwei Sammelpunkten. Am Ostbahnhof war niemand auffindbar, sie hinterließen ein Funkgerät mit den notwendigen Instruktionen. Vom Hauptbahnhof brachten sie zwei junge Frauen und einen Mann mit. Alle drei warteten den ganzen Tag über bereits dort und sprachen sich immer gegenseitig Mut zu. Die beiden Frauen waren aus Düsseldorf zu einem Kurzurlaub nach München gekommen. Nach einer langen Disconacht fanden sie das bekannte Chaos vor. Die letzten Tage hatten sie sich ratlos in München durchgeschlagen. Ihren zunächst gestarteten Versuch, mit einem ausgeliehenen Auto nach Düsseldorf zurückzufahren hatten sie aufgeben müssen, weil sie die vielen Leichen nicht mehr ertragen konnten. Immer wieder mussten sie sich übergeben und dem Anblick aus dem Wege gehen. Bereits am Stadtrand von München waren sie nach der Überwindung von zahlreichen Hindernissen frustriert wieder umgekehrt und zurückgefahren. Mit nur wenig Nahrung, die sie widerstrebend aus einem Kiosk genommen hatten, zogen sie sich in den Englischen Garten zurück, weil sie es in der Innenstadt nicht mehr aushielten. Übernachtet hatten sie total verängstigt und zusammengekauert in dem angeeigneten Wagen. Irgendwann haben sie sich dann allen Mut zusammen genommen und nach einer Irrfahrt durch die Stadt den Bahnhof angesteuert, wo sie einen heulenden Mann vor dem aufgestellten Plakatständer antrafen.

Alle drei Neuzugänge waren offensichtlich sehr zart besaitet und schienen nervlich am Ende zu sein. Erna beschaffte ihnen eine kräftige Suppe und anschließend Spaghetti Bolognese. Während sie gierig aßen wurde ihnen erklärt was geplant war. Angelika war Sekretärin und Susanne Friseuse. Beide waren vor fünf Tagen 30 Jahre alt geworden, das wollten sie in München jetzt ausgiebig feiern. Soviel war aus ihnen gerade noch herauszukriegen. Ihre Aufnahmefähigkeit war so begrenzt, dass man sie bald in ein Zimmer brachte und ausruhen ließ. Der Mann mit dem Namen Paul war aus Berlin zu einem Kongress in München angereist. Er ist Arzt und arbeitete wissenschaftlich an der Entwicklung von Ernährungsmöglichkeiten für die Hungernden der Dritten Welt. Paul war trotz seines Berufes mit 48 Jahren ein Mann den man als Musterbeispiel für den Begriff Weichei ansehen musste. Offensichtlich war er nicht einmal in der Lage sich ausreichend Nahrung und Getränke zu beschaffen. Ziemlich ausgehungert schlang er alles, was Erna auf den Tisch brachte, in Rekordzeit in sich hinein.

Frank und Gerd machten sich mittlerweile daran, die restlichen mobilen Funkgeräte vorzubereiten. Bereits nach etwa einer Stunde waren die Geräte eingerichtet um sowohl mit dem Hubschrauber und dem Funkwagen als auch untereinander kommunizieren zu können. Eine kurze Einweisung genügte. Beim Testen und Üben machten sich alle damit vertraut und lernten Funkdisziplin. Durch diese Kommunikationsmöglichkeit fühlten sich alle sicherer und beweglicher. Wenn es erforderlich sein sollte, könnte man Hilfe herbeiholen.

Carsten hatte zwischenzeitlich die Fahrtroute zum neuen Quartier gesucht und auf einer Karte eingezeichnet. Elf Adressen müssten vorher noch zum Packen angefahren werden, dafür hatte er auch die entsprechenden Strecken markiert. Heinz legte daraufhin den Ablauf fest. Keiner dürfte allein bleiben, alle wurden mit Funkgeräten ausgestattet. Frank, Paolo und Patrick sollten zusammen am Flughafen alles Notwendige für den Betrieb und die Wartung des Hubschraubers zusammenstellen und ausreichend Treibstoffvorrat dafür beschaffen. Anschließend würden sie als Vorhut das neue Quartier anfliegen und mit der Aufräum- und Säuberungsaktion beginnen. Sollte es bei allen anderen unterwegs Probleme geben, wären sie über Funk jederzeit abrufbar.

Carsten und Rolf würden beim Laden behilflich sein und den Transporter mit Treibstoff und den eventuell nötigen Ersatzteilen übernehmen. Anschließend ihre Wohnungen anfahren und packen. Gerd sollte zusammen mit Sandy im Funkwagen ihre beiden Appartements anfahren.

Die Adressen von Florian und Juliane lagen nicht weit voneinander entfernt. Sie würden mit dem Notarztwagen starten.

Sam, der sich nicht von seinem Hummer trennen wollte, sollte Erna mitnehmen und ihr beim Packen helfen, sobald er seine Habseligkeiten geholt hatte. Heinz würde den Hotel-Bus nehmen und mit allen restlichen der Gemeinschaft die Wohnungen von Patrizia und Manuela aufsuchen. Wolf würde bei ihnen mitfahren. Eventuell müssten sie sich noch ein oder mehrere Fahrzeuge zusätzlich beschaffen.

Alle waren zur zügigen Abwicklung angehalten. Überflüssiges sollte zurückbleiben, gegenseitige Unterstützung war selbstverständlich.

Erster Treffpunkt war elf Uhr am Olympiagelände. Von dort würden sie einen kleinen Umweg zum Haus von Heinz machen. Der müsste mit einer der Frauen in den Feuerwehrtransporter umsteigen. Angelika traute es sich zu, zusammen mit Patrizia den bereits bepackten Verpflegungstransporter zu übernehmen. Den beiden noch verbleibenden, Susanne und Paul, blieb es überlassen mit dem Hotel-Bus weiterzufahren oder in einen PKW umzusteigen. Alle Fahrzeuge müssten danach im Konvoi zusammen bleiben, um nicht einzeln den Weg durch die sicher nicht hindernisfreien Straßen suchen und frei räumen zu müssen. Wichtig war, dass niemand ein Risiko einging.

Christine durchkreuzte als erste die Planungen. Sie konnte es nicht ertragen von Paolo und Patrick getrennt zu sein. Zwangsläufig wurde beschlossen, das Gepäck auf den Treibstofftransporter zu laden, damit sie auch im Helikopter mitfliegen konnte.

Gerade nach Abschluss der Planungsbesprechung kamen Sam und Florian vom Flughafentreffpunkt zurück. Sie brachten einen Amerikaner mit.

Teddy war zunächst aus Chicago gekommen. Bei einem Zwischenstopp der kleinen Maschine in Lissabon hatte die Besatzung und die anderen Passagiere das Schicksal ereilt. Nur er alleine war übrig geblieben. Nachdem er zwei Tage lang in Lissabon keinen Menschen mehr auffinden konnte, hatte er riskiert, mit seinen nur sehr geringen Flugerfahrungen mit der Cessna weiter zu fliegen.

Von oben hatte er den besseren Überblick gehabt. In Paris hatte er auch nur Chaos vorgefunden und sich nach München orientiert. Unterwegs fand er keine Bewegungen, weder in der Luft, noch am Boden. Mangels Karten und genauer Kenntnis von Deutschland war er recht lange unterwegs auf der Suche nach der richtigen Route. Den Rhein konnte er zuordnen und nach Süden entlangfliegen. Als er die Alpen sah, schlug er dann den Weg Richtung Osten ein, bis er München erkennen konnte. Mit den letzten Tropfen Sprit hatte er gerade noch den Flugplatz erreicht. Die Maschine selbst aufzutanken traute er sich nicht, außerdem wusste er nicht wohin er noch fliegen sollte. Seit zwei Tagen irrte er nun bereits alleine im Flughafengelände herum. Als er gestern meinte etwas gehört zu haben, es war wohl das Martinshorn, suchte er systematisch alle Gebäude und das Außengelände des Airports ab und entdeckte schließlich den Sammelpunkt. Das noch von den Schweizern hinterlassene Lager nutzte er zur Übernachtung und Verpflegung. Erleichtert bemerkte er, wie sehr er sich freue, so viele Menschen auf einem Haufen zu sehen. Vor allem lebende, fügte er nachdenklich an. Nachdem er verpflegt war, wurde er über die laufenden Planungen instruiert und war hellauf begeistert.

Als Journalist war er mit dem Auftrag unterwegs über lohnende Reiseziele in Europa zu berichten. Was er bisher allerdings gesehen hatte, war nicht das, was sich seine Auftraggeber erhofft hatten. Dieses Thema konnte er endgültig vergessen. Aber auch in Amerika sah es wahrscheinlich nicht besser aus, tröstete er sich.

Die Freude über die neue Überlebensperspektive war so groß, dass alle schon früh am Morgen den Frühstücksraum des Hotels bevölkerten und voller Unternehmungslust zum Aufbruch drängten.

Schnell waren die Habseligkeiten und die Verpflegung eingeladen und die Fahrzeuge startbereit. Der Helikopter war bereits gestartet.

Carsten und Rolf waren auf der Suche nach einem Transporter für den bereitgestellten Treibstoff.

Heinz blieb trotzdem bei seiner Planung mit dem Sammelpunkt um elf Uhr am Olympiagelände. Er hatte Bedenken, dass alles so glatt laufen würde wie vorgesehen. Sollten sie alle vorher eintreffen, könnte man ja früher weiterfahren.

Jeder wurde gebeten, über sinnvolle Ergänzungen der Ausstattung nachzudenken und diese gegebenenfalls mitzunehmen. Das Wichtigste für alle sollte es aber sein, sich nicht aus den Augen zu verlieren und absolute Vorsicht walten zu lassen. Letztendlich wusste immer noch niemand was eigentlich passiert war und warum.

Abschließend gab er jedem die Hand und verkündete, obwohl es nur um wenige Stunden ging: „Viel Glück wünsche ich uns allen und vor allem ein gesundes Wiedersehen. Erschreckt nicht bei dem was euch da draußen erwartet, es wird alles andere als angenehm sein. Augen zu und durch, jetzt gibt es für uns wieder eine gute Aussicht auf eine lebenswerte Zukunft."

Obwohl man sich voraussichtlich nur für kurze Zeit trennte, verabschiedeten sich alle ungewöhnlich herzlich voneinander.

IX

Dass die Skepsis von Heinz durchaus angebracht war, merkten sehr bald Sandy und Gerd.

Über der Stadt lag ein grauer undurchdringlicher Dunstschleier. Die Luft war geschwängert von bestialischem Gestank. Brandgeruch vermischte sich mit Gas und süßlichen Verwesungsgerüchen von Menschen, Tieren und Nahrungsmitteln. Aus den Gullys strömte ekelerregender Fäkaliengeruch. In den ehemals belebten Straßen der Innenstadt säumten unzählige Leichen ihren Weg.

In der Nähe von Sandys Wohnung dominierte plötzlich extrem starker Gasgeruch und machte das Atmen immer schwerer. Panische Angst vor Vergiftung oder einer Explosion überkam nun beide. Mit Mundschutz und unter ständiger Atemnot versuchten sie schnellstens aus dem Gebiet herauszukommen. Halb ohnmächtig musste Gerd anhalten, er war nicht mehr in der Lage weiter zu fahren. Mühsam nach Luft schnappend war er einer Ohnmacht nahe. Sandy verständigte über Funk die anderen Fahrzeuge. Heinz empfahl sofort an den Stadtrand zu fahren.

Helfen konnte ihnen jetzt niemand. Gefährdung von weiteren Personen musste er ausschließen. Nachdem er Sandy ein wenig aufgemuntert hatte, übernahm sie das Steuer und bereits nach einigen Minuten konnte sie erleichtert Entwarnung geben. In den Randbereichen der Stadt war die Luft klarer. Ihre persönlichen Sachen mussten beide jetzt notgedrungen aufgeben, das Risiko war zu groß. Schnellstens fuhren sie zum Olympiagelände.

Alle Fahrzeuge waren jetzt eindringlich gewarnt. Sie sollten sich nur unter äußerster Vorsicht der Innenstadt nähern und sofort umkehren, falls ein ähnliches Risiko erkennbar sein würde.

Sam und Erna mussten um ihre Wohnungen zu erreichen, in den gleichen Stadtteil, aus dem Sandy den Warnruf geschickt hatte. Noch ein Stück weit davon entfernt, nahmen auch sie den Gasgeruch wahr. Sie entschlossen sich, auf ihre persönlichen Dinge zu verzichten und über die Außenbezirke direkt zum Treffpunkt zu kommen. Beide hatten ohnehin nicht so viel, auf das sie unbedingt Wert legten. Bekleidung würde man sich anderweitig noch ausreichend beschaffen können. Sicherheit war ihnen im Moment lieber.

Carsten und Rolf hatten nach dem Start des Helikopters und der Beschaffung eines geeigneten Transporters, Treibstoff und Ersatzteile geladen. Ihre beiden Wohnungen waren schnell aufgesucht und das Notwendigste gepackt. Aus Platzgründen hatten sie ein weiteres Auto benötigt und besorgt. Auf ihrer Route lief alles recht problemlos und sie kamen schnell voran.

Juliane und Florian waren bereits bei Florian zum Einsammeln seiner wichtigsten Habseligkeiten. Nun standen sie vor der Wohnung von Juliane. Diese hatte wieder einen Nervenzusammenbruch. Sie war nicht in der Lage nochmals in das Haus zu gehen und die Leichen ihrer Familie anzusehen. Nach erfolglosem Zureden und vielen tröstlichen Worten ließ Florian sie einfach im Wagen zurück und sammelte in ihren Zimmern ein, was er gerade für richtig hielt. Sich zwischen den Toten den Weg

durchs Haus bahnend, musste er sich auch überwinden. Beim Anblick der toten Familie stockte
ihm der Atem. Friedlich saßen und lagen alle im
Wohnzimmer und in der Küche. Jetzt erst konnte
er Julianes tiefen Kummer richtig nachvollziehen.
Als er bepackt zum Wagen zurückkam, war Juliane
verschwunden. Hektisch rief und suchte er nach
ihr und umrundete zu Fuß den Block und dann die
angrenzenden Straßen in immer größeren Kreisen.
Nach etwa zehn Minuten fand er sie laut heulend
auf einer Bank an einem Kinderspielplatz. Wahrscheinlich hatte sie hier öfter mit ihren Kindern
verweilt. Sie wollte nicht mehr weiterleben, zu
groß waren ihre Trauer und ihr Schmerz über den
Verlust. Florian funkte in seiner Not Heinz an, er
wusste sich nicht mehr zu helfen. Juliane war zu
keinem Schritt mehr zu bewegen. Hysterisch jammerte sie vor sich hin und zitterte wie Espenlaub.
„Bleib ganz ruhig, wir werden uns etwas überlegen
und uns wieder melden", beruhigte ihn Heinz.
Bereits nach drei Minuten kam die Rückmeldung.
„Hör zu Florian und handele unbedingt genau
nach Anweisung. Gehe zurück zum Notarztwagen
und schaue in das Fach mit den Narkosemitteln.
Ich gebe dir dann Paul, der wird dir erklären was
du davon anwenden kannst. Du musst Juliane eine
Beruhigungsspritze injizieren. Sobald sie dann
eingeschlafen ist, schaffst du sie in den Wagen und
kommst zum Treffpunkt. Melde dich aber bitte
sofort wenn du losfährst. Ich gebe jetzt an Paul...
und Florian... du schaffst das", munterte er ihn auf
und reichte das Funkgerät weiter. Nach kurzer
Suche war ein geeignetes Mittel gefunden.

Florian musste erst überredet und genau instruiert werden, ehe er sich überwinden konnte, die Spritze zu verabreichen. Noch nie war er mit so etwas in Berührung gekommen. Die Notlage erforderte alle seine Willenskraft. Nach zehn Minuten war auch dieses Problem gelöst und sie waren unterwegs.

Heinz hatte mit dem Rest der Gruppe zuerst die Wohnung von Patrizia angesteuert. Probleme gab es auf ihrer Route außer den üblichen Hindernissen und Engpässen keine. Vier Frauen stürmten eifrig ins Haus, um Bekleidung und alle Utensilien die sie gerne mitnehmen wollten, zusammenzustellen. Glücklicherweise war die Wohnung menschenleer. Patrizia hatte keine Familie, sie lebte ganz allein. Ihr Bestand an Kleidung einschließlich Schuhen und Mänteln war so umfangreich, dass alle vier Frauen sich ausreichend damit eindecken konnten. Ihr begehbarer Kleiderschrank wurde geplündert. Der Umweg zu Manuelas Adresse wurde somit überflüssig. Heinz musste aber nach einer Stunde eingreifen und zur Eile mahnen. Die Frauen waren dabei, eine Art Modenschau aufzuführen. Darüber hatten sie den Ernst der Lage völlig vergessen. Auf allen Stühlen, Sesseln, der Couch und im gesamten Schlafzimmer waren Unmengen Kleider verteilt. „Mädels, wir haben noch einiges vor uns, also bitte macht etwas Tempo", ermahnte er sie.

Schmunzeln musste er über das imposante Bild, das sich ihm geboten hatte. Mitten im harten Überlebenskampf, im Gestank einer verwesenden Großstadt, die mit Leichen übersät war, ließen sich die vier Frauen in aller Ruhe über Mode aus und probierten der Reihe nach die einzelnen Stücke an.

Die Anprobe war mit vielen Kommentaren und den unterschiedlichsten Beurteilungen bespickt. Typisch Frau, würden die Männer dazu nur verständnislos und kopfschüttelnd sagen.

Einsichtig packten sie nach der Ermahnung ganz schnell zusammen und beluden einen zusätzlich konfiszierten Wagen, den Teddy organisiert hatte.

Im Bus war nicht genügend Stauraum verfügbar für die immense Menge an großen Koffern und Taschen die sie anschleppten.

Noch vor der geplanten Uhrzeit waren alle Autos am vereinbarten Treffpunkt eingetroffen.

Paul untersuchte Juliane gründlich. Sie schlief durch die Wirkung des Medikamentes tief und fest. Blutdruck, Puls, Atmung, sowie alle Reflexe waren in Ordnung. Für einige Stunden war sie nun ruhig gestellt und würde die Reise nicht mehr stören.

Die anderen waren den Umständen entsprechend wohlauf. Angst und Ekel spiegelte sich aber in ihren angespannten Gesichtern. Das Chaos, das sie unterwegs ansehen mussten und die vielen Toten, hatten Spuren hinterlassen und alle nachdenklich und sorgenvoll gestimmt.

Erna, Paul und der 58-jährige Teddy, die Ältesten in der Gruppe, wurden zu Felsen in der Brandung. Ihr Zuspruch und ihre Aufmunterung führten zur allgemeinen Beruhigung.

Gemeinsam legte man die Abfolge der Kolonne fest. Sam sollte zusammen mit Erna im Hummer die Vorhut bilden. Er hatte die Aufgabe und das passende Gefährt um den Weg frei zu räumen.

Nach den bisherigen Erfahrungen war es sehr wahrscheinlich, dass es nötig sein würde.

Gerd und Sandy würden im Funkwagen folgen und alle Nachfolgenden ständig über eventuelle Hindernisse auf dem Laufenden halten.

Heinz und die Personen ohne eigene Fahrzeuge folgten als dritte Einheit im Hotel-Bus.

In einem weiteren, zusätzlich konfiszierten Wagen, würden Angelika und Patrizia hinterher fahren.

Der Notarztwagen musste erst ausgeladen werden, damit Juliane liegend transportiert werden konnte.

Paul fuhr sicherheitshalber als Florians Beifahrer und zur ärztlichen Betreuung mit.

Rolf hatte die Verbandmittel und Medikamente sowie das überschüssige Gepäck übernommen und reihte sich hinter ihnen ein. Susanne begleitete ihn, damit er nicht alleine fahren musste.

Der Transporter mit dem Treibstoff für den Heli bildete den Schluss. Um kein unnötiges Risiko einzugehen, hielt Carsten damit einen größeren Abstand. Er hatte sich auch bereit erklärt, als einziger alleine zu fahren um sonst niemanden mehr mit der leicht entzündlichen Ladung zu gefährden. Noch immer gab es kleinere Brände und von Zeit zu Zeit waren auch Explosionen und berstende Fenster zu hören. Ohne die menschliche Kontrolle geriet einiges auch jetzt noch, mehrere Tage nach dem Unglück, aus den Fugen. Die Lage war unübersichtlich und unberechenbar.

Recht zügig erreichten sie als nächstes Etappenziel das Anwesen von Heinz in einem Vorort von München, da dieser alle Hindernisse schon bestens kannte und sie zu umfahren wusste.

Mitleidsvoll standen alle eine Weile andächtig im Garten vor seinen beiden errichteten Grabstätten.

Sein Verlust war für sie leicht nachvollziehbar. Letztendlich hatten sie auch ihre Angehörigen und ihr gewohntes Umfeld verloren. Er war wenigstens in der Lage gewesen, seine Familie einigermaßen angemessen zu beerdigen.

Im Haus sammelten sie ein was nützlich erschien und halfen Heinz beim Packen. Diejenigen unter ihnen, die nur mit wenig Gepäck unterwegs waren und noch Bedarf hatten, bedienten sich bei den vielen vorhandenen Kleidungsstücken von Heinz und seiner Frau. Alle Fahrzeuge waren bald bis unters Dach beladen.

Wolf, der mit in Haus und Garten unterwegs war, witterte überall den Hund von Heinz und heulte an einigen Stellen jämmerlich vor sich hin. Er vermisste wohl sehr seine Artgenossen.

Teddy übernahm nun den Feuerwehrtransporter, obwohl mit Ausnahme der Treibstoffkanister vieles wahrscheinlich nicht mehr benötigt wurde. Er musste zwangsläufig alleine fahren.

Heinz, Manuela und Wolf stiegen um in den bereitstehenden Transporter mit der Verpflegung. Der sperrige und unhandliche Hotel-Bus wurde entladen und zurückgelassen.

Wehmütig wendete sich Heinz mit einem letzten Blick zurück, von seinem Haus ab. Mit seiner Frau, seiner Tochter und auch dem heißgeliebten Hund ließ er hier seinen bisherigen Lebensinhalt zurück. Aber was blieb, außer sich mit der neuen Situation abzufinden und das Beste daraus zu machen.

Der Konvoi mit 8 Fahrzeugen, 15 Personen und einem Hund setzte sich in Bewegung um als nächstes Ziel die „Neue Heimat" anzusteuern.

Einige Stunden waren mittlerweile vergangen und man fieberte der Ankunft entgegen.

Außerhalb der Stadt sah es etwas angenehmer aus, weil hier nicht so viele Tote auf engstem Raum zu sehen waren. Durch die lichtere Bebauung waren auch nicht so viele Brandherde entstanden. Einzig das Wetter stimmte sie nicht gerade freundlich. Wolkenverhangen präsentierte sich der Himmel. Von den Alpen her wälzte sich eine dunkle Front auf die Kolonne zu. Es schien, als wollte es am Nachmittag bereits rabenschwarze Nacht werden. Sturmböen kündigten nahende Gewitter an. Laub, Äste und was nicht befestigt war, wirbelte durch die Luft und wurde zum Spielball des Windes. Sollte das auch noch zu der gerade erst über die Menschheit gekommenen Katastrophe gehören? Sehr sensible Gemüter könnten leicht in eine Weltuntergangsstimmung verfallen.

Für die Reisegruppe waren das nicht gerade die optimalen und wünschenswerten Bedingungen.

Die ganze Fahrt gestaltete sich ohnehin schon weitaus langwieriger als sie erwartet hatten. Ständig blockierten havarierte Fahrzeuge den Weg und mussten erst beseitigt werden, damit die Straße wieder befahrbar wurde. Soweit es Sam mit dem robusten Hummer nicht schaffte, fuhr man die im Weg stehenden Fahrzeuge der Reihe nach von der Fahrbahn herunter. Zwangsläufig mussten vorher immer die toten Fahrer ausgeladen werden.

Die Frauen, außer der robusten Manuela und der zart besaitete Paul, waren dazu nicht zu gebrauchen, so dass sich die Aufräumarbeiten übermäßig in die Länge zogen und viel Zeit kosteten.

Nach diesen Zwangsstopps musste erst seelische Aufbauarbeit geleistet werden, weil die empfindlichsten aus der Gruppe in ihren Tränen aufgingen, angesichts des immer wieder elenden Anblicks.

Plötzlich einsetzender kräftiger Platzregen vermieste die schlechte Stimmung kurz darauf noch mehr. Der Himmel öffnete alle Schleusen.

Die Scheibenwischer waren kaum in der Lage die großen Wassermengen, die die Wolken freigaben, zu bewältigen. Die Sichtweite betrug nur wenige Meter. Alle Fahrbahnen standen einige Zentimeter voll mit Regenwasser und an den Straßenrändern bildeten sich riesige Pfützen. Mühsam quälte sich der Tross über die sehr schmalen Landstraßen. Heinz funkte an alle, etwas näher aufzuschließen auf den minimalsten Sicherheitsabstand und sich immer an den Rücklichtern des Vordermannes zu orientieren. Wo sie hinfuhren sahen sie nur mit Abblendlicht und Nebelscheinwerfern.

Nur sehr langsam kam die Kolonne voran, weil besonders die Frauen sich nicht trauten bei diesen Wetterverhältnissen ein wenig schneller zu fahren um dichter am Vorausfahrenden zu bleiben.

Ein Hindernis war nur sehr schwer zu überwinden. Die zahlreichen verunfallten Fahrzeuge waren so stark ineinander verkeilt, dass man sie in einem weiten Bogen durch unbefestigtes angrenzendes Gelände umfahren wollte. Drei der Autos blieben dabei im morastigen Boden stecken. Das Fahrzeug mit Angelika und Patrizia hatte sich gleich ganz aussichtslos festgefahren. Bis zu den Türschwellen war es im Schlamm eingesunken. Die Versuche, es herauszuschieben oder abzuschleppen scheiterten.

Trotz strömendem Regen mussten sie umladen und diesen Wagen aufgeben. Die anderen beiden Autos konnten zum Glück unter schweißtreibender gemeinsamer Anstrengung mit viel Mühe aus dem Matsch gezogen werden. Durchnässt bis auf die Haut und schlammbesudelt von Kopf bis Fuß mussten sich die Helfer anschließend zwangsläufig umziehen. Erkältungen galt es zu vermeiden. Kranke konnte man überhaupt nicht gebrauchen. Wahllos nahm man die am nächsten greifbaren Kleidungsstücke als Ersatz. Dass die nicht optimal passten störte niemanden. Für Eitelkeiten blieb kein Spielraum. Selbst die stets elegante Patrizia beugte sich der Zweckmäßigkeit und trug mit Selbstverständlichkeit die Kleider von Heinz, weil die am leichtesten zu finden waren.

Unter normalen Umständen hätte man die bunte Truppe jetzt für Landstreicher halten müssen.

Mit ihren nassen Haaren, zusammengewürfelten schlechtsitzenden Kleidungsstücken und den total verdreckten Schuhen gaben sie ein jämmerliches Bild ab. Niemand störte sich daran.

Ein weiteres Mal schien kurz darauf die Reise dann endgültig zu Ende zu sein. Auf einer schmalen Landstraße, beidseitig von Hügeln gesäumt, waren mehrere Fahrzeuge, darunter einige Lastwagen über die gesamte Breite der Straße fest verkeilt. Heinz entschied kurzerhand umzukehren und eine andere Route zu suchen, nachdem er durch und über alle Hindernisse geklettert war und ihre Chancen eingeschätzt hatte. Es gab absolut keine Möglichkeit daran vorbei zu kommen oder die vielen Autos aus dem Weg zu schaffen.

Navigationsgeräte funktionierten ja keine mehr. Gleichbleibend starker Regen erschwerte zusätzlich die Orientierung.

Die ganze bisherige Fahrt hatte sich so lange hingezogen, dass kaum zu erwarten war, dass der Konvoi das Ziel noch vor Einbruch der Dunkelheit erreichen würde. Bei Nacht und dem strömenden Regen würde die Sicht noch schlechter werden. Gerd wurde beauftragt, Frank mit dem Helikopter herbeizurufen. Er sollte die schnellste Route für sie suchen. Paolo, der das Gespräch entgegennahm äußerte Bedenken wegen des fluguntauglichen Unwetters, aber Frank startete trotzdem.

Wie schön und nützlich sind die Errungenschaften der Menschheit, wenn man sie zum richtigen Zeitpunkt zur Verfügung hat.

Der Heli war trotz der widrigen Wetterverhältnisse binnen nur weniger Minuten über ihnen. Dank seiner Unterstützung ging es gleich deutlich schneller voran. Mit klaren Anweisungen schleuste er den Konvoi um die vielen Hindernisse. Manches Mal ging es über Feldwege, kleine Seitenstraßen oder mitten durch einzelne Bauernhöfe. Ohne seine professionelle Navigation hätte man diese Strecken niemals finden können. Von oben hatte er den besseren Überblick. Wegen der schlechten Sicht musste er so tief fliegen, dass den anderen oft der Schreck in die Glieder fuhr, wenn er knapp über sie hinwegflog. Böige Winde schüttelten den Hubschrauber durch und machten ihn nur äußerst schwer kontrollierbar. So manches Mal wurde er beängstigend hin und her gewirbelt, über viele Baumwipfel kam er nur sehr knapp hinweg.

Nicht jeder Pilot wäre bei diesen miserablen Bedingungen überhaupt geflogen. Aber Frank hatte besondere Qualitäten und ausreichend Routine. Paolo, der eigentlich mitgekommen war um den Funkverkehr zu übernehmen, saß leichenblass neben ihm und konnte trotz einiger Flugerfahrung nur mit Mühe seine letzte Mahlzeit bei sich behalten. Er war keine große Hilfe und Frank musste ihn sehr bald sich selbst überlassen und auch die Kommunikation mit übernehmen.

Die restliche Strecke war ohne größere Probleme zu bewältigen. Auch der leichte Anstieg zum Hotel, der durch einen schmalen Hohlweg führte, wurde von allen als letzte Hürde gut überwunden. Das nahe Ziel bereits vor Augen gab frischen Auftrieb. Über zahlreiche Äste und die kleinen Erdrutsche die das Unwetter verursacht hatte, kamen alle gut hinweg. Zwischen umgefallenen Bäumen folgten sie dem Führungsfahrzeug blindlings. Auf Beulen, Kratzer und Lackschäden an den Fahrzeugen nahm dabei niemand Rücksicht, auch wenn das für manche gewöhnungsbedürftig war.

Es war bereits Abend als die Kolonne das Hotel endlich erreichte. Am liebsten wären sie gleich in das nächste Bett gefallen. Die Fahrt hatte gewaltig an der Kraft und besonders an den Nerven gezehrt. Aber die Aufräum- und Säuberungsarbeiten im Haus waren noch nicht so weit, dass man beruhigt einziehen konnte. Zwar hatte die Hubschrauberbesatzung als Vorhut einiges erledigt, aber noch immer waren einzelne Bereiche nicht kontrolliert worden. Das Hauptgebäude war weitläufig und Überraschungen sollten ausgeschlossen werden.

Heinz und Frank sammelten alle im Restaurant und gönnten ihnen nur eine kurze Ruhepause.

Christine hatte vorsorglich Kaffee und Tee, sowie Kaltgetränke bereitgestellt und auch Patrick bemühte sich redlich um die Reisegruppe.

Erna, Christine und Manuela machten sich daran, schnellstens eine kräftige Mahlzeit zu kochen. Auch in diesem noblen Anwesen fanden sie dazu optimale Bedingungen vor. Eine riesige Küche mit allen erdenklichen Möglichkeiten und eine große Auswahl an Vorräten machten die Arbeit leicht.

Die anderen durchsuchten systematisch die Flure und Räume, um die restlichen hässlichen Spuren der Katastrophe gründlich zu beseitigen.

Für die Begeisterung über das neue Reich blieb zunächst wenig Zeit. Die Neugierde musste noch zurückgestellt werden.

Erst kurz nach Mitternacht konnte man endlich den Haupttrakt als clean und bezugsfertig verbuchen. Nur das Notwendigste an Kleidungsstücken und Toilettenartikeln wurde aus den Fahrzeugen zusammengesucht. Viele behalfen sich mit dem was im Hotel zu finden war, oder begnügten sich mit den in den Zimmern bereitliegenden Bademänteln.

Im Restaurant versammelten sich 19 müde aber zufriedene Menschen und ein Hund. Trotz des harten Tages herrschte sogar etwas Feierlaune. Eine abenteuerliche Fahrt war gut überstanden und die Katastrophenzustände lagen hinter ihnen. Bei einem köstlichen, wenn auch stark verspäteten Abendessen und wieder hervorragenden Getränken waren alle voll des Lobes über das, was sie bisher von ihrer „Neuen Heimat" gesehen hatten.

Durch die Prospekte und die Beschreibungen ge-
schürte Erwartungen wurden nicht nur erfüllt,
sondern sogar weit übertroffen. Hier müsste man
es gut aushalten können.

Bald schon zogen sich alle müde in ihre bereits
ausgewählten Zimmer zurück. Erneut würde man
eine geruhsame Nacht, fern von Stadtlärm und
Straßenverkehr verbringen können.

Ausgeruht und voller neuer Energie wollte man
am nächsten Tag an der Grundlage für ein neues
Leben weiterarbeiten.

X

Rund um das Hotel dampften die Wiesen, als am nächsten Morgen die Sonne langsam über die Hügel kam. In freundlichem Grün strahlte die Natur. Der Regen hatte nachts aufgehört, der Himmel klarte zusehends auf. Es schien ein schöner Tag zu werden. Vom Hotel aus zeigte sich ein herrliches Panorama. Leicht bewachsene Hügellandschaften gaben den Blick frei auf die Alpen in ihrer ganzen beeindruckenden Schönheit. Föneinfluss brachte die Gebirgsmassive vermeintlich in greifbare Nähe. Eine wahre Bilderbuchlandschaft, schöner könnte ein Urlaubsresort kaum liegen. Für einen Landschaftsmaler gäbe es hier unerschöpfliche Motive. An diesem Ort musste man sich wohlfühlen.

Kein Wunder, dass die Preise des international bekannten und geschätzten Hauses, selbst unter Berücksichtigung der mit fünf Sternen ausgezeichneten Exklusivität, astronomisch hoch waren. Das musste aber jetzt keinen der neuen Gäste mehr interessieren, sie hatten ein Sondernutzungsrecht. Beim gemeinsamen Frühstück waren alle voller Energie und Tatendrang. Eine geruhsame Nacht in angenehmer Atmosphäre und der Gedanke an eine harmonische Zukunft motivierten die Beteiligten. Die großen Anspannungen der vergangenen Tage waren zunächst einmal verflogen. Munter diskutierte man, was alles zu machen und vorzubereiten war und was besichtigt werden sollte. Heinz und Frank mussten die Energie nur in die richtigen Bahnen lenken und die vielfältigen anstehenden Arbeiten sinnvoll verteilen.

Zuerst sollten die zum Hotelkomplex gehörenden Dependancen mit den Ferienwohnungen und alle Nebengebäude, einschließlich der Sportanlagen kontrolliert und, soweit erforderlich, aufgeräumt werden. Danach würden sie kreisförmig um das gesamte Hotelgelände alle Unzulänglichkeiten beseitigen. Der angrenzende Bauernhof, sowie die Stallungen und Scheunen, wurden ebenfalls in die Planungen einbezogen. Alle im Innenbereich des Hauptgebäudes erforderlichen Einteilungen und das Einräumen sollten solange zurückgestellt werden, bis das Umfeld clean war. Das Ausladen der Autos und das Einlagern der Verpflegung hatte auch keine Eile. Die Gepäckstücke und Utensilien sollten sowieso in den Fahrzeugen bleiben, bis alle Räumlichkeiten zweckmäßig eingeplant waren. Frank bekam den Auftrag mit seinem Helikopter einen geeigneten Entsorgungsplatz zu suchen, was sich als sehr einfach herausstellte und auch prompt erledigt wurde. Eine Kiesgrube in nur geringer Entfernung schien dazu gut nutzbar. Mit einem Traktor und einem Radlader des Landwirtschafts-betriebes wurden die Leichen dorthin gebracht. Erinnerungen an Bilder von Kriegsschauplätzen mit Massengräbern wurden bei vielen Beteiligten wach und kratzten erneut an ihrer Psyche, als sie die Toten in eine tiefe Grube schoben. Für eine pietätvollere Beerdigung konnten sie sich aber nicht die Zeit nehmen. Mit jedem weiteren Tag würde es nur schlimmer werden.

Es war eine sehr unangenehme Arbeit, die auch die Abgebrühten unter ihnen nicht ohne Überwindung des inneren Widerstandes erledigen konnten.

Oft wollte man einfach nur die Augen schließen und schnell davonlaufen. Aber die Einsicht über die Notwendigkeit siegte immer wieder.

Glück im Unglück hatte ihnen erfreulicherweise in die Hände gespielt. Ein Tag nach der Katastrophe sollte ein größerer Kongress im Hotel beginnen. Deshalb hatte man keine neuen Buchungen mehr angenommen und die Kapazitäten alle reserviert. Außer einem Teil des Personals hatten sich nur wenige Gäste im Hotelkomplex aufgehalten. Die Kongressteilnehmer und Referenten waren noch nicht eingetroffen. Das gesamte Hotel war deshalb recht schnell bereinigt.

Nur der große Bauernhof entwickelte sich zur nicht enden wollenden Herausforderung. Zahlreiche verendete Tiere mussten weggebracht werden.

Inmitten der toten Tiere fanden sie in einem Stall ein stark geschwächtes aber lebendes Lämmchen. Niemand war mehr dagewesen, der sich um seine Fütterung kümmern konnte. Seit Tagen war es bereits ohne Nahrung und Wasser.

Viele Tiere waren wahrscheinlich nicht infolge der Katastrophe selbst, sondern durch die mangelnde Versorgung verendet. Eingesperrt in ihren Ställen hatten sie nicht die Möglichkeit sich ohne fremde Hilfe zu ernähren.

Sofort wurde alles mobilisiert um das arme Tier zu retten. Sandy übernahm bereitwillig die Pflege. Sie war ja auf einem Bauernhof aufgewachsen und kannte sich im Umgang mit Tieren aus. Da der Zustand kritisch war, beschloss sie, die Nacht auf einem Notlager im Stall neben dem Lämmchen zu verbringen, um es immer im Blickfeld zu haben.

Am Ende des ersten Tages in der „Neuen Heimat" waren alle ziemlich erschöpft. Aber das Domizil war in einem hervorragenden Zustand. Alles war kontrolliert und soweit notwendig bereinigt.

Zur Versorgung der vielen Kongress-Teilnehmer über einen längeren Zeitraum hatte der Koch des Hauses großzügig Vorräte eingelagert, die der Gruppe jetzt willkommen waren. Dem Anspruch des Hauses entsprechend, war alles vom Feinsten.

„Hoffentlich gewöhnt ihr euch nicht zu sehr an dieses hohe Niveau", warnte Erna vorsorglich. „Wenn das alles aufgebraucht ist, müsst ihr wieder mit ganz normaler Hausmannskost auskommen."

Alle trugen es mit Fassung, sie hatten Vertrauen in Ernas Kochkünste.

Eigentlich, so resümierte Heinz wohlgelaunt am Abend, könnte man fast schon zu einem geregelten Leben übergehen. Die restlichen organisatorischen Vorbereitungen waren überschaubar.

Zwangsläufig mussten noch alle Zuständigkeiten geregelt werden. Jeder erhielt eine schwerpunktmäßige Aufgabe, für die er verantwortlich war. Natürlich mit der Unterstützung aller anderen bei zu übermäßiger Belastung. Kameradschaftliche Solidarität war eine grundlegende Voraussetzung.

„Ohne geordnete Verhältnisse werden wir nicht harmonisch zusammenleben können", verkündete Heinz bei der Einteilung.

„Jeder von uns muss seinen Teil dazu beitragen." Zunächst gab es keine Widerstände, alle waren einsichtig und zeigten große Einsatzbereitschaft. Soweit es möglich war, wurden bei der Verteilung die vorhandenen Kenntnisse berücksichtigt.

In den nun folgenden Tagen wurde der bereinigte Radius erweitert. Die Dependancen des Hotels waren hergerichtet und der Bauernhof bewohnbar gemacht. Somit hatte man genügend Reserve für eventuelle weitere Überlebende.

Der große Ballsaal des Hotels war zusätzlich zu den vorhandenen Kühl- und Lagerräumen als Vorratsdepot eingerichtet und eingeräumt worden. Man hatte nicht vor Bälle zu veranstalten und zur Zusammenkunft gab es genügend Kongressräume. Jeder hatte sich ein Hotelzimmer ausgesucht und bezogen. Auf kompaktes Zusammenbleiben wurde besonderen Wert gelegt. Sie sollten sich wegen der Versorgung und vor allem der Reinigung nicht zu sehr über alle Stockwerke verteilen.

Heinz machte sich zusammen mit Frank, Carsten und Sam auf, um den Bauern Bertl umzusiedeln. Mittlerweile, geprägt durch die Eintönigkeit des Alleinseins, war dieser bereit mit den Tieren in das respektable Gehöft neben dem Hotel umzusiedeln. Zwei Viehtransporter waren schnell gefunden, so dass in nur drei Fahrten alles herbeigeschafft war. Sowohl die beachtliche Größe, als auch die Ausstattung beeindruckten Bertl sehr. Ein komfortabel eingerichtetes Bauernhaus, Ställe nach modernsten Erkenntnissen und ein riesiger Maschinen-Park eröffneten viele Möglichkeiten. Sandy war auf dem Bauernhof geblieben um das Lamm zu versorgen, das sich durch die liebevolle Pflege erholt hatte. Kurzerhand entschloss sie sich jetzt, zusammen mit Bertl weiterhin auf dem Hof zu bleiben. Sie fühlte sich, wie in ihre Kinderzeit zurückversetzt, ausgesprochen wohl in dem gutsähnlichen Gehöft.

Mit dem etwas einsilbigen Bauern schien sie gut zurechtzukommen. Die beiden würden sich bei der Bewirtschaftung bestimmt sinnvoll ergänzen.

So langsam kehrte Normalität in dem kleinen Dorf ein, soweit man unter den gegebenen Umständen davon ausgehen konnte.

Alle aus der Gemeinschaft betreuten mittlerweile ihren zugeteilten Aufgabenbereich. Die Belastung war infolge der Verteilung auf viele Schultern überschaubar und für niemanden tagefüllend. Es blieb noch genügend Zeit zur freien Verfügung. Heinz und Frank sorgten für Unterstützung, falls einmal die Arbeiten zu einseitig anfielen und kümmerten sich um Ersatz bei Verhinderungen.

Es dauerte nicht lange bis mit dem Alltagstrott die im Zusammenleben üblichen, unterschiedlichen Auffassungen zu einer ersten Auseinandersetzung führte. So glaubte Gerd, seine Hauptaufgabe darin zu sehen, Susanne von seiner Männlichkeit zu überzeugen. Bei einem gemeinsamen Spaziergang der Gruppe setzte er sich mit ihr zusammen etwas ab und sie flirteten zunächst recht lebhaft und friedlich miteinander. Im Laufe des Gesprächs wurde Gerd aber zusehends zudringlicher.

„Du brauchst doch bestimmt auch einmal wieder etwas Zuneigung", bedrängte er sie nach einiger Zeit und legte vertraulich den Arm um ihre Hüfte. Ein Ausweichversuch von ihr reizte ihn und er hielt sie noch fester umklammert.

„Zier dich nicht so, du willst es bestimmt auch", war dann seine Meinung, als er versuchte sie zu küssen. Susanne schrie ihn laut an und hoffte, dass die anderen dadurch auf sie aufmerksam würden.

„Lass das gefälligst, du tust mir weh. Außerdem will ich überhaupt nichts von dir".

Ihren Widerstand zu brechen, hoffte er mit noch hartnäckigerem Zupacken zu erreichen.

Ein Handgemenge war die unausbleibliche Folge, aus dem Gerd mit einem blauen Auge und einigen Kratzern hervorging. Susanne entkam mit zerzausten Haaren und zerrissener Bluse. Aus Angst, Gerd würde noch brutaler mit ihr umgehen, rannte sie so schnell sie konnte zum Quartier zurück.

Das Aussehen beider blieb nicht verborgen und führte zu weiteren verbalen Auseinandersetzungen innerhalb der Gemeinschaft.

Heinz sah sich zwangsläufig genötigt einzugreifen. Beim gemeinsamen Abendessen sprach er Klartext.

„Wer sich in unserer Gemeinschaft ungebührlich verhält, kann gerne seine eigenen Wege gehen. Wir haben zwar keine Ordnungspolizei hier, aber wir können gemeinsam über den Verbleib einzelner in solchen Fällen abstimmen, falls es notwendig sein sollte. Ich gehe aber davon aus, dass Gerd sich entschuldigt und es bei diesem Einzelfall bleibt. Alle werden gebeten, aufeinander aufzupassen und solche Situationen zukünftig zu unterbinden. Wir haben hier eine neue Heimat gefunden, die es friedlich zu erhalten gilt."

Alle pflichteten ihm bei. Gerd entschuldigte sich und hielt sich in der Folgezeit fern von Susanne. Damit war diese Situation bereinigt.

Klammheimlich hatte sich ein anderes Pärchen gebildet. Rolf hatte es mitbekommen und konnte es nicht für sich behalten. Patrizia und Florian hatten bereits mehrere Nächte miteinander verbracht.

Obwohl sich beide bei den nicht ausbleibenden Sticheleien erst wehrten, war ihre Zuneigung nicht mehr zu vertuschen. Erfreut, dass das Leben in normale Bahnen gelenkt wird, wurden die zwei in ihrer Verbindung unterstützt und mehrere aus der Gemeinschaft boten sich gleich als Trauzeugen an.

„Wir haben aber weder einen Priester der euch trauen kann, noch eine Hebamme zur Verfügung", bemerkte Heinz dazu scherzhaft.

„Wenn ihr euch trotzdem fest verbinden wollt, müsst ihr in wilder Ehe leben. Aber ich bin froh, wenn wir keine größeren Probleme haben."

Allgemeines Gelächter begleitete diese Ansage. Eine weitere Verbindung sorgte einige Zeit später zunächst für größere Aufregung.

Wolf war eines Tages urplötzlich verschwunden. Das war außergewöhnlich, da er normalerweise Patrick kaum von der Seite wich. Er machte zwar immer seine Pirschgänge im näheren Umfeld, war aber nach ein bis zwei Stunden wieder zurück. Über Nacht lag er brav an Patricks Bett. Der war natürlich durch das Fernbleiben sehr beunruhigt und forderte alle zum Suchen auf, in der Angst, dem Hund könnte vielleicht etwas zugestoßen sein. Christine versuchte ihn zu beruhigen, obwohl sie insgeheim seine Sorgen teilte. Man entschloss sich, bis zum Nachmittag zu warten und dann gegebenenfalls eine gemeinsame große Suchaktion zu starten. Patrick wollte so lange nicht untätig bleiben und begab sich alleine auf die Suche.

„Jetzt habe ich meinen besten Freund verloren", weinte er sich am Mittag bei seinen Eltern aus. Seine stundenlange Suche war erfolglos geblieben.

In immer größeren Kreisen hatte er das Gelände rund um das Hotel abgesucht. Verzweifelt und jämmerlich heulend bat er um Hilfe.

Heinz stellte eine Suchmannschaft zusammen, an der sich alle gerade Abkömmlichen beteiligten. Zwei Personen wurden eingeteilt das gesamte Haus einschließlich aller Kellerräume abzusuchen. „Es ist nicht auszuschließen, dass er irgendwo die Nase hineingesteckt hat und eingesperrt wurde." Wie fast alle Hunde war auch Wolf neugierig, hatte an allem Interesse und lief überall frei herum.

Der restliche Suchtrupp wurde verteilt auf die Nebengebäude, um anschließend in verschiedenen Richtungen das umliegende Feld-, Wiesen- und Waldgelände zu durchforsten. Frank machte den Hubschrauber klar, um von oben zu unterstützen. Paolo, Christine und Patrick fuhren zu der als Mülldeponie umfunktionierten Kiesgrube und nahmen die Suche von dort aus auf. Die lange Zeit nicht benötigten Funkgeräte kamen wieder einmal zum Einsatz. Eifrig wurde jedes Fleckchen im Umkreis akribisch abgesucht. Über Funk wurden jeweils die Suchgebiete untereinander abgestimmt. Alle hofften ständig auf den erlösenden Rundruf, der kam jedoch zunächst nicht.

Bei Einbruch der Dunkelheit versammelten sie sich wieder am Haus. Keiner hatte eine Spur von Wolf gesichtet. Traurig rätselte man, wo man jetzt noch weiter suchen könnte.

Der Hund war lange schon zum festen Bestandteil der Gemeinschaft geworden und jedem ans Herz gewachsen. Während lange und lebhaft diskutiert wurde, kam ein fröhlicher Funkspruch von Sandy.

„Ihr könnt euch jetzt alle beruhigen. Wolf geht es gut, er ist hier auf dem Hof. Bevor ihr mich mit Fragen löchert, setzt euch in Bewegung und schaut es euch selbst an, es lohnt sich bestimmt."

Erfreut und gespannt marschierte die gesamte Truppe das kurze Stück zum Bauernhof. Sandy kam ihnen lächelnd entgegen. „Folgt mir am besten ganz leise", bremste sie alle Fragen.

Bei dem Anblick, der sich ihnen bot nachdem sie ihr in die Stallungen gefolgt waren, hätten sie am liebsten lauthals losgelacht. In der Box des von Sandy aufgepäppelten Lämmchens bot sich ein lustiges Bild. Wolf lag ausgestreckt auf der Seite. Zwischen seinen Vorder- und Hinterläufen schmiegte sich das Lämmchen an seinen Bauch und rieb ab und zu seinen kleinen Kopf an ihm. Wolf konterte mit liebkosendem Ablecken seines neugewonnenen Schützlings. Durch die vielen plötzlich aufgetauchten Zuschauer ließen sie sich nicht stören und rekelten sich zufrieden weiter. Niemand hatte bisher darüber nachgedacht, dass die Tiere sicher auch ihre Artgenossen vermissten. Wolf hatte als Ersatz das Lämmchen ausgesucht, was beiden zugutekam.

Ein bisschen Eifersucht kam dann bei Patrick auf. Er wurde zwar so freudig begrüßt wie sonst auch, aber fortan musste er die Zuneigung von Wolf wohl mit dem Lamm teilen.

Da es gut ausgegangen war, wurde die Suchaktion als unterhaltsame Abwechslung abgeschlossen. Im täglichen Einerlei auf begrenztem Raum war man dafür dankbar. Alle waren wieder einmal an der frischen Luft und hatten ausgiebig Bewegung.

Das weitere Leben der neu zusammengefundenen Gemeinschaft entwickelte sich zunächst relativ gut. Außer kleineren Querelen wegen unterschiedlicher Auffassungen über das Arbeitspensum einzelner, und die manches Mal mangelnde Sorgfalt bei der Ausführung der zugeteilten täglichen Pflichten, gab es keine Probleme. Wie bei jedem Zusammenleben in Gemeinschaften musste die erforderliche Toleranz untereinander erst noch wachsen.

Heinz führte die „Neue Heimat" wie einen Hotelbetrieb mit 19 Angestellten. Ein paar Ratschläge da, ergänzende Hinweise dort, aber im Wesentlichen aufbauende und auch lobende Worte schafften ein angenehmes Betriebsklima.

Bertl und Sandy bewirtschafteten weitgehend selbstständig den großen Bauernhof und bestellten die vielen Anbauflächen. Bei Bedarf, hauptsächlich bei den Ernten, bekamen sie Unterstützung.

Angelika hatte sich ganz gut zur rechten Hand von Heinz entwickelt. Sie prägte entscheidend die Qualität aller Arbeiten im Haus mit. Hauptsächlich bezüglich der Ordnung und Sauberkeit. Manuela, deren Hauptaufgabe die Zimmerreinigung war und Susanne, die die Wäsche übernommen hatte wurden von ihr auf einem hohen Niveau geschult. Außerdem kontrollierte sie die Vorräte und erstellte gemeinsam mit Erna die Speisepläne, wobei beide sehr viel Kreativität entwickelten.

Carsten fungierte entsprechend seiner handwerklichen Fähigkeiten als Hausmeister. Die Wartung der Heizungs- und Sanitäranlagen, einschließlich des Schwimmbades und der Sauna, sowie kleinere Reparaturen sorgten für genügend Beschäftigung.

Gerd, der Elektronik-Ingenieur, unterstützt von Florian, war neben dem Funk zuständig für alles was mit dem Solarstrom betrieben wurde.

Rolf kümmerte sich um die Fleischversorgung und die Lagerung der Lebensmittel.

Juliane unterstützte Erna tatkräftig in der Küche.

Frank hielt seinen Heli in Schuss und versorgte zusammen mit Sam den Fuhrpark einschließlich der vielen Landmaschinen und die Fitnessgeräte.

Christine entpuppte sich wider Erwarten als vorzügliche Servicekraft. Die von ihr gedeckten Tische entsprachen weiterhin dem Anspruch des noblen Hotels. Zusätzlich kümmerte sie sich liebevoll um die Gärten rund ums Haus. Die schönsten Blumen zierten ständig Räume und Tische.

Patrizia musste als Lehrerin für die Bildung von Patrick sorgen. Angepasst an die neuen Gegebenheiten schulte sie ihn für das Überleben. Aber auch die Allgemeinbildung wurde nicht vernachlässigt. Nebenbei machte sie es sich zur Aufgabe für die Unterhaltung zu sorgen. Ständig ließ sie sich neue Gesellschaftsspiele einfallen.

Paul hatte sich eine provisorische Arztpraxis in einer der Dependancen eingerichtet und versorgte seine Patienten bei den glücklicherweise wenigen Unpässlichkeiten und kleineren Verletzungen. Da es ihm an praktischer Erfahrung fehlte, musste er öfter Rat und Hilfe von Juliane einfordern.

Teddy und Paolo brachten keine Kenntnisse mit um sie in einem speziellen Bereich einzusetzen.

Sie wurden deshalb zur besonderen Verwendung je nach Bedarf den anderen zugeteilt.

Kameradschaftlich halfen sich alle untereinander.

XI

Einige Zeit nachdem das neue Heim bezogen worden war, meldete sich völlig unerwartet das Funkgerät vom Sammelplatz am Hauptbahnhof. Die Gedanken an weitere Überlebende waren im Laufe der Zeit schon in den Hintergrund getreten. Wenn niemand aus der Gruppe unterwegs war, waren die Geräte normalerweise ausgeschaltet. Heinz hatte aber bestimmt, dass täglich zu den angegebenen Treffpunktzeiten die Funkleitstelle besetzt werden musste. Gelangweilt und ohne große Lust und Erwartung war an diesem Tag gerade Gerd in Bereitschaft.

Hektisch stotternd meldete sich ein nervöser Mann. Er musste erst beruhigt werden, so überrascht war er über die Verbindung und das Lebenszeichen. Gerd wimmelte seine Fragen ab und empfahl den Wartenden zu bleiben bis sie abgeholt werden. Zweifel waren am anderen Ende zu spüren, als er versicherte es würde nicht lange dauern.

Frank machte sich sofort mit dem Helikopter auf den Weg und brachte drei neue Mitglieder mit in die Gemeinschaft. Sie hatten einen alternativen Lebensweg in der Stadt versucht. Bei einem ihrer Beutezüge waren sie am Treffpunkt Hauptbahnhof vorbeigekommen und hatten den Aufruf und das Funkgerät entdeckt. Sofort versuchten sie Kontakt aufzunehmen, mussten sich aber bis zur angegebenen Zeit gedulden.

Sehr erstaunt waren sie, als binnen kurzer Zeit der Hubschrauber auftauchte und auf dem Vorplatz landete. So einen Service hatten sie nicht erwartet.

Durch die Neuankömmlinge gab es wieder eine Menge Gesprächsstoff.

„Wie ist es in der verlassenen Welt da draußen?", kam die erste neugierige Frage von Manuela.

„Wo und wie habt ihr gelebt und wie ist es euch ergangen?", fragte sie gleich weiter. Die Antwort befriedigte und bestärkte dann alle gleichermaßen.

„Seid froh, dass ihr hier gut untergekommen seid, das Leben in der Stadt ist unerträglich geworden. Wir waren schon am Verzweifeln, weil wir den Gestank und das ganze Chaos nicht mehr ertragen konnten. Wieso wir nicht auch umgesiedelt sind, verstehen wir im Nachhinein nicht. Idee und Mut haben uns wohl gefehlt. In München wären wir in absehbarer Zeit wahrscheinlich dem Alkohol verfallen und zugrunde gegangen."

Heidi, eine der beiden Frauen und Julian ihr Mann stimmten den kurzen Ausführungen von Stefanie uneingeschränkt zu.

„Wir hatten ja im Gegensatz zu euch keinen Strom und auch kein fließendes Wasser. Im Sommer war das noch einigermaßen erträglich. Unsere größte Sorge war aber der jetzt nahende Winter. Gerade waren wir auf der Suche nach einer beheizbaren Behausung. Wenn wir dürfen, schließen wir uns eurer Gemeinschaft sehr gerne an und bringen uns ein wo wir können", fügte Julian an und blickte in die Runde, ob Zustimmung zu erwarten war.

„Etwas Besseres, als das was ihr hier geschaffen habt, können wir uns nicht vorstellen. Besonders Stefanie fühlt sich nur mit uns beiden sehr einsam. Sie braucht unbedingt noch einige Menschen um sich herum um nicht an Einsamkeit einzugehen.

Hier kann man bestimmt Leben wie im Urlaub und genügend Abwechslung gibt es sicher auch."

Einstimmig wurden sie mit offenen Armen aufgenommen, Platz genug war sowieso vorhanden. Drei neue Gesichter integrierten sich harmonisch. Erfreut nahm man zur Kenntnis, dass mit Heidi und Julian ein Paar gemeinsam überlebt hatte.

Für die Männer wurde die sehr attraktive Stefanie sofort zum Objekt ihrer Begierde. Umgarnt und umschmeichelt wurde sie besonders von Gerd und Sam, die beim ersten Kennenlernen schon mit Stilaugen ihre ganze Figur abgetastet hatten und lebhaft nach gemeinsamen Interessen forschten. Um ihre Gunst entwickelte sich sehr schnell ein Wettbewerb mit offenem Ausgang. Endlich hatten sie wieder eine neue Herausforderung gefunden.

Heidi, 33 Jahre alt und ihr zwei Jahre älterer Mann Julian, hatten in ihrem gemeinsam betriebenen Reisebüro überlebt. Verängstigt trauten sie sich einige Tage nicht aus ihrer Wohnung im gleichen Haus. Erst als ihre Vorräte gänzlich aufgebraucht waren, gingen sie auf die Suche nach Nachschub. Stefanie gabelten sie dabei in einem Großmarkt auf. Wie in Trance stiefelte diese leicht schwankend zwischen den zahlreichen Leichen umher und schien dabei ihre Umwelt nicht wahrzunehmen. Da sie ziemlich verlottert und verwahrlost war und einen apathischen und hilflosen Eindruck machte, wurde sie mitgeschleppt und aufgenommen.

In ihrem Zustand ließ sie alles über sich ergehen. Nach einigen Tagen erfuhren sie das Schicksal der 22-jährigen. Sie war gerade völlig alleine aus einem kleinen Dorf im Sauerland nach München gezogen.

Durch ein Stipendium hatte sie einen Studienplatz bekommen und lebte in einer Pension am Stadtrand. Zwei Tage nach ihrer Ankunft überraschte sie die Katastrophe in der U-Bahn auf dem Weg zur Uni. Außer ihr hatte niemand in der Bahn überlebt. Ohne Stadtkenntnis war sie alleine herumgeirrt. Heidi musste sie erst einmal waschen, neu einkleiden und mit viel Aufmunterung auf Vordermann bringen. Nach ausreichender Verpflegung und zahlreichen Stunden ruhigem Schlaf wurde wieder ein ansehnlicher Mensch aus ihr.

Die willkommenen neuen Mitglieder erweiterten nun die Gemeinschaft. Dadurch verteilten sich die Aufgaben auf mehr Schultern und entlasteten alle. Die nächsten Wochen verliefen nun recht geordnet. Wie im Fluge verging die Zeit. Jeder erledigte seinen Arbeitsbereich zufriedenstellend.

Viele Stunden blieben für sportliche Aktivitäten und andere Freizeitbeschäftigungen übrig. Ruhig, für einige zu ruhig, glitten die Tage dahin.

Zwischendurch veranlasste Heinz immer wieder ein paar zusätzliche Arbeiten.

Zum einen hatte man festgestellt, was der Mensch noch so alles brauchen könnte, oder glaubte, haben zu müssen. Zivilisationsverwöhnt hatte jeder seine individuellen Ansprüche. Zum anderen hatten sich die ersten Engpässe bei verschiedenen Nahrungsmitteln und einigen Bedarfsartikeln herausgestellt. Um Abhilfe zu schaffen, war ein Teil der Mannschaft in den naheliegenden Ortschaften auf die Suche nach entsprechenden Quellen gegangen.

Ein großes Outlet-Center in wenigen Kilometern Entfernung bot reichhaltige Möglichkeiten.

Drei Tage waren sie damit beschäftigt, ein komplettes großes Kaufhaus einschließlich der Zufahrt zugängig und nutzbar zu machen. Es wurde zum Außenlager für alle diesbezüglichen Bedürfnisse vorbereitet. Die ganze Mannschaft suchte dann das Geschäft auf, um den vermeintlichen Bedarf zu decken. Alle Waren konnten kostenlos ausgewählt werden, was zu wahrem Konsumterror ausuferte. Es gab keinen Grund es ihnen zu verwehren. Besonders die Frauen erfreuten sich am Shoppen.

Des Weiteren wurde ein riesiger Supermarkt als Lagerstätte zur späteren Versorgung ausgewählt. Ziemlich umfangreich gestaltete sich allerdings die Nutzbarmachung. Unmassen bereits verwester Güter mussten entsorgt werden. Besonders die in Mengen vorhandenen Kühl- und Gefriertruhen mit bereits stark verdorbenen Waren verursachten so manche Stunde Schwerstarbeit. Zum Glück hatte man genug technische Hilfsmittel. Danach verfügte die Gemeinschaft über ein sehr gut sortiertes Lager, aus dem die Bestände im Hotel bei Bedarf immer wieder ergänzt werden konnten.

Die sinnvolle Betätigung tat offensichtlich gut. Immer mehr stellte sich heraus, wie sehr der Mensch Ziele und Beschäftigungen braucht.

Trotz der vielen Freizeitgestaltungsmöglichkeiten kehrte sonst der Schlendrian ein.

Einige organisierten nach dieser Erkenntnis sportliche Wettbewerbe und gemeinsame Wanderungen in der näheren Umgebung.

Eine weitere nützliche und auch lebensnotwendige Beschäftigung war der Anbau und die Ernte der angebauten Nahrungsmittel.

Unter der Anleitung von Bauer Bertl und Sandy wurden alle als landwirtschaftliche Helfer und Erntehilfen herangezogen. Die Arbeit an der frischen Luft in fröhlicher Gemeinschaft und ohne Zeitdruck wurde als angenehm empfunden.

Kartoffeln, Obst und Gemüse waren in großen Mengen zu ernten und einzulagern. Was nicht längerfristig haltbar war, wurde von den Frauen unter Ernas fachkundiger Anleitung konserviert. Für den nahenden Winter hatte man mit diesen Grundnahrungsmitteln gut vorgesorgt.

Für die Aussaat im Frühjahr wurden schon die erforderlichen Vorbereitungen getroffen und die Felder hergerichtet. Die zur Verfügung stehenden riesigen Anbauflächen, ermöglichten mehr als für die kleine Dorfgemeinschaft erforderlich war. Es gab aber keine Märkte um den überschüssigen Ertrag abzusetzen. Deshalb begrenzte man sich auf den benötigten Bedarf mit großzügiger Reserve.

Je mehr der Tagesablauf zur Routine wurde, umso öfter kamen alte Ansprüche und Sehnsüchte auf.

Die Pärchen Patrizia und Florian, Heidi und Julian, sowie die schon lange verheirateten Schweizer Christine und Paolo ertrugen die Abgeschiedenheit im Hotelareal deutlich glücklicher und zufriedener als die vielen Alleinstehenden.

Auch zwischen Angelika und Heinz hatte sich eine enge Beziehung aufgebaut, bei der sie sich immer näher gekommen waren. Aus der Zusammenarbeit war ein Verhältnis entstanden, das bald zu einer eheähnlichen Verbindung wurde.

„Noch nie zuvor habe ich eine so harmonische Beziehung gehabt", gestand Angelika eines Tages.

Auch ohne Worte verstanden sich die Beiden. Hand in Hand sah man sie an den Nachmittagen in der Umgebung spazieren gehen. Sportlich machten sie vieles gemeinsam. Oft waren sie am Tennisplatz oder am See anzutreffen oder sie machten lange Radtouren im Gelände. Angelika ließ verlauten: „Ich war noch nie in meinem ganzen bisherigen Leben so glücklich. Musste erst eine Katastrophe kommen, damit es so angenehm verläuft?"

Die vertraute Zweisamkeit, abseits ihres früher immerzu stressigen Alltags mit der tagefüllenden Hektik, ließ sie das Schicksal jetzt leichter ertragen. Gut gelaunt versprühte sie eine stets ansteckende Lebensfreude. Äußerlich war sie auch aufgeblüht und noch schöner und anziehender geworden. Jeder konnte sehen wie gut ihr die Beziehung tat.

Es gab fast niemanden in der Gemeinschaft, der nicht Gewohnheiten aus seiner Vergangenheit vermisste. Bei den einen waren es die speziellen Wünsche in der Ernährung, die Erna allerdings glücklicherweise größtenteils befriedigen konnte. Bei den anderen meistens nur Kleinigkeiten wie spezielle Kosmetika, Salben und auch Make-up. Alle paar Tage ging eine Gruppe auf Shoppingtour in die hergerichteten Außenlager. Vermutlich war es sicherlich mehr die Suche nach Abwechslung als ernsthafter Bedarf.

Die meisten waren turnusmäßige Urlaube und Reisen gewöhnt. Mit der Zeit wurde ihnen das nun zur Verfügung stehende Gelände zu klein. Gerne wollten sie mal wieder ausbrechen und Neuland erkunden. Mittlerweile war man an Leichen in den Städten und auch auf allen Wegen einigermaßen gewöhnt, meinten sie zumindest, so dass man sich immer weiter vom Domizil entfernt bewegte.

Manches Mal kamen die Touristen jedoch frustriert zurück. Die Erinnerung an die Katastrophe hatte sie wieder eingeholt. Der erneute Anblick der ganzen Zerstörung mit den vielen Toten belastete sie wider Erwarten dann doch nachhaltig und ließ sie einige Zeit nicht mehr los.

Als sie einmal einer Schulklasse toter Kinder nicht aus dem Wege gehen konnten, reagierte Manuela mit einem spontanen Tobsuchtsanfall.

„Ich kann dieses Elend nicht mehr mit ansehen, lasst mich bitte auch sterben wie die Millionen da draußen", schrie sie lauthals in die Runde.

Sie konnte die schrecklichen Bilder die sie ansehen musste nicht aus ihrem Gedächtnis verdrängen. Selbst nachts wurde sie von Alpträumen geplagt. Ihr Zustand grenzte bald schon an Hysterie.

Trotz viel Verständnis und Hingabe gelang es kaum, sie wieder etwas aufzubauen.

Die letzte Begegnung führte bei ihr zu einer grundlegenden Veränderung ihrer Lebensweise. Von nun an versuchte sie von früh bis spät mit allen erdenklichen Arbeiten und in steter Hektik von allen Erinnerungen abgelenkt zu werden. Zur Ruhe kam sie nicht mehr. Es konnte deshalb nicht ausbleiben, dass sie erschöpft zusammenbrach. Paul der Arzt, war nun gefragt.

Trotz mangelnder Erfahrung war er unverzichtbar. Nicht nur Manuela war zu behandeln und ruhig zu stellen. Auch für alle anderen musste etwas zur Vergangenheitsbewältigung getan werden. Die unangenehmen Eindrücke waren wieder in den

Vordergrund gerückt und ließen einige nicht los. Krisenintervention war dringend angesagt.

„Wir müssen uns öfter zusammensetzen und über unsere Probleme und Erlebnisse offen sprechen, sonst werden wir nicht mehr davon loskommen", verkündete Paul an einem Abend.

„Wir brauchen Gesprächsrunden bei denen jeder über seine Sorgen reden kann und sich ausheulen darf. Nur so können wir uns gegenseitig helfen und von der Belastung befreien. Ich bin zwar kein Psychiater, aber gemeinsam schaffen wir das."

Es fiel zunächst fast allen schwer sich vor anderen zu offenbaren, aber nach vielen aufmunternden Worten von Paul war der Bann endlich gebrochen. Sie waren soweit, frei über ihre Sorgen zu reden. Der Reihe nach berichteten sie nun über ihre Vergangenheit und ihr Schicksal, als die Katastrophe sie plötzlich traf. Die Erzählungen endeten mit jammerndem Selbstmitleid. Aufmunterung gab es keine, bis Erna alle nachhaltig beeindruckte, als sie sehr ausführlich ihre Leidensgeschichte schilderte und mit allen hart ins Gericht ging.

„Was habt ihr denn alle? Seid ihr hier nicht bestens aufgehoben? Leben wie im Urlaub könnt ihr hier. Unterkunft im Fünf-Sterne-Hotel, Sicherheit, beste Verpflegung, Freizeitbeschäftigungen jeder Art, ohne viel dafür arbeiten zu müssen. Ist es euch je besser gegangen? Mir jedenfalls nicht. Bestimmt habt ihr bisher in eurem ganzen Leben keinerlei Entbehrungen erlebt, sonst könntet ihr euch nicht so gebärden. Wohl behütete und total verwöhnte Wohlstandskinder seid ihr. Mit nichts kann man euch zufriedenstellen. Reicht es euch nicht schon, dass ihr überlebt habt", sprudelte es in einem jähen Wutausbruch, den von der sonst so ruhigen Person niemand erwartet hatte, plötzlich aus ihr heraus. Erstaunte Gesichter, in denen sich Zweifel aber auch Neugier wiederspiegelten, veranlassten sie, ihre Ansprache fortzusetzen. Sie holte dabei sehr weit aus und begann mit ihrer Kinderzeit.

„Ich bin aufgewachsen in einem sehr ärmlichen Elternhaus als eines von fünf Kindern. Der zweite Weltkrieg war gerade erst vorbei als ich geboren wurde. Vieles war noch knapp, Entbehrungen gab es zu Hauf. Von meiner Mutter weiß ich, dass sie die ersten beiden Jahre oft um Milch für uns Kinder betteln musste. Als Baby litten ich und alle meine Geschwister ständig unter Mangelerscheinungen infolge zu einseitiger und unzureichender Ernährung. Ständig waren wir schwach und kränklich. Ihr jüngeren könnt euch heute gar nicht mehr vorstellen, dass es so etwas gab. Hätten uns nicht Wohlfahrtsverbände ab und zu etwas unterstützt, hätten wir sehr oft gehungert. Für uns Kinder gab es damals Lebertran, um etwas den schlimmsten Mangelerscheinungen entgegenzuwirken."

Patrizia fragte interessiert dazwischen: „Lebertran, was ist das denn? Davon habe ich noch nie gehört."

Erna fuhr erklärend fort: „Lebertran ist ein Fischöl aus der Leber vom Kabeljau. Vorbeugend hat man es gegen Rachitis und auch als Stärkungsmittel verabreicht. Es schmeckt furchtbar. Wenn ich daran denke, dreht sich heute noch mein Magen um. Manchmal musste ich mich nach der Einnahme übergeben, oder ich habe es heimlich weggekippt."

Erst spät wusste ich, wie notwendig es für uns war.

Da diese Erklärung offenbar ausreichte, fuhr sie mit ihrer Schilderung fort: „Unser Vater war mit einem zersplitterten Bein aus der Kriegsgefangenschaft heimgekommen. Es gab wenig, was er tun konnte um uns alle zu ernähren. Das interessierte aber niemanden, weil es vielen so ähnlich ging. Also mussten neben meiner Mutter auch wir Kinder frühestmöglich für uns alle sorgen. Ich weiß nicht mehr genau ob ich sechs, sieben oder acht Jahre alt war, als ich bereits jede freie Minute zu den Bauern aufs Feld musste, um etwas zu verdienen und ausreichend Essen zu bekommen. Immerzu abgekämpft, ständig übermüdet und meistens hungrig haben wir Kinder es genossen uns bei den Bauern wenigstens satt essen zu können. Schulaufgaben konnten wir nur abends machen. In der Erntezeit wurden wir in der Schule öfter krank gemeldet, damit wir arbeiten konnten. Menschliche Wärme und Zuneigung haben wir auch selten bekommen. Meine Mutter hatte nicht die Zeit und Energie dazu, uns zu verhätscheln oder wenigstens einmal in den Arm zu nehmen. Mehr schlecht als recht kamen wir so über die Runden. Für besondere Ansprüche blieb nichts übrig, selbst für das Notwendigste reichte das Geld kaum. Fleisch kam bei uns selten auf den Tisch und wenn, war es aus der Freibank, wo man notgeschlachtete Tiere vermarktete und sich die Armen mit den minderwertigen Produkten versorgten. Ohne die Arbeitskraft von uns Kindern wäre es uns damals noch dreckiger gegangen. Noch nicht einmal für die ärztliche Versorgung blieb uns Geld übrig. Daher habe ich auch meine Behinderung.

Beim Kirschenpflücken bin ich vom Baum gefallen. Das war eine Lappalie, die damals keiner medizinischen Behandlung bedurfte. Elastikbinde drum und gleich weiterarbeiten. Meine Verletzung ist deshalb nie richtig verheilt und mir, wie ihr sehen könnt, bis heute erhalten geblieben. Aber ich habe notgedrungen gelernt damit zu leben. Unsere Kindheit, soweit man es als solche bezeichnen kann hat uns hart gemacht und überleben gelehrt."

Ein fragender Blick in die Runde zeigte ihr, dass sie mit der bisherigen Erzählung zum Nachdenken angeregt hatte. Pauls aufmunterndes Nicken veranlasste sie weiter zu berichten. Gespannt blickten alle auf sie und warteten voller Wissbegier.

„Mit 15 Jahren musste ich dann als Magd bei einem reichen Bauern auf dem Hof arbeiten. Damals war man in diesem Alter noch ein halbes Kind und lange nicht so abgeklärt wie die Kinder von heute. Zum Arbeiten war man allenthalben alt genug. Mein Arbeitstag hatte meist 12 Stunden und als Bezahlung erhielt ich nur ein sehr bescheidendes Taschengeld. Wenn mal etwas nicht so ganz nach dem Wunsch meines Dienstherren war, hagelte es Prügel. An manchen Tagen aber, an denen er gut aufgelegt war, beehrte er mich in meiner Kammer. Was er von mir wollte, könnt ihr euch denken. Damals gab es noch keine Emanzipation und keine Anlaufstellen an die man sich wenden konnte. Niemandem konnte und durfte ich davon erzählen, geglaubt hätte es wahrscheinlich sowieso niemand. Nicht einmal meinen Eltern konnte ich mich anvertrauen. Außerdem durfte ich meinen Arbeitsplatz nicht gefährden, also musste ich still halten.

Nach diesen Besuchen zeigte er sich meistens als der große Wohltäter und staffierte mich mit neuen Kleidern aus. Somit hatte wenigstens die üble Schmach noch eine gute Seite. Als Prostitution habe ich das nicht empfunden, ich habe es ja nicht freiwillig von mir aus getan.

Ein junger Bursche, der bei uns als Knecht diente versprach mir, mich aus diesem Elend heraus zu holen. Gemeinsam zogen wir vom Land in die Stadt und arbeiteten beide in einer Fabrik. Ich war gerade erst 18 Jahre alt und unerfahren. Wir hatten damals noch keinen Sexualunterricht in der Schule. Von unseren Eltern bekamen wir als Aufklärung nur das große Schweigen mit auf den Lebensweg. Also kam nach etwa einem Jahr was kommen musste, ich wurde schwanger. Bis kurz vor der Geburt habe ich noch jeden Tag 10 bis 12 Stunden gearbeitet. Dazu kam noch der Haushalt. Das war wohl etwas zu viel, das Kind kam tot zur Welt. Zwei Jahre führten wir noch ein einigermaßen zufriedenstellendes Leben. Dann wurde plötzlich mein Lebensgefährte, oder wie ihr heute zu sagen pflegt Lebensabschnittspartner, von einem auf den anderen Tag unzuverlässig. Er verfiel dem Alkohol und ging nicht mehr zur Arbeit. Stattdessen verbrachte er die meiste Zeit in der Kneipe. Ich habe ihn ein ganzes Jahr mit durchgeschleppt. Es war die Hölle. In seinem Suff hat er mich schikaniert und auch geschlagen. Nächtelang hielt er mich auf Trab. Morgens ging ich übermüdet zur Arbeit. Als er plötzlich verschwunden war, empfand ich es als Erlösung und habe gar nicht erst nach ihm gesucht. Die Einsamkeit danach war auch nicht schlimmer.

Meine Arbeit in der Fabrik gab ich auf und ging als Küchenhilfe in ein gutes Restaurant. Anfangs habe ich Geschirr gespült und Hilfsarbeiten verrichtet, bis eines Tages gleichzeitig ein Koch und ein Lehrling ausfielen. Wir hatten eine große Gesellschaft zu versorgen und es ging chaotisch zu. Mir war das Kochen einigermaßen geläufig, also half ich aus. Der Chefkoch erkannte mein Talent und ich durfte eine Lehre als Köchin absolvieren und auch meine Abschlussprüfung ablegen. Kurze Zeit konnte ich als Köchin in diesem Restaurant arbeiten.

Das erste Mal im Leben fühlte ich mich wohl und liebte meine Arbeit. Leider sind dann meine Eltern immer kränklicher geworden. Meine Geschwister haben sie jämmerlich im Stich gelassen. Ich habe meinen guten Job aufgeben müssen, um mich um sie zu kümmern und sie zu pflegen. Jahrelang zog sich das hin, bis sie kurz hintereinander starben.

Zurück in meinen alten Job konnte ich nicht mehr, da hatte sich zu viel verändert. Als Küchenhilfe habe ich mich durchgeschlagen bis ich an einen Mann geriet, der mir das Blaue vom Himmel versprach. Das einzige was in dieser Verbindung blau war, war mein neuer Partner, und das ständig.

Als wir uns deshalb trennten, hat er mir einen Berg Schulden hinterlassen. In meiner Gutmütigkeit hatte ich eine Bankbürgschaft für ein Darlehen unterschrieben, das ich jahrzehntelang mit hohen Zinsen tilgen musste. Wofür er das Geld gebraucht hat, habe ich niemals erfahren.

Ich möchte euch allen damit nur sagen, dass es mir hier jetzt so gut geht, wie niemals zuvor in meinem Leben. Ich habe eine Aufgabe die mir Spaß macht, dabei bin ich gut versorgt und habe ein schönes und vor allem auch warmes Zimmer. Bei meiner kleinen Rente, die ich jetzt beziehe, musste ich immer an allem sparen, sogar an den Heizkosten."

Sichtlich gerührt verharrte sie eine ganze Weile und schaute die betreten schweigenden Zuhörer lange an, bevor sie noch hinzufügte:

„Ansprache habe ich auch mehr als jemals zuvor. Meistens war ich sehr einsam, niemand hat sich um mich gekümmert. Wenn ich gestorben wäre oder mir sonst etwas passiert wäre, hätte das tagelang kein Mensch gemerkt. Hier fühle ich mich endlich geborgen wie in einer großen Familie.

Jetzt habe ich aber genug erzählt, denkt alle mal darüber nach und werdet vielleicht etwas bescheidener und zufriedener."

Bei den letzten Worten flossen ihr Tränen über die Wangen und sie drehte sich verlegen zur Seite. Nachdenklich saßen alle Zuhörer einige Zeit zusammen, sichtlich bewegt hatten sie zugehört.

Die Erzählung hatte sie veranlasst, etwas in sich zu gehen. Nach der Kenntnis von Ernas Lebens- und Leidensweg ließen sich die eigenen Probleme und Sorgen wesentlich leichter ertragen.

Waren nicht die Umstände und die Atmosphäre in ihrer neuen Heimat trotz der Einschränkungen harmonischer als ihr bisheriges Leben davor?

Natürlich hatten sie den schmerzlichen Verlust ihrer Familienangehörigen zu beklagen und ihre gewohnte Umgebung samt ihren Gewohnheiten aufgeben müssen. Das war nicht mehr rückgängig zu machen. Aber abgesehen davon, war das Leben um vieles leichter und bequemer als zuvor.

Besonders Heinz konnte zustimmend beipflichten und ergänzte noch einige Aspekte aus seiner Sicht: „Wir waren doch schon alle zu Abhängigen von Facebook, Twitter und anderen Internetangeboten und sozialen Netzwerken geworden. Die Menschheit hat doch kaum noch bemerkt, wie sie von der Technik und den fortwährenden neuen Entwicklungen überrannt und manipuliert wurde. Wenn ich an alle die Jugendlichen denke, die ihre Smartphone und Tabletts gar nicht mehr aus der Hand legen können. Normale Kommunikation war ihnen doch fremd. Alles wurde nur über die neuen Medien abgewickelt. Irgendwann wäre bestimmt der Zeitpunkt erreicht gewesen, wo der Mensch nicht mehr die Technik beherrscht hätte, sondern umgekehrt. Autos würden von selbst fahren, alles würde von jedem Ort aus ferngesteuert werden können. Computer wären angeblich jetzt schon in der Lage sich selbst weiter zu entwickeln und zu verbessern. Wäre das Lebensqualität? Hier haben wir es in der Hand unser Leben neu zu gestalten. Natürlich nutzen auch wir so manche Errungenschaft der Zivilisation, aber wir können es noch in einem überschaubaren Rahmen halten und uns nicht zum Sklaven machen lassen. Die Nutzbarmachung und Ausschöpfung der Möglichkeiten hatte doch einen Rahmen erreicht, der von vielen Menschen, insbesondere den älteren, nicht mehr zu beherrschen war. Und es geht immer weiter mit technischen Neuerungen die fast keiner braucht. Auch das Arbeitsleben wurde immer belastender und zeitintensiver. Ständig musste man erreichbar sein und wurde permanentem Druck ausgesetzt.

Leben war nur gleichbedeutend mit Arbeit und Einsatz. Urlaube und Freizeit dienten nur zum Wiederaufbau für die Belastungen des Jobs oder zur Genesung. Burnout entwickelte sich schon zur neuen, weit fortschreitenden Volkskrankheit."

Die Nachdenklichkeit verstärkte noch Angelika bei einem der nachfolgenden Gespräche, indem sie von ihrem eigenen Lebenswandel erzählte.

Sie nannte sich zwar Sekretärin, das entsprach aber keineswegs ihrem tatsächlichen Tätigkeitsbereich. Mit weitreichenden Kompetenzen ausgestattet, hatte sie für die europäische Niederlassung eines internationalen Konzerns gearbeitet.

„Ich kann Erna und Heinz nur beipflichten. Uns geht es doch gut hier, was wollt ihr eigentlich mehr? Ich bin jedenfalls glücklich", begann sie sehr couragiert und blickte provokativ in die Runde.

„Du hast gut reden, deinen Traummann hast du ja gefunden. Aber die Flitterwochen gehen auch mal zu Ende", kam spitz der Einwurf von Manuela, in Anspielung auf das Verhältnis zu Heinz. Eifersucht und Neid spiegelten sich dabei in ihrem Gesicht. Angelika ließ sich nicht beirren und setzte an, ihren Arbeitsablauf zu erzählen, nicht ohne vorher noch verbal auf Manuela zurückzuschlagen.

„Willst du mir das etwa nicht gönnen? In meinem bisherigen Leben hatte ich keine Chance zu einer dauerhaften Beziehung. Sehr wahrscheinlich hätte mich mein Job ohnehin schon bald kaputt gemacht. Nur mit Medikamenten konnte ich mich fit halten. Ohne Schlafmittel fand ich keine Nachtruhe mehr und das in meinem Alter. Was nutzen mir ein gutes Gehalt und die verschiedenen Annehmlichkeiten.

Auf normale Arbeitszeiten und einen geregelten Tagesablauf, wie man ihn früher kannte, wurde bei uns keine Rücksicht genommen. Beachtung der Zeitverschiebungen gab es nicht. Alle für dringend erachteten Arbeiten mussten Kontinente übergreifend sofort ausgeführt werden. Und bei unserem hektischen Management war alles dringend, was den Leuten gerade so einfiel. Oft bin ich sogar mitten in der Nacht in die Firma beordert worden um Unterlagen zu sichten und zu übermitteln, die noch nicht elektronisch vorlagen.

Ständige Verfügbarkeit rund um die Uhr war selbstverständlich. Private Termine hatten absolut zurückgestellt zu werden, falls betriebliche Notwendigkeiten erwartet wurden. Zwei von meinen wenigen Beziehungen scheiterten dadurch. Ich sei nicht beziehungsfähig, meinte mein letzter Freund. Obwohl es meinen männlichen Bekanntschaften oft ähnlich erging, war das bei einer Frau überhaupt nicht akzeptabel. Zwar ergaben sich durch meine Tätigkeit auch zahlreiche Möglichkeiten ein wenig in der ganzen Welt herumzukommen, aber das war auf Dauer keine ausreichende Entschädigung. Eine Familie wäre mir sicherlich viel lieber gewesen. Meine Arbeitstage waren neun bis zwölf Stunden lang, manchmal bis spät in die Nacht. Wenn ich dann endlich nach Hause kam, war ich total kaputt. Eine schöne aber leere Wohnung, deren Pflege zwangsläufig sehr zu wünschen übrig ließ und ein meistens völlig leerer Kühlschrank erwarteten mich. Pizza- und Asia-Service waren fast täglich meine Versorger. Mit einem Glas Rotwein bin ich dann erschöpft vor dem Fernseher eingeschlafen.

Die Wochenenden und die Feiertage waren zur Entspannung nicht garantiert. Meine Wohnung und die Kleidung mussten auch gepflegt werden. Für Besuche bei Freunden oder Verwandten blieb mir selten Zeit. Sportverein und Fitnessstudio habe ich zwar bezahlt, aber kaum genutzt. Gutes Gehalt gab es für meinen Job, aber keine Lebensqualität. Es war ein Dahinsiechen auf hohem Niveau, habe ich geäußert, wenn mich jemand gefragt hat wie es mir geht. Ist euch jetzt klar, dass ich mich hier den Umständen entsprechend wohlfühle."

Auch diese Erzählung führte zu Nachdenklichkeit. Vielen erging es in einigen Punkten ähnlich, jedoch nicht jeder war sich dessen noch bewusst.

Fast allabendlich ersetzten in der folgenden Zeit die Gespräche die vorher gewohnten abendlichen Gesellschaftsspiele.

Florian, der IT-Manager hatte zwischenzeitlich einige Audio- und Videogeräte sowie Konsolen für Computerspiele eingerichtet. In einem Elektromarkt beschaffte er dafür Unmengen von Filmen und Spielen. Es waren Ablenkungen die gelegentlich genutzt wurden. Als dauerhaft befriedigend wurden sie nicht empfunden. Auch die in großer Anzahl zur Verfügung stehenden Bücher waren keine Alternative, die zur freien Verfügung verbleibende Zeit zu füllen. In den Abendstunden hatten die meisten ein Mitteilungsbedürfnis, das nur durch Menschen befriedigt werden konnte. Ausgehen in Lokale oder Restaurants war ja nicht möglich. Folglich fand man sich immer wieder zusammen um zu plaudern oder zu diskutieren. Meistens trennte man sich erst spät in der Nacht.

Für die Jüngeren war es gewöhnungsbedürftig, sich nur von Angesicht zu Angesicht austauschen zu können. Internet mit Facebook und sonstigen sozialen Netzwerken wurde von ihnen vermisst. Aber sie gewöhnten sich an die Gesprächsrunden. Sie bekamen einen neuen ungewohnten Horizont. Bald kannte man von fast allen die Vergangenheit. Erfahrungen aus dem Berufsleben wurden auch ausgetauscht und fanden so manche Parallelen.

Gerd und Florian schimpften über die zunehmende Ausnutzung der Angestellten in den Betrieben. Während die Unternehmen stets größere Gewinne einfuhren, wurden die Mitarbeiter ausgebeutet. Außer der erwarteten ständigen Verfügbarkeit wurden Überstunden im dreistelligen Bereich als selbstverständlich hingenommen, ohne dass dafür ein zeitlicher oder finanzieller Ausgleich erfolgte. Denjenigen, die dagegen aufbegehrten, wurde oft erklärt, wie viele andere auf ihren Arbeitsplatz spekulieren würden. Der witzig gemeinte Einwurf von Julian, dass man Sklaven nicht entlassen kann sondern nur verkaufen, fand gemäßigten Anklang. Alle vormals Selbstständigen tauschten sich über den hohen bürokratischen Verwaltungsaufwand aus. Viel Zeit, die für die Produktion verlorenging. „Von der Wiege bis zur Bahre nur Formulare, Formulare", zitierte Gerd in dem Zusammenhang. Natürlich wurde auch die ungerecht empfundene Steuergesetzgebung angeprangert.

Ungleiche Verteilung der Vermögen und die stets weiter aufklaffende Schere zwischen Arm und Reich, mit dem daraus resultierenden gefährlichen sozialen Brennstoff, berührte alle gleichermaßen.

Man wunderte sich, was sich die Menschen alles gefallen ließen, ohne sich dagegen aufzubäumen. Einige der Frauen beklagten die zunehmende Verrohung der Gesellschaft, die selbst vor Kindern keinen Halt gemacht hatte. Mobbing schon in der Schule, war keine Seltenheit. Als Grund wurde auch der Wandel in der Gesellschaft angesehen. Der Zwang, seinen Lebensstandard nur durch die Arbeit von Mann und Frau mit zwei Verdiensten sichern zu können, führte zur Vernachlässigung der Familien und insbesondere der Kinder.

Internet und alle neuen Medien taten ein Übriges und wurden deshalb mehr als Plage für die Menschheit statt als Fortschritt eingestuft.

Christine, die auf einer höheren sozialen Ebene gelebt hatte, konnte bei diesen Problemen wenig beitragen, sie hatte ganz andere. Belächelt von den anderen Frauen erzählte sie freimütig, wie sie nur ständig genötigt war, sich den neuesten Trends zu unterwerfen. Kleider, Schuhe, Handtaschen und Accessoires mussten von renommierten Designern stammen, um dem Anspruch der sogenannten gehobenen Gesellschaft gerecht zu werden.

Auch die Bewirtung ihrer Gäste unterlag dem Zwang immer besser und exquisiter aufzutischen. Durch die Globalisierung und auch die Prägung durch zahlreiche Fernreisen in alle Kontinente veränderten sich ständig die Geschmäcker. Vieles war ihr oft überzogen und unangemessen vorgekommen, aber sie beugte sich dem Establishment.

„Eigentlich habe ich erst in dieser Gemeinschaft gelernt, was im Leben wirklich wichtig sein sollte", meinte sie nach ihren Ausführungen.

„Ich weiß mittlerweile auch nicht mehr, ob ich mir mein früheres Leben zurückwünschen soll. Zumal ich mich schon so sehr an euch alle gewöhnt habe. Ihr seid mir wie eine Familie ans Herz gewachsen."

Alles in allem kamen sie gemeinsam zu dem Schluss, dass das Leben vorher da draußen ihnen viele Unzulänglichkeiten aufgezwungen hatte, auf die sie gerne verzichten konnten. Heinz meinte: „Wir haben es jetzt selbst in der Hand, hier in der ‚Neuen Heimat' alles besser zu machen."

XII

Die oft wegen vermeintlicher Zeitverschwendung niedergeschlagenen Spekulationen über mögliche Ursachen der Katastrophe kamen eines Tages noch einmal in aller Ausführlichkeit zur Sprache und führten zu Überlegungen und Diskussionen.

Sam äußerte dabei seine Vermutung über religiöse Hintergründe nicht mehr. Er glaubte wahrscheinlich selbst nicht daran und hatte gemerkt, dass ihm niemand so recht folgte.

Sandy dagegen frischte ihre These, dass es einen Zusammenhang mit dem Klimawandel geben könnte, erneut auf und führte weitere Gründe an. „Die Gletscherschmelze hat schon beängstigende Ausmaße angenommen. Alle Eisflächen sind so klein wie nie zuvor. Die Meeresspiegel steigen weiter an. Einzelne Landstriche in Afrika sind angeblich schon den Ozeanen zum Opfer gefallen. Wie ich gehört habe, sollen bei weiterem Anstieg der Temperaturen um nur drei Grad, in ungefähr 30 Jahren sowohl Bangladesch als auch Holland im Meer versinken. Das Wetter überrascht mit ständig neuen Kapriolen. In den Meeren steigen weiter die Wassertemperaturen an. Vielen Landstrichen droht die Versteppung. Schlimmere Hungersnöte als bisher wären die unausweichliche Folge.

Leider haben wir kein Internet mehr, um uns über die Auswirkungen genauer auf dem Laufenden zu halten. Ich glaube jedenfalls, allein durch die jetzt schon bekannten Fakten, dass ein Zusammenhang zwischen der Klimaveränderung und der Katastrophe sogar sehr wahrscheinlich ist."

Trotz Zustimmung zu den Fakten ließ sich daraus keine Erklärung für die Vorkommnisse ableiten. Paul der Arzt und Wissenschaftler, hielt sich bisher bei diesen Diskussionen diskret im Hintergrund. Eines Abends jedoch brachte er eine vollkommen neue Theorie in die Diskussion ein.

„Ich weiß nicht, ob ihr jemals etwas näheres von kosmischen Strahlen gehört habt. Erst vor kurzem habe ich an einer Tagung teilgenommen, bei der über dieses Thema referiert wurde. Vorher war es auch mir ziemlich fremd. Demnach gibt es Einflüsse aus dem Weltall, die auf die Erde einwirken. Wieso und woher ist noch nicht genauer erforscht. Man weiß nur, dass geladene Teilchen offensichtlich das Leben der Menschen beeinflussen. Es ist wohl eine Strahlung aus dem All, die zum Beispiel bei den Polarlichtern sogar ganz plastisch sichtbar wird. Wenn ich es richtig verstanden habe, werden dabei Schwingungen über Feinstoffpartikel übertragen. Mangels wissenschaftlicher Erklärungen behaupten einige, dass es sich um göttliches Einwirken auf die Menschheit handeln könnte.

Unter den Begriffen Sonnenwind oder Sonnensturm gibt es ein ähnliches Phänomen. Man nimmt an, dass durch die Anziehungskraft der Sonne magnetische Strahlungen entstehen. Sie sollen durch Sonnenflecken verursacht werden und vielleicht einer der Gründe für den Klimawandel sein. Bekannt ist, dass die Stürme Schäden an Satelliten, Telekommunikations- und Navigations-Systemen verursachen können. Die Computerdaten werden ruiniert, das Stromnetz lahmgelegt und an Wasser und Gasleitungen könnten Schäden entstehen.

Fachleute bezeichnen die Erscheinung als koronale Massenauswürfe. 2012 sind wir einem solchen Sonnensturm knapp entgangen, weil die Erde aus der Schussbahn geflogen war. Eine Woche vorher wäre sie noch im Weg gewesen. Die Sonne schleuderte damals Billionen Tonnen magnetisches Plasma ins All. Die Wahrscheinlichkeit, dass ein solcher Sonnensturm in den kommenden Jahren die Erde treffen könnte, liegt angeblich im unteren zweistelligen Prozentbereich. Die Zusammenhänge sind dermaßen unerkannt, dass man nur davon ausgehen kann, dass es so etwas gibt. Meines Wissens ist es sogar messbar. Falls darin keine Ursache für die Katastrophe zu sehen sein sollte, zeigt uns das aber, dass der Mensch wohl trotz aller noch so intensiven Forschungen sehr vieles nicht weiß. Auch wir werden das nicht ergründen können."

Recht flüssig hatte Paul referiert, alle hatten ihm gebannt und äußerst interessiert zugehört. Man kam sich fast vor wie im Hörsaal einer Universität. Frank übertönte dann das allgemeine Gemurmel.

„Bei uns Piloten und bei den Fluggesellschaften sind diese Dinge bekannt. Allgemein werden sie aber verharmlost und als relativ ungefährlich für den Menschen dargestellt. In der Atmosphäre sind wir immer einer höheren kosmischen Strahlung ausgesetzt als am Erdboden. Je höher wir fliegen umso stärker ist die Intensität. Das hat mit der Dichte von Sauerstoff und Stickstoff zu tun. Am stärksten ist die Strahlung in 20 Kilometern Höhe. In der Nähe der Pole ist sie intensiver als am Äquator. Das hängt mit der Ablenkung durch die Magnetfelder der Sonne und der Erde zusammen.

Welche Dosis wir beim Fliegen abbekommen, ist abhängig von der Flughöhe, Route und Dauer. Man weiß mittlerweile, dass Sonneneruptionen durch elektro-magnetische Vorgänge kurzfristig enorm große Energiemengen freisetzen können. Unsichtbare, hochenergetische Teilchen treffen dabei unablässig die Erde. Die Experten bewerten das Gesundheitsrisiko als sehr gering. Aber wir sind ja auch zusätzlichen Strahlungen durch die natürlichen radioaktiven Stoffe auf der Erde ausgesetzt. Es gibt einen großen Unsicherheitsfaktor. Tatsache ist, dass die durch die Höhenstrahlungen freigesetzten ionisierenden Strahlungen die Zellen des Körpers schädigen und Krebs erzeugen können. Besonders schwangeren Frauen ist deshalb von Langstreckenflügen abzuraten. Mehr weiß man meines Wissens nicht.

Eine Erklärung, warum wir nicht betroffen sind, während es andere Lebewesen dahingerafft hat, lässt sich nicht ableiten.

Ich glaube deshalb auch, wir tun gut daran, uns über unser Überleben zu freuen und das Beste aus unserem Dasein zu machen. Spekulieren können wir zwar, aber eine schlüssige Ursache werden wir bestimmt nicht ergründen können."

Carsten, der als Sanitär-Handwerksmeister auch Gasinstallationen ausführte, schloss eine weitere Möglichkeit nicht aus.

„Wir haben mittlerweile alle genügend Leichen gesehen. Sie sind augenscheinlich plötzlich erstickt. Es muss deshalb durch ein Gas oder einen ähnlichen Stoff in der Atemluft verursacht worden sein. Menschen die dem zum Opfer fallen, sehen so aus.

Unser Organismus hat leider kein Sinnesorgan für die Erkennung der Erstickungsgefahr. Viele Gase sind farblos, geruchlos und auch geschmacklos. Dadurch merkt man vorher absolut nichts. Sobald der Sauerstoffanteil der Atemluft zu sehr sinkt, reduziert er das Reaktionsvermögen. Schlagartige Bewusstlosigkeit kann zu einem sehr schnellen Erstickungstod führen. Auch dabei bleibt unklar, warum wir überlebt haben. Vielleicht ist dieser Stoff nur in Schwaden und nicht als ganze Wolken über die Erde gekommen. Aber ich gräme mich darüber nicht und nehme es lieber so hin wie es ist. Etwas anderes bleibt uns sowieso nicht übrig."

Patrizia meldete sich anschließend auch zu Wort. „Es mag sehr makaber klingen, aber ich glaube, die ganze Menschheit hat einen Dämpfer gebraucht. Alle Kriege und Krisen haben dadurch ein Ende gefunden und ein Neuanfang ist möglich. Sonst wäre auf der Erde sicher keine Ruhe eingekehrt."

Damit war das Thema für lange Zeit vom Tisch und man beschäftigte sich mit praktischen Dingen und genoss das Überleben.

Obwohl sich dank der Gespräche ein wenig mehr Zufriedenheit einstellte, auch Manuela hatte sich wieder gefangen, blieb manchmal ein Gefühl der räumlichen Enge zurück.

Weil alles mittlerweile in sehr geordneten Bahnen verlief, beschloss man wieder einmal den Horizont im Laufe der nächsten Monate etwas zu erweitern. Mit dem bereitstehenden Helikopter und auch dem kleinen Flugzeug von Frank, das noch auf dem Münchener Flughafen stand, hatte man die allerbesten Möglichkeiten das ganze Land zu erkunden.

Entsprechende Planungen sollten umgehend in Angriff genommen werden. Gesagt, getan, ohnehin war Frank seit längerer Zeit wieder flugsüchtig. Einige kleinere Runden mit dem Helikopter hatte er zwischenzeitlich schon unternommen und die nahe Umgebung abgeflogen. Sein Argument dafür war bisher, dass der Hubschrauber bewegt werden musste, um nicht einzurosten. Neidvoll hatten diejenigen die nicht mitfliegen konnten, immer hinterher geschaut. Bei der Vorbereitung wurde deshalb ein Urlaubsplan erstellt und die Passagiere unter allen Bewerbern ausgelost.

Bereits nach wenigen Tagen starteten die Ersten zu ihrem Flug. Über Funk blieben sie verbunden mit dem Funkwagen an der Basis.

Es war ein reizvolles Abenteuer, aber ein Risiko war nicht zu leugnen. Ausgestattet mit ausreichender Verpflegung und allen Utensilien für drei bis vier Tage fern der „Neuen Heimat" flogen sie los. Mit dem Helikopter ging es zunächst zum Flughafen. Nach einem sorgfältigen Check des Flugzeuges starteten sie mit noch unbestimmtem Ziel. Jeder der drei Passagiere durfte Wünsche äußern, die der Reihe nach berücksichtigt wurden. Los ging es über die Alpen und im Zickzackkurs durch die deutschen Lande.

Bereits bei diesem ersten Flug kam man enttäuscht und verbittert zurück. Die Zustände in allen ehemals bewohnten Gebieten waren nicht sonderlich erbaulich und erinnerten alle wieder an die ersten Tage nach dem Unglück. Schnell kam man zu der Erkenntnis, sich zukünftig mehr den schwach oder gar nicht bewohnten Landschaften zu widmen.

Dort gab es noch die Schönheiten der Natur ohne Einschränkungen zu bewundern. Das kleine Flugzeug war gut zu handhaben, so dass eine Wiese als Landeplatz vollkommen ausreichte. Ansiedlungen wurden gemieden. Übernachtet wurde in mitgeführten Zelten. Nun hatte die „Neue Heimat" auch eine eigene Reisegesellschaft.

Während ein Teil der Gruppe vom Ausbruch aus der Enge vollauf begeistert war, kamen andere zu der abschließenden Erkenntnis, dass es „zu Hause" doch am angenehmsten war.

Etwa alle zwei Wochen startete von nun an der Urlaubsflieger mit den Reisewilligen. Frank hatte mittlerweile eine Wiese als Landeplatz eingerichtet und den Amerikaner Teddy, der ein wenig Flugerfahrung mitbrachte, in die Handhabung seiner Maschine eingewiesen. Somit waren jetzt der Helikopter und das Flugzeug in greifbarer Nähe und zwei Piloten standen zur Verfügung. Paolo, der ja auch Hobbyflieger war, traute sich noch nicht Franks Maschine zu steuern. Gelegentlich wollte man ihm ein kleines Flugzeug vom Airport mitbringen. Bis dahin fungierte er als Copilot, um Erfahrungen zu sammeln.

Nur noch für die turnusmäßigen Wartungsarbeiten und die Nachschubversorgung mit Treibstoff wurde der Flughafen in München angeflogen.

Teddy brachte dann eines Tages zusätzlich die Cessna mit, mit der er damals angekommen war. Damit konnte mittlerweile auch Paolo umgehen. Ein Ziel blieb bei fast allen immer im Hinterkopf. Gibt es noch irgendwo auf der Welt weitere Überlebende und wie meistern diese ihr Schicksal?

Bei den ersten Exkursionen gab es keine neuen Erkenntnisse. Doch nach mehreren Wochen sichteten sie zu ihrer großen Überraschung auf dem Bodensee einen Kahn mit einem einzelnen Angler. Auf einer Wiese in der Nähe des Sees konnten sie landen. Nachdem sie sich bei ihm bemerkbar gemacht hatten, mussten sie eine größere Strecke zu Fuß zurücklegen um sich mit ihm zu treffen.

Der Schweizer Franz lebte zusammen mit seiner Frau und zwei weiteren Männern in einem kleinen Bootshaus. Sie hatten dieses Domizil gewählt, da sie im See eine nie versiegende Nahrungsquelle vor sich hatten und abseits vom übriggebliebenen Chaos leben konnten. Gemeinsam mit Franz suchte die Reisegruppe nun die Unterkunft auf, um seine überraschten Mitbewohner zu begrüßen. Das überaus spartanische Leben der vier schockierte die Urlaubstruppe. Gegenüber dem eigenen Sternequartier war dieses Leben mehr als rückständig. Nach langem Erfahrungsaustausch waren drei von ihnen bereit zum Umzug in die „Neue Heimat". Der vierte, ein egozentrischer, herrischer Mann um die 50, wollte seine Heimat nicht verlassen. Er ließ sich jedoch zu einer Besichtigung überreden.

Frank hatte also jetzt einen weiteren Flugauftrag, der für die folgende Woche eingeplant wurde. Zur Aufrechterhaltung der Verbindung hinterließ man ihnen ein Funkgerät.

Nachdem Rolf, der Metzgermeister, Jäger und Angler aus der Stammbesatzung, den Bericht von der Bodenseegruppe gehört hatte, machte er sich zeitnah auf den Weg zum Badesee. Eine Angel nebst allem Zubehör fand er bei den Sportgeräten.

Auf die Idee nach frischen Fischen zu schauen, war bisher niemand gekommen. Es gab auch keinen zwingenden Bedarf, da sie aufgrund der umfangreichen Vorratshaltung gut versorgt waren.

Euphorisch wurde er empfangen, als er mit einem ganzen Korb frisch gefangener Fische zurückkam. „Die beißen an, als wollten sie erlöst werden. So schnell habe ich bisher noch niemals so viele Fische fangen können", berichtete er freudestrahlend.

Der kleine See war gut bestückt mit vielen Arten, so dass eine unerschöpfliche Quelle zur Sicherung der Ernährung erschlossen war. Wahrscheinlich hatte ein Angelverein früher den Bestand sorgsam gehegt und gepflegt.

Erna machte aus den Fängen das Beste was man sich unter Fischgerichten vorstellen konnte. Damit war man den Wünschen nach gesunder und ausgewogener Ernährung näher gekommen.

Animiert durch die Erkenntnis, dass die Fische zumindest zu einem großen Teil die Katastrophe überlebt hatten, machte sich Rolf einige Tage später auf die Pirsch in die umliegenden Wälder. Wenn Tiere im Wasser überlebt haben, warum nicht auch in Feld, Wald und Wiesen. Sicherheitshalber hatte er sich auf weitere Wege und längere Wartezeiten eingerichtet und seine laufenden Verpflichtungen für die nächsten Tage abgegeben.

Bald wurde die Speisekarte noch um Wildgerichte erweitert. Die Jagd war erfolgreich. Seine Ausbeute war so umfangreich, dass sie mit einem Traktor aufgesammelt und transportiert werden musste. Mit drei Hasen, zwei Wildschweinen und einem Reh konnte der Fleischbestand aufgefüllt werden.

Entscheidender noch als sein Jagderfolg war die Gewähr, eine weitere dauerhafte Nahrungsquelle erschlossen zu haben. Wie bei den Menschen hatte aber offensichtlich nur ein Bruchteil der Tiere überlebt. Deshalb waren nicht alle Mitbewohner mit seiner Jagd einverstanden. Es entspann sich eine heiße Diskussion. Froh darüber, selbst überlebt zu haben, stellten einige die Frage, ob man den verbleibenden Tieren nicht auch ihr Dasein gönnen und sie verschonen sollte. Der größere Teil der Gruppe teilte die Meinung von Rolf und Erna, dass sich der Mensch schon immer für seine Ernährung des Wildes bediente und die Population bestimmt den Weiterbestand sichern würde.

Die vier Personen vom Bodensee wurden bald zur Besichtigung abgeholt und inspizierten erstaunt die „Neue Heimat". Ein Leben auf diesem hohen Niveau hatten sie nicht erwartet. Wie abzusehen war, gesellten auch sie sich gerne zu der Gruppe. Ihre Habseligkeiten wurden in einem weiteren Flug abgeholt. Der egozentrische Mann, der ursprünglich nicht umsiedeln wollte, musste einige Tage erheblich geformt werden, bis auch er sich friedlich in die Gemeinschaft einfügte. Da er einen abweichenden Tagesablauf bevorzugte, quartierte er sich in einer der Dependancen ein. Oft machte er die Nacht zum Tage und zu den Zeiten, an denen die anderen ihren Arbeiten und Freizeitbeschäftigungen nachgingen, schlief er. In Anspielung auf seine nächtliche Unruhe, bevor er in das Nebengebäude umgezogen war und nachts im Hauptgebäude herumpolterte, wurde er nur Poldi genannt. Sein richtiger Name war Leopold.

Mehr als 30 Jahre im Investmentbereich einer Bank tätig, hatte er sich nach einem Infarkt mit 51 Jahren in den Vorruhestand zurückgezogen. Es war aber mehr ein Unruhezustand. Ständig war er in Bewegung, ohne sinnvolle Tätigkeiten auszuführen. Wo er auftauchte störte er mit seiner Hektik.

Franz der 45-jährige Schweizer und seine gleichaltrige Frau Neila hatten eine Gaststätte betrieben. Er schloss sofort Freundschaft mit Rolf und die beiden gingen fortan oft gemeinsam zum Angeln oder auf die Jagd. Neila ergänzte das Küchenteam. Gerhard, der 42-jährige vierte Neuzugang, gesellte sich zu Bertl und Sandy auf den Bauernhof. Selbst Landwirt und Viehzüchter, freute er sich über die guten Voraussetzungen und brachte seine Ideen und seine Arbeitskraft ein.

Damit war die Lebensgemeinschaft jetzt schon auf 27 Personen angewachsen.

Die folgenden Urlaubsflüge führten nur noch in entlegene, gering besiedelte Gebiete. Dort machte man Wanderungen und campierte in Zelten.

Konfrontationen mit den Spuren der Katastrophe wollten alle aus dem Wege gehen. Die Suche nach weiteren Überlebenden hatte man aufgegeben. Wenn es noch welche geben würde, müssten sie sich in der Zwischenzeit ihre Überlebenschancen genauso gesichert haben wie sie selbst.

Der plötzlich hereinbrechende Winter machte den Exkursionen ein Ende und zwang der Gruppe sehr viel Toleranz ab. Trotz der Größe des Hotels fühlte man sich eingeengt und war zwangsläufig oft dicht beisammen. Die angelegten Langlaufloipen rund um das Hotel dienten zwar der willkommenen

Betätigung an der frischen Luft, das war aber nicht tagefüllend. Gesellschaftsspiele ließen einen Teil der Freizeit überbrücken. Sauna und Hallenbad waren ständig gut besucht. Auch die Audio- und Videoeinrichtungen und Computerspiele wurden jetzt oft genutzt. Trotzdem kamen Spannungen auf. Einzelne gingen sich geraume Zeit aus dem Wege. Wie im Leben davor entstanden hier nun auch unterschiedliche Interessengruppen, die sich zusammenscharten. Die verschiedenen Meinungen und Ansprüche sorgten des Öfteren für Querelen. Es blieb deshalb nicht aus, dass man demokratisch eine Vertretung wählen musste, die für Ordnung sorgte und Weisungsbefugnisse bekam.

Wie erwartet wurden Heinz und Frank einstimmig gewählt. Sie bestanden auf eine Frau als Dritte im Bunde und fanden in Patrizia eine passende Ergänzung. Alle drei versprachen, ohne diktatorische Anweisungen, die Gruppe harmonisch zu führen. Weitreichende Entscheidungen sollten gemeinsam in der Gruppe diskutiert und entschieden werden. Eine kleine dörfliche Gemeinde mit einer eigenen Verwaltung war entstanden.

Paul, der Arzt der früher nur wissenschaftlich tätig war und über keine nennenswerten praktischen Erfahrungen verfügte, bekam im Laufe der Zeit ein umfangreicheres Betätigungsfeld. Waren immer mal wieder kleine Verletzungen und Erkältungen zu behandeln, kamen plötzlich größere Aufgaben auf ihn zu. Leopold war eines Tages mit einer Herzattacke zusammengebrochen. Glücklicherweise war Juliane sehr schnell zur Stelle und konnte ihn mit dem Defibrillator reanimieren.

Gemeinsam versuchten sie die weitere Behandlung zu sichern. Da die Medikamentenversorgung aus dem Vorrat des Notarztwagens dafür nur kurze Zeit reichte, musste dringend Nachschub beschafft werden. Nach einigem Suchen in der Umgebung stießen sie auf eine Reha-Klinik, in deren Apotheke sie fündig wurden. Um sicher zu gehen, beschaffte sich Paul dort alle medizinischen Fachbücher die er finden konnte und studierte die verschiedenen Behandlungsmethoden. Bald war Poldi wieder genesen, musste aber unter ständiger Kontrolle und Medikation bleiben.

Viel schwieriger gestaltete sich eine von Paul nicht zu diagnostizierende Krankheit von Christine. Unter starken, sporadisch auftretenden Schmerzen bäumte sie sich ständig im Bett auf und konnte keine Nahrung bei sich behalten. Schmerzmittel und Infusionen hielten sie zwar einigermaßen bei Kräften, brachten aber keine Besserung. Ihr Mann Paolo litt mit ihr und machte alle nervös mit seiner Ungeduld. Ständig flehte er, ihr doch zu helfen. Paul und Juliane trugen alle Möglichkeiten zusammen, die nach ihrem Ermessen in Frage kommen könnten. Tage und Nächte lang studierten sie in allen greifbaren medizinischen Büchern die Krankheitsbilder. Nach vier langen Tagen glaubten sie endlich eine Lösung gefunden zu haben. Alles deutete auf Gallensteine hin. Operieren war nicht möglich, dazu fehlten ihnen die Kenntnisse und Möglichkeiten. In mehreren Apotheken suchten sie die verschiedensten Arzneimittel zusammen die in Frage kommen könnten und experimentierten damit. Etwas anderes blieb ihnen nicht übrig.

Erst nach zwei Wochen schien ein Medikament endlich zu helfen. Nach einer weiteren Woche war die Genesung soweit fortgeschritten, dass Christine zwar sehr geschwächt aber wenigstens schmerzfrei war. Es gab niemanden in der Gemeinschaft der nicht mit ihr gefiebert hatte. Alle waren öfter an ihrem Krankenbett, pflegten sie fürsorglich und sprachen ihr Trost zu.

„So gut bin ich in meinem ganzen Leben noch nicht versorgt worden und ich war schon öfter krank", äußerte sie sich einmal dankbar.

„Wie schön, dass wir so eine große Familie sind." Die Krankheitsfälle erinnerten die Gemeinschaft schmerzlich an die Schwachstellen gegenüber der früheren Normalität. Im Unterbewusstsein blieb ihnen die große Sorge was passieren würde, wenn operative Eingriffe unumgänglich sein würden.

„Ihr müsst nicht das Schlimmste herbeireden. Hört auf damit euch selbst Katastrophen zu schreiben. Kommt Zeit, kommt Rat, bisher ist ja auch immer alles gut gegangen", tröstete Paul optimistisch.

Versorgung und Verpflegung der mittlerweile schon recht umfangreichen Gemeinschaft waren aufgrund der guten Vorausplanungen lückenlos und hervorragend gesichert. Die in großen Mengen eingelagerten Grundnahrungsmittel reichten noch auf lange Sicht. Einzelne im Hotel knapp werdende Artikel wurden aus dem als Außenlager herge-richteten Supermarkt aufgefüllt. Nur die Fleisch-konserven waren natürlich bald verbraucht. Das von Rolf und Franz erjagte Wildbret war dafür ein willkommener Ersatz. Auch die Fische bereicherten den Speiseplan und waren sehr begehrt.

Aus den Ernten des eigenen Bauernhofes waren die Versorgungen mit Kartoffeln, Gemüse und Obst gewährleistet. Die nur sehr begrenzte Anzahl an Eiern und die geringe Menge Milch wurden kameradschaftlich geteilt.

Ständig wurde an der weiteren Perfektionierung des bereits gewohnten hohen Standards gearbeitet. Einige Frauen hatten das Backen von Brötchen, Brot und Kuchen auf sehr hohem Level erlernt.

Die zwischenmenschlichen Beziehungen wurden immer enger. Angelika wich mittlerweile Heinz fast nicht mehr von der Seite.

„Warum haben wir uns nicht früher kennen und lieben gelernt?", fragte sie ihn eines Tages.

„Ich war im früheren Leben glücklich verheiratet", erinnerte Heinz und dachte schwermütig an seine Frau und seine Tochter. Es fiel ihm aber schwer sich zu entscheiden, ob die Vergangenheit oder die Gegenwart mehr seinen Wünschen entsprach.

Da er sowieso keine Alternative hatte, fand er sich mit der „Neuen Heimat" ab und strahlte immer Zufriedenheit und Optimismus aus.

Patrizia und Florian lebten nach wie vor wie in den Flitterwochen. Kein Problem schien ihre Liebe zu beeinträchtigen.

Die anderen Paare, Christine und Paolo, Heidi und Julian, sowie auch Franz und Neila fanden in der momentanen Situation näher zueinander als in früheren Zeiten. Keine zeitintensiven, stressigen Berufsausübungen unterbrachen die Zweisamkeit. Bisher nur in ihren Urlauben so oft über einen längeren Zeitraum beisammen, lernten sie an ihren Partnern neue und unbekannte Facetten kennen.

Das weitgehend ruhig ablaufende Leben in der familiären Atmosphäre stabilisierte sich bei allen. Die erforderliche Toleranz war mittlerweile auf das notwendige Maß angewachsen.

Patrick, der Sohn von Christine und Paolo hatte in der letzten Zeit eine Wandlung vollzogen, wie sie früher nicht für möglich gehalten wurde. Durch die nicht mehr vorhandenen Ablenkungen war er so zielstrebig und aufmerksam geworden, dass es beiden eine wahre Freude war. Stets hilfsbereit und wissbegierig interessierte er sich für alles, was das Leben zu bieten hatte.

Die Dorfgemeinschaft war zusammengewachsen und hatte sich bestens in ihr Schicksal gefügt.

Wie früher hauptsächlich in ländlichen Regionen kamen stets neue Ambitionen und Vergnügungen hinzu. Einige hatten künstlerische Fähigkeiten entdeckt oder bauten sie weiter aus. Musizieren, Töpfern, Malen und andere musische Talente trugen zur Unterhaltung und Beschäftigung bei.

Florian hatte sich zum Showmaster gemausert. Im Hallenbad oder im Kongressraum veranstaltete er fast jede Woche Quizabende, Musikvorträge und Tanzveranstaltungen.

Das Überleben hatte einen Zustand erreicht der einer Urlaubsatmosphäre nahekam.

So war das Leben lebenswert und gut auszuhalten.

XIII

Es war einer der ersten warmen Frühsommertage. Der Himmel war klar und die Sonne hatte bereits am Vormittag wärmende Kraft. Angelika und Heinz erledigten eilig die notwendigsten Arbeiten und strebten ins Freie. Zu lange schon hatte das bisher ungemütliche Wetter sie zum Verbleib im Hotel genötigt. Sie machten eine Wanderung über Wiesen, Felder und Wälder, vorzugsweise in der angenehmen Sonne. Plaudernd und scherzend liefen sie mehrere Stunden stramm und machten an schönen Plätzen nur kurze Verschnaufpausen. Auf dem Rückweg rasteten sie am Badesee und erzählten mit den beiden Anglern Rolf und Franz, die gerade den Vorrat an Fischen für das Hotel ergänzen wollten. Die Köcher waren schon recht gut gefüllt, es war ein ergiebiger Fang.

Zurück im Hotel, gingen sie noch eine kurze Runde schwimmen und machten zwei entspannende Saunagänge, bis es an der Zeit war, sich langsam auf das anstehende Abendessen vorzubereiten. Den wundervollen Tag hatten sie ausgiebig genossen, den konnte ihnen keiner mehr nehmen.

Im mittlerweile gemeinsam genutzten Zimmer gingen sie im Bademantel auf den Balkon und wollten beim Sonnenuntergang den schönen Tag Revue passieren lassen. Bereits beim Öffnen der Tür schlug ihnen ein sehr frischer Wind entgegen. Der Himmel hatte sich in der Zwischenzeit verdunkelt, die Temperatur war erheblich gefallen. Starke Böen kündeten ein schnell herannahendes Unwetter an und trieben sie ins Zimmer zurück.

Liebevoll schmiegte sich Angelika an Heinz und so saßen sie am Fenster und schauten verträumt den eilig vorbeiziehenden Wolken nach.

Wetterleuchten untermalte kurze Zeit danach ihre Stimmung angenehm. Überraschend schnell kam aber ein kräftiger Sturm auf und plötzlich prasselte ein wolkenbruchartiger Platzregen nieder. Im Nu hatten sich riesige Pfützen gebildet und von den Hügeln strömte das Wasser in kleinen Sturzbächen wild herunter. Gerade wollte Angelika mit dem sechsten Vers an Schillers Bürgschaft erinnern.

„Da gießt unendlicher Regen herab.
Von den Bergen stürzen die Quellen und die…"

Weiter kam sie nicht, weil die Blitze, untermalt von heftigem Donnergrollen, sie zusammenschrecken ließen. Das Gewitter war jetzt direkt über ihnen. Der Wind tobte weiter, Blitze und Donner schienen von allen Seiten zu kommen. Manchmal meinten sie, das gesamte Gebäude würde erzittern. Ängstlich schmiegte sich Angelika noch enger an Heinz. Ein Blitz mit gleichzeitigem heftigem Donnerschlag erschütterte kurz darauf plötzlich das ganze Haus. Heinz sprang sofort erregt auf.

„Eben hat ein Blitz in unserer unmittelbaren Nähe eingeschlagen, hoffentlich nicht bei uns ins Haus, sondern nur in einen Baum."

Aus den vorderen Fenstern war nichts zu sehen. Trotz dem starken Regen stürmte er auf den Balkon und schaute sich nach allen Seiten gründlich um. Nass, aber beruhigt kehrte er zunächst ins Zimmer zurück. Gleich danach sprang er aber erschrocken wieder auf und rannte in den Flur um nach der anderen Seite Ausschau zu halten.

Auf Anhieb konnte er an den Hotelgebäuden nichts feststellen und wollte schon umkehren. Ein Blick zum nahen Bauernhof bestätigte aber seine Befürchtung. Ein noch ganz harmlos aussehendes Flämmchen kam aus einem Dachgiebel.

Der starke Regen würde es wahrscheinlich binnen kürzester Zeit wieder löschen, hoffte er. Trotzdem zog er sich in Windeseile wasserabweisende Kleidung an und stürmte zur Tür.

„Schnell, alarmiere alle anderen, die Scheune wurde vom Blitz getroffen. Sicherheitshalber sollten wir nachschauen. Hoffentlich haben es Bertl, Gerhard und Sandy auch mitbekommen", rief er über die Schulter und war schon hinausgestürmt. Mit dem erstbesten Auto, das wie es üblich war, offen und mit steckendem Schlüssel vorm Hotel stand, raste er die kurze Wegstrecke zur Scheune. Dabei hupte er wild, um Aufmerksamkeit zu erregen. Die Bewohner des Bauernhofes reagierten prompt und kamen aus dem Haus gerannt.

Während Bertl, Heinz und Sandy eilig zur Scheune stürmten, suchte Gerhard im Geräteschuppen eine Pumpe und Schläuche zusammen und brachte sie zum Löschen in Stellung.

Sie hatten nicht die richtigen Mittel um den unterdessen schon größeren Flammen Herr zu werden. Warum habe ich nicht an ein Feuerwehrauto gedacht, machte sich Heinz die schwersten Vorwürfe. Er war es, der bisher alles organisiert hatte und fühlte sich dafür verantwortlich.

Weder innen, noch mit den verfügbaren Leitern von außen, kamen sie nahe genug an den Brandherd heran um wirkungsvoll eingreifen zu können.

Der wolkenbruchartige Regen richtete nichts aus. Das Feuer war unter dem Schutz des Daches ein großes Stück weitergekrochen.

Auf dem Zwischenboden lagerte Stroh bis unters Dach, unten die geernteten Vorräte. Beides bot jetzt reichlich Nahrung für die lodernden Flammen.

Alle anderen Bewohner aus dem Hotel, die sofort herbeigeeilt waren, konnten nur hilflos zusehen und hatten keine brauchbare Handhabe.

Ein starker Windstoß besorgte dann den Rest. Die gesamte Scheune stand nun lichterloh in Flammen. Funken stiebten nach allen Seiten durch die Luft. Das Löschteam musste zurückweichen auf einen sicheren Abstand.

„Schnell, retten wir die Tiere und die Stallungen, bevor die Flammen darauf übergreifen können", brüllte Bertl gegen den Lärm des Feuers und der berstenden Balken. Es waren zwar einige Meter Abstand, aber der Brand hatte furchterregende Ausmaße angenommen und wurde vom Wind immer weiter angefacht. Jedes Mal, wenn schwere Balken auf das brennende Stroh fielen, sprühten wahre Fontänen an Glut und Funken durch die Luft. Bertl, Sandy, Heinz, Gerhard und Carsten stürmten in den Stall, banden der Reihe nach die verängstigten Tiere los und machten die Gatter auf. Sandy versuchte sofort die Hühner ins Freie zu treiben. Angesichts des tobenden Unwetters und des nahen Feuers wurde das mit erheblichem Widerstand quittiert. Sie schrie, schlug und trat auf sie ein um sie schnell aus dem Gebäude zu schaffen. Es gelang ihr schließlich mit großer Mühe. Das Federvieh lief draußen verstört in alle Richtungen.

Von außen versuchten alle Übrigen derweil, das Feuer so gut es mit den bescheidenen Mitteln ging, von den Stallungen fernzuhalten. Mangels anderer Möglichkeiten konnten sie nur die durch die Luft herbei gewirbelten Glutherde löschen und die Wände des Gebäudes befeuchten.

Gerhard schleppte das Lämmchen auf den Armen ins Freie. Die vier übrigen versuchten gemeinsam die störrischen schwergewichtigen Kühe zur Tür zu treiben. Statt die sichere Freiheit anzunehmen, flüchteten diese jedoch in die hinterste Ecke.

Ohrenbetäubender Lärm übertönte jetzt den ständigen Donner und das laute Prasseln des Regens. Die komplette Scheune war in sich zusammengefallen. Meterhoch flogen die brennenden Holzteile durch das Implodieren über das Gelände und auf das Dach der Stallungen. Der Löschtrupp musste sich ganz schnell in Sicherheit bringen. Einige glühende Teile fanden dennoch ihre Opfer, richteten aber keinen großen Schaden an. Aus der Luft zurückfallende brennende Teile durchschlugen das Dach des Stalles. Sandy und Gerhard schafften es, zwei von den Kühen aus der Gefahrenzone zu bringen und ins Freie zu jagen. Die beiden anderen hatten sich in der hintersten Ecke verschanzt und Bertl hinter sich eingeklemmt. Carsten und Heinz zerrten mit vereinter Kraft eine davon aus der Ecke heraus. Das zentnerschwere Tier wehrte sich mit aller Kraft und trat wild um sich, während es mit gewaltigen Sprüngen immer wieder auf die beiden losging. Mittlerweile brannte auch der Dachstuhl des Stallgebäudes und das Feuer dehnte sich, begünstigt durch die ständigen Böen, weiter aus.

Ohne Rücksicht auf die eigene Gesundheit nahmen Heinz und Carsten dann noch einmal alle Kraft zusammen und schafften es schließlich, die eine Kuh hinaus zu bugsieren, nicht ohne sich einige gewaltige und schmerzhafte Tritte einzuhandeln. Im Eifer des Kampfes ließen sie sich davon nicht beeinträchtigen.

Auch das Obergeschoß des Stalles bot dem Feuer ausreichend Nährboden. Das Gebälk und der Zwischenboden standen komplett in Flammen.

Bertl kämpfte immer noch verzweifelt mit der letzten Kuh, die ihn in die Ecke gedrängt hatte. Gerade als Carsten und Heinz schnell wieder zu Hilfe eilten, fielen die ersten brennenden Holzteile unter lautem Getöse herunter. Sie schafften es trotzdem, das verschreckte Tier ein Stück näher zum Ausgang zu ziehen. Ein brennender Balken, der herabstürzte und das Tier am Hinterteil erwischte half zwar dabei, traf aber auch Bertl schwer, der durch einen Schlag auf den Rücken betäubt niederging. Die Kuh preschte los und drückte dabei Heinz schmerzhaft an die Wand, bevor sie mit großen Sprüngen endlich ins Freie preschte. Jetzt war nur noch Bertl zu retten. Im dichten Qualm lag er auf dem Boden, einen brennenden Balken quer über beiden Beinen. Carsten packte den Balken und merkte erst viel zu spät die Glut an der Unterseite. Beide Hände verbrannte er sich fast bis auf die Knochen. Mit vor Schmerz verzerrtem Gesicht und einem Aufschrei stürmte er ins Freie, wo ihn die anderen in Empfang nahmen und versorgten. Die Schmerzen der Brandverletzungen trieben ihn in eine tiefe Ohnmacht.

Heinz zerrte verzweifelt an den Beinen von Bertl. Es schien ein aussichtloses Unterfangen zu bleiben, das auf ihm lastende Gewicht drückte zu schwer. Die Chancen, ihn alleine zu befreien schwanden zusehends, zumal der dichte Qualm das Atmen kaum noch ermöglichte. Der Eingang war währenddessen mit brennendem Stroh und Balken versperrt. Von draußen konnte er keine Hilfe mehr erwarten. Außer dem spärlichen Wasserstrahl den sie ihm entgegenschickten, konnten sie nichts für ihn und Bertl tun. Es war zu spät, in den nächsten Minuten würde das Dach des Stalles einstürzen.

Ohnmächtige Wut beflügelte Heinz noch einmal. Die Vorräte waren jetzt vernichtet, die nebenan eingestellten Landmaschinen und Traktoren auch nur noch Schrott und Bertl in auswegloser Lage.

Mit letzter Kraft machte er noch einen Versuch ihn zu befreien. Soweit er überblicken konnte, regte er sich bereits nicht mehr. Beißender Rauch nahm Heinz jetzt den Atem und von draußen hörte er die Rufe, dass er aufgeben sollte. Der nächste herabstürzende, glühende Balken überzeugte ihn dann schmerzhaft. Seine Kleider hatten Feuer gefangen, er musste jetzt versuchen sich selbst zu retten.

Den gewaltigen Schlag der ihn als nächstes traf spürte er kaum, als er einfach über die lodernden Flammen vor dem Tor ins Freie taumelte.

Beim letzten Blick zurück sah er das brennende Dach einstürzen. Es begrub Bertl unter sich. Die Druckwelle drückte ihn vollends nach draußen. Das Ziehen an seinen Gliedern und eine Decke die man über ihn geworfen hatte, um die Flammen an seinen Kleidern zu ersticken, nahm er kaum war.

Im immer noch strömenden Regen fiel Heinz in den Schlamm. Viele helfende Hände löschten die letzten Flammen an seinen Kleidern mit Decken und ihren Jacken. Die von dem Balken getroffene Schulter schien zertrümmert zu sein. Alle Energie war aus seinem Körper entwichen.

Seine letzten Gedanken waren trotz der eigenen starken Schmerzen bei Bertl, den er sterbend in dem tosenden Flammenmeer zurücklassen musste. Dann kam eine undurchdringliche Schwärze über ihn, in der er nur noch eine Vielzahl flimmernder Sternchen über sich sah. Danach blieb ihm plötzlich auch die Luft weg.

So ist das also wenn man stirbt, war sein letzter Gedanke.

XIV

Heinz Krüger erwachte langsam mit schwerem Kopf. So etwa müsste es sich anfühlen, wenn man abends jede Menge süße Cocktails oder ein großes Durcheinander der verschiedensten alkoholischen Getränke in sich hineingießen würde und dazu noch reichlich Zigaretten konsumierte. Das war aber nicht seine Art, daran erinnern konnte er sich auch nicht. Woher also kam dieser wahnsinnige Schmerz. Ständig hatte er das Gefühl, dass sich das Innere seines Kopfes stärker ausdehnt, als es die äußere Hülle zulässt. Wie lange hält der Schädel diesem Druck noch stand, bevor er zerspringt?

Allmählich kamen auch die anderen Sinne zurück. Seine Mundhöhle war trocken wie die Sahara, alle Feuchtigkeit schien aus seinen Schleimhäuten entwischen zu sein. Er hatte das Gefühl, als hätte die ganze Mundhöhle tiefe Furchen wie ein ausgetrocknetes Flussbett. Dringend brauchte er etwas Trinkbares, wobei es ihm in diesem Zustand völlig egal war was es ist, nur flüssig müsste es sein.

Rau und gereizt fühlte sich der Hals an und brannte fürchterlich. Der Geschmack in seinem Mund war gerade so, als hätte er Teer getrunken oder einige Zigarren geraucht. Schlucken konnte er überhaupt nicht, der Kehlkopf blieb unbeweglich. Auch die Nase war ausgetrocknet. Trotzdem nahm er einen streng ätzenden Geruch war, der ihn an Reinigungsmittel erinnerte. Seine Ohren nahmen wohl das Brummen seines eigenen Kopfes auf. Das ständige sonore Geräusch, oft gepaart mit einem leichten piepsen passte zu seinem Kopfschmerz.

Die Augen ließen sich äußerst schwerfällig öffnen. Zu sehen war aber nur Dunst oder Nebel, dahinter ganz schwache Konturen. Es dauerte ein wenig bis diese deutlicher wurden und sich abhoben vom Hintergrund, ohne jedoch klar erkennbar zu sein. Alles in allem war es kein erfreuliches Erwachen. Nach kurzem Ringen um die Lösung dämmerte er aber wieder hinweg. Die Augen fielen ihm zu, die Geräusche flachten ab, nur die Schwere des Kopfes spürte er unvermindert weiter.

In mehreren Intervallen ging es aber dann wieder von vorne los. Nach einigen Durchgängen ließen sich die Augen etwas leichter öffnen und blieben auch beständiger offen. Schemenhafte Schatten wurden nach und nach deutlicher, der Nebel schien sich langsam aufzulösen. Auch spürte er jetzt seine Gliedmassen. Alles an seinem Körper war ungewöhnlich steif und unbeweglich. Fast wie gelähmt kam er sich vor. Bei dem Versuch sich zu bewegen, kam ein wenig Wärme in Arme und Beine. Leichtes Kribbeln erweckte den Eindruck, als könnte er alle Gliedmaßen bewegen. Die Schwere, die auf seinem Kopfe lastete, ließ ihn die Versuche wieder zurückstellen. Seine Gedanken waren alles andere als klar und er hatte seinen Körper nicht in der Gewalt. Keine seiner geplanten Bewegungen wurde wunschgemäß vollzogen.

Nach seiner Einschätzung waren es Stunden, die in ähnlicher Art verliefen. Bei jedem Mal kam aber einiges etwas stärker zur Geltung. Der Kopfschmerz, die Geräusche und der Geruch blieben konstant, die Glieder ließen sich behäbig bewegen. Seine Augen blieben für immer längere Zeit offen.

Die Konturen, die jetzt allmählich kontrastreicher wurden, bewegten sich unkontrollierbar. Bald sah er sie verschwommen näher auf sich zukommen und das grelle Deckenlicht verdecken. An seine Ohren drangen auf- und abschwellende Geräusche. Es waren wohl Stimmen, aber in weiter Ferne. Mehr und mehr kämpfte er um alle seine Sinne. Konzentriert, soweit es ihm möglich war, versuchte er die Details zu ergründen. Der intensive Geruch kam anscheinend von einem Desinfektionsmittel. Die Geräusche mussten von Geräten und Stimmen im Umfeld stammen. Mit äußerster Anstrengung versuchte er erneut den Schleier zu durchdringen. Nach und nach wurden die Umrisse etwas stärker. Das waren Menschen die im Zimmer umherliefen. Wer es war und ob es Frauen oder Männer waren, konnte er noch nicht erkennen. Auch wo er sich befand war nicht feststellbar.

Ein Schatten beugte sich langsam nahe über ihn. Auf der Stirn und in seinem Gesicht fühlte er jetzt eine erfrischende Feuchtigkeit. Kurze Zeit darauf wurden seine Lippen befeuchtet. Sofort konnte er spüren, wie sich wieder etwas Speichel bildete und der zerfurchte Gaumen geschmeidiger wurde. Angestrengt versuchte er sich zu erinnern. Wo lag er und wer waren diese vielen Menschen um ihn herum? Eine unbekannte Stimme drang leicht verzerrt an seine Ohren. Angestrengt versuchte er sie zu verstehen und zuzuordnen.

„Hallo, Herr Krüger, können sie mich hören?", fragte jemand ständig wiederholend. Was soll die Anrede mit Herr Krüger, alle in der Gemeinschaft duzten sich und redeten sich mit Vornamen an.

So sehr er sich bemühte, er konnte die Person nicht wiedererkennen. Absolut fremd kam sie ihm vor. Er wollte gerne antworten, aber seine Stimme gehorchte nicht. Nur unverständliches krächzen war leise zu vernehmen. Einzelne Worte und auch ganze Sätze entstanden zwar richtig geformt in seinem Gehirn, kamen ihm aber nicht geordnet über die Lippen. Die Kommunikation zwischen Gehirn und Mund war wohl gestört.

Vor einigen Jahren hatte er eine kurze sogenannte Sprachfindungsstörung mit dem gleichem Effekt, erinnerte er sich jetzt vage. Die Untersuchungen aller infrage kommenden Ursachen blieben damals ohne jeglichen Befund. Einige Zeit sorgte er sich sogar, dass es ein Vorzeichen eines nahenden Schlaganfalles sein könnte. Besonders seine Frau war lange Zeit beunruhigt und beobachtete ihn ständig voller Fürsorge. Ziemlich machtlos kam er sich vor. Bitte nicht wieder so ein Phänomen, dachte er. Zumal er sich im Gegensatz zu damals, im Moment nicht einmal schriftlich verständigen konnte. Zum Zeichen, dass er die gerade an ihn gerichtete Frage verstanden hatte, konnte er nur leicht die rechte Hand anheben, aber das wurde offenbar sehr erfreut zur Kenntnis genommen.

„Er kommt so langsam zu sich", hörte er die Person sagen, die sich über ihn gebeugt hatte. Es war zwar eine relativ tiefe Stimme aber er glaubte trotzdem, dass sie zu einer Frau gehören müsste. Unbekannt kam sie ihm weiterhin vor und er glaubte, sie noch nie vernommen zu haben. Weiteres Gemurmel drang an seine Ohren, er konnte es aber weder verstehen noch zuordnen.

Wo war er hier eigentlich und warum? Wer waren diese ihm völlig unbekannten Menschen? Sollten es vielleicht weitere Überlebende sein, von denen er noch nichts mitbekommen hatte? Das schien ihm äußerst unwahrscheinlich. Er war es doch immer selbst, der alles im Camp steuerte und wusste. Was war mit ihm passiert? Seine Sinne funktionierten nicht richtig. Hatte man ihn unter Drogen gesetzt? Geschwächt schlummerte er mehr als er wach war. Die Bewegungen im Raum nahm er weiter auf. War er in einer anderen Welt?

In kürzer werdenden Abständen kam er jetzt zu sich und konnte die Augen öffnen. Die Umgebung wurde klarer. Der Raum, in dem er sich befand, war ihm völlig fremd, stellte er fest. Anscheinend war es ein Krankenzimmer. Rundherum konnte er undeutlich viele Monitore und Apparate erkennen. Mehrere Personen liefen ständig im Zimmer umher und hantierten an den Geräten. Zwei von ihnen beugten sich erneut über ihn und allmählich merkte er, dass sie vermutlich mit ihm sprachen. Der Mann an seiner rechten Seite kam mit seinem Gesicht ganz nahe an seinen Kopf und hielt fest seine Hand. Er konnte deutlich den Atem spüren. „Hallo Herr Krüger, können sie mich verstehen? Falls sie uns nicht antworten können, drücken sie bitte fest meine Hand."

Heinz versuchte mühevoll Druck auszuüben. Nur mit großer Anstrengung gelang es ihm.

„Jawohl, das ist schon sehr gut. Nun versuchen sie einmal zu antworten. Können sie mir ihren Namen und ihr Geburtsdatum sagen?" fragte die Stimme geduldig weiter. Wieder wollte Heinz antworten.

In seinem Kopf formte er die Worte, aber über die Lippen kam erneut nur ein ungereimtes Röcheln. Seine Versuche blieben nicht unbemerkt.

„Versuchen sie es weiter, es wird schon gehen", ermunterte ihn die fremde Stimme freundlich.

Ganz behäbig konnte er beim nächsten Versuch die einzelnen Worte stammeln.

„Mein Name ist Heinz Krüger", kam ihm leise und im Zeitlupentempo über die Lippen.

Dieser eine Satz löste freudige Stimmung im Raum aus. Plötzlich umringten ihn noch mehr Personen.

„Wo bin ich hier und wer seid ihr denn?" quälte er als nächstes heraus. Der Mann drückte fest seine Hand und schaute ihm fortwährend in die Augen. Jede Bewegung seiner Pupillen verfolgte er genau.

„Sie sind in einem Krankenhaus. Mein Name ist Professor Dr. Bertram. Ich bin ihr behandelnder Arzt und die anderen hier sind meine Mitarbeiter. Sie waren lebensgefährlich erkrankt und mussten mehrmals operiert werden. Wissen sie noch was mit ihnen passiert ist?" Heinz schüttelte den Kopf, er verstand den Sinn der Frage nicht. Stattdessen antwortete er: „Ich habe Durst, kann ich bitte etwas zu trinken haben?" Umgehend folgte man seinem Wunsch und allmählich wurden alle Sinne klarer. Die Leute waren zu erkennen, nur hatte er sie nie vorher gesehen. Seine Glieder ließen sich bewegen, aber nur sehr behäbig. Alles rundum irritierte ihn.

„Wo ist Angelika und wo sind die anderen aus unserer Gemeinschaft?", gelang es ihm zu fragen.

Kopfschütteln und Gemurmel war zu vernehmen.

„Ihr seid wohl auch Überlebende, wo habt ihr die ganze Zeit verbracht?", war seine nächste Frage.

Anstatt ihm eine Antwort darauf zu geben, beugte sich der Professor erneut tief über ihn und sagte ganz bedächtig aber bestimmt:

„Herr Krüger, sie waren, wie ich schon sagte, lange krank. Die Medikamente wirken noch nach, ihr Gedächtnis muss erst wieder erwachen. Sie müssen jetzt etwas ruhen. Morgen früh werden wir sie wieder wecken. Ihre Frau und ihre Tochter werden wir auch benachrichtigen und hierher bestellen."

Heinz Krüger verspürte den Einstich einer Spritze, bevor er in einen leichten, sehr oberflächlichen Dämmerschlaf versank.

Trotzdem versuchte er weiter sich zu erinnern. Alles ging wirr durcheinander in seinem Kopf. Flammen waren da um ihn herum, irgendetwas schlug ihm schmerzhaft auf die Schulter. Die Luft war voller Rauch, das Atmen fiel immer schwerer. Unglaublich heiß war es. Dann war er in den Schlamm gefallen und über ihm im dunklen Himmel waren leuchtende Sterne zu erkennen. Zahlreiche Hände hatten auf einmal nach ihm gegriffen und schlugen wild auf ihn ein.

Einige Zeit vorher war er zusammen mit Frank an der Planung und Festlegung von Flugrouten, um Deutschland noch einmal gründlich abzusuchen. Vielleicht gab es noch irgendwo Lebenszeichen von Gruppierungen, die sich ähnlich wie sie selbst zusammengefunden hatten, meinten sie. Was aber hatte ihn aus den Beschäftigungen herausgerissen? Wo kamen die Flammen und die Hitze her?

Er war nicht fähig, alles auseinander zu halten. Irgendetwas musste wohl mit ihm passiert sein. Schmerzhafte Verletzungen hatte er aber keine.

Der sogenannte Professor musste aber aus einer anderen Welt stammen, dachte Heinz Krüger. Hatte ihm niemand erzählt, dass seine Frau und seine Tochter, wie fast alle Menschen, Opfer der Katastrophe geworden waren? Es gab einigen Klärungsbedarf sobald er dazu in der Lage war.

Professor Bertram hatte inzwischen die Frau von Heinz erreicht und über die Situation aufgeklärt. „Wir sind jetzt dabei ihren Mann so langsam aus dem Koma zu holen. Für den Genesungsprozess wäre es bestimmt sinnvoll, wenn sie morgen mit ihrer Tochter hierher kommen könnten. Ich muss sie aber bitten, mich zu verständigen sobald sie hier sind und keinesfalls alleine zu ihm zu gehen. Er ist noch wirr in seinen Erinnerungen. Erschrecken sie bitte nicht, das wird schon bald wieder wesentlich besser werden."

Sabine Krüger stimmte erfreut zu. Seit mehreren Monaten hatte sie sehnsüchtig diesem Zeitpunkt entgegen gefiebert. Wie angespannt ihre Ehe auch vorher schien, durch seine schwere und lange Krankheit hatte sie wieder gemerkt, dass sie ihn immer noch sehr liebte und nicht missen wollte. Was auch immer zurückbleiben könnte, falls er nicht ganz gesund werden würde, sie wollte es gefasst ertragen. Selbst mit einer Behinderung war sicher zu leben. Sie brauchte ihn.

Sofort nach dem kurzen Gespräch mit Sabine Krüger telefonierte der Professor noch mit einigen Kollegen. Die Aussagen des Patienten beängstigten ihn etwas. Es klang so bestimmt, was er fragte. War das eine Bewusstseinsspaltung? Oder war das Gehirn bereits irreparabel geschädigt?

Als Heinz Krüger am nächsten Morgen erwachte war das gesamte Umfeld relativ deutlich zu sehen. Sein Kopf dröhnte zwar immer noch, aber es war wesentlich erträglicher als am Tag zuvor.

Eine Krankenschwester bemerkte sein Erwachen und griff sofort zum Telefon.

„Guten Morgen Herr Professor. Herr Krüger ist soeben aufgewacht. Ich sollte sie verständigen", konnte Heinz klar und deutlich vernehmen. Bereits nach wenigen Minuten betraten gleich drei Weißkittel das Zimmer und bauten sich rund um sein Bett auf. Der Professor schüttelte ihm die Hand, bevor er die anderen beiden Herren als den Neurologen Dr. Klein, einen Kollegen aus dem Hause und den Psychoanalytiker Dr. Hausner, der extra aus der Schweiz angereist war, vorstellte.

„Herr Krüger, wie fühlen sie sich, können wir ihnen ein paar Fragen stellen?" wollte er zunächst wissen und sprach dabei übertrieben langsam.

„Danke, es ging mir schon besser, fragen sie ruhig. Ich habe auch erhebliche Unklarheiten, die ich gerne von ihnen geklärt hätte", antwortete Heinz einigermaßen flüssig und richtete sich etwas auf.

Dr. Hausner übernahm jetzt die weitere Befragung.

„Würden sie uns bitte erzählen wo sie wohnen und was sie im Allgemeinen so tun. Einfach frei von der Leber. An was können sie sich noch gut erinnern?"

Heinz erzählte so zügig es sein Zustand zuließ. Kurz berichtete er von seiner Frau, der Tochter, seinem großen Haus und auch von dem Hund. Seine, wie er meinte, frühere Berufstätigkeit als Selbstständiger und die Firma bei der er Teilhaber war, erwähnte er nur sehr oberflächlich und kurz.

Etwas ausführlicher berichtete er anschließend von der unerklärlichen, großen Katastrophe.

Angefangen mit seinem Eintreffen in der Firma, seinen Mitarbeitern, die er in leblosem Zustand vorfand und den chaotischen Zuständen auf den Straßen und in der Stadt. Dann vom Auffinden der toten Familie und deren Beerdigung.

Ohne Unterbrechung hörten ihm die drei Ärzte zu. Zwischendurch schauten sie sich öfter fragend an, unterbrachen Heinz aber nicht.

Dieser fuhr fort mit seiner Überlebensstrategie und allen Aktivitäten auf der Suche nach weiteren Überlebenden. Viele Details der gesamten Planung fesselten die Ärzte offenbar, obwohl Heinz seinen Bericht auf das Wesentlichste beschränkt hatte.

Am Ende stellte er dann seine wichtigsten Fragen: „So, jetzt sagen sie mir bitte wo ich hier bin und warum. Wie und wo haben sie überlebt und was wissen sie über die Ursache dieser Katastrophe? Wo sind die Leute aus unserer Gemeinschaft? Sind die auch hier? Wenn ja, würde ich sie gerne sehen."

Die Antwort übernahm sogleich Professor Bertram.

„Das sind zu viele Fragen auf einmal. Sie sind in einer Klinik in München und wie sie unschwer feststellen können, haben auch wir überlebt. Um sie nicht zu sehr anzustrengen schlage ich vor, dass wir morgen unser Gespräch detaillierter fortsetzen. Dann können wir auch ihre vielen Fragen klären. Wir haben noch sehr viel mit ihnen zu bereden, aber sie brauchen jetzt erst wieder etwas Ruhe."

Damit verabschiedeten sich die drei und ließen Heinz mit seiner Ungewissheit alleine. Skepsis regte sich in ihm. Was hatte das alles zu bedeuten?

Konnte er diesen Leuten überhaupt trauen? Wo kamen sie so plötzlich her, ganz München war doch betroffen und auch die Technik lahmgelegt. Aber im Moment konnte er nichts unternehmen um Klarheit zu bekommen, machtlos war er ihnen ausgeliefert. Erst musste sich sein Zustand bessern. Als erstes musste er wissen was mit seinen anderen Mitbewohnern war und schnellstens Kontakt mit ihnen aufnehmen. Für sie war er verantwortlich. Erstaunt fiel ihm ein, dass die Krankenschwester ganz normal mit dem Professor telefoniert hatte. Wie vor dem Tag X. Sollte es gelungen sein, das Telefonnetz wieder zu aktivieren? Strom und Wasser hatten sie ebenfalls, die Versorgung schien einwandfrei gewährleistet zu sein. Waren sie sogar noch besser organisiert als die „Neue Heimat"? Am liebsten wäre er sofort aufgestanden und hätte sich auf den Weg zu seiner Dorfgemeinschaft gemacht. Aber er musste sich eingestehen, dass seine momentane Verfassung dafür noch viel zu desolat war, und dieses Vorhaben zurückstellen. Noch nicht einmal die Kraft zum Aufstehen brachte er auf. Allmählich übermannte ihn wieder eine große Müdigkeit. Ein tiefer Schlaf entzog ihn aus der Realität in eine unruhige Traumwelt.

Nach einigen Stunden kam wieder Leben in ihn. Doch bereits nach dem ersten Augenaufschlag war er davon überzeugt, dass er weiter nur träumte.

Neben seinem Bett stand seine Frau mit seiner Tochter und er hörte ihre Stimme.

„Hallo mein Liebling, wie schön, dass du wieder aufgewacht bist. Was machst du für Sachen, wir haben uns solche Sorgen um dich gemacht."

Während sie zu ihm sprach, hatte seine Frau Sabine sich über ihn gebeugt. Sie küsste und umarmte ihn innig und lange. Wenn schon ein Traum, dann wenigstens ein schöner, dachte er sich dabei.

„Papa, ich freue mich auch, wir haben dich so sehr vermisst", hörte er dann seine Tochter sagen, die ihn fest an sich drückte. Heinz hielt beide lange schweigend fest und genoss das Wiedersehen.

„Wie geht es euch beiden, kümmert man sich gut um euch?", hörte er sich sagen. Beide bejahten und erzählten ihm anschließend was sich so zugetragen hatte. Es klang wie in seinem früheren Leben.

Sabine ließ ihn wissen: „Alle Verwandten, unsere Freunde und besonders deine Mitarbeiter fragen ständig nach dir und baten darum, dich herzlich zu grüßen. Sie können kaum erwarten, dass du wieder zurückkommst. In der Firma läuft alles recht gut. Natürlich tun sie sich mit einigen Dingen etwas schwerer als du. Zur Überbrückung kann man es aber gelten lassen, sagen deine Geschäftspartner, die dich natürlich auch herzlich grüßen lassen und dir eine baldige Genesung wünschen."

Seine Tochter Verena, mit dem Kosenamen Rena, sprudelte danach mit allem heraus, was sie ihm zu berichten hatte, vieles hatte sich wohl angestaut.

„Stell dir vor, ich habe letzte Woche in Mathe eine eins geschrieben und meine anderen Noten habe ich auch stark verbessert. Die Nachhilfe hat ganz gut geholfen. Sie kann mir das leichter vermitteln als unsere Lehrer", berichtete sie unter anderem.

Sabine warf anschließend dazwischen: „Erzähl ihm auch, dass du einen neuen Freund hast und dass er, wenn er zurück ist, gut auf dich aufpassen muss."

Heinz hörte sehr interessiert zu, obwohl er merkte, dass ihn die langen Gespräche sehr anstrengten. „Wie geht es denn unserem Bello, hat er mich auch ein bisschen vermisst?", wollte er wissen, in der Absicht, den vermeintlichen Traum mitzuspielen. Rena antwortete prompt. „Er liegt jeden Abend hinter der Tür und wartet auf dich. Ich muss dann lange mit ihm spazieren gehen, damit er Ruhe gibt. Das nervt ganz schön. Letzte Woche hat er sich zum Dank mal wieder im Dreck gewälzt und ich musste ihn anschließend baden und schrubben. Lange stehe ich das nicht mehr durch, mach dass du endlich wieder nach Hause kommst."

Aus dem Hintergrund kam langsam Prof. Bertram, der die ganze Zeit abseits gestanden und zugehört hatte. Beschwichtigend hob er die Hände und bat: „Ich glaube, das reicht jetzt für heute. Wir dürfen ihn noch nicht überfordern, die Medikamente wirken noch nach. Gerne können sie ja morgen wiederkommen und sich weiter unterhalten. Es geht jetzt mit jedem Tag steil bergauf mit ihm."

Kaum hatten sie sich verabschiedet, fiel Heinz in einen tiefen, dieses Mal traumlosen Schlaf.

Das Erwachen am nächsten Morgen war nun schon wesentlich angenehmer. Kopfschmerz verspürte er kaum noch, auch sein Blick war jetzt klar. Große innere Unruhe breitete sich aber aus. Was hatte das alles zu bedeuten, wieso war er hier und wo waren die Leute aus der „Neuen Heimat" geblieben? Beim Versuch aufzustehen, wurde er von seinem Körper gleich in die Schranken verwiesen. Seine Glieder gehorchten ihm nicht. Resigniert fiel er auf sein Bett zurück. Stand er vielleicht unter Drogen?

Hatte man ihn einer Gehirnwäsche unterzogen, oder war er tatsächlich schwer krank. Er wusste es nicht. Pass auf, traue ihnen nicht, nahm er sich vor. Immer mehr wuchs bei ihm die Überzeugung, dass er in eine andere Gruppe Überlebender geraten war. Immerhin wurde ihm ein üppiges Frühstück serviert, die Verpflegung war also auch bei dieser Gemeinschaft bestens gewährleistet.

Nach einer Morgenvisite wie in jedem normalen Krankenhaus, besuchten ihn wieder die drei Ärzte. Sofort unterzogen sie ihn einer detaillierten Untersuchung und Befragung nach seinem Befinden. Allmählich würden seine Gliedmaßen wieder zum Normalzustand zurückfinden, wurde ihm jetzt versichert. Wieder baten sie ihn um seinen Bericht aus der Erinnerung. Er wiederholte und ergänzte seine Ausführungen vom Vortag. Mittlerweile war ihm der Brand der Scheune und der Stallungen wieder eingefallen. Auch davon berichtete er jetzt. Die verbrannten Hände von Carsten und dem aussichtslos unter dem Balken eingeklemmten Bertl, den er zurücklassen musste, um sich zu retten, berührten ihn sehr. Seine eigene Benommenheit nach dem Schlag auf die Schulter und die anschließende Ohnmacht erwähnte er abschließend. Mit keinem Wort gingen die Ärzte darauf ein.

„Wie verlief ihr Leben vor dieser Katastrophe?", wollten die Herren stattdessen von ihm wissen. Ausführlich erzählte Heinz seinen Werdegang. Dass ihn sein Job stark belastete und er ständig unter immensem beruflichem Stress stand, gab er auch erstmals zu. Die Belastungen durch das Haus und das große Grundstück erwähnte er ebenso.

Professor Bertram fragte ihn dann anschließend: „Sie haben ja von ihrer Frau und ihrer Tochter gestern einen Überblick bekommen, wie es zu Hause und in ihrer Firma läuft. Ist alles einigermaßen zufriedenstellend und beruhigend für sie?"

„Woher wissen sie von meinen Träumen, haben sie mein Gehirn angezapft?", war die erstaunte Frage von Heinz. Wieder sahen sich die Ärzte etwas perplex an, ohne seine Frage zu beantworten.

Kurz darauf zogen sie sich zurück. Im Flur berieten sie über den außergewöhnlichen Fall.

„Können wir ihn schon aufklären über die wahren Begebenheiten und seinen Krankheitszustand oder wird er das noch nicht verkraften?"

Dr. Klein hatte die Frage an seine Kollegen gestellt.

„Ich schlage vor, dass wir ihn zunächst einmal in die Psychiatrie verlegen lassen und sehr langsam versuchen ihn an seine Krankheit heranzuführen", antwortete nach kurzer Überlegung Dr. Hausner.

„Ich glaube, es wird ein langer schwieriger Weg. Erstaunlich ist, wie sehr er sich in die Katastrophe hineingesteigert hat. Sein Organisationstalent und die Planungen bis ins Detail sind bewundernswert. Er muss monatelang intensiv mit diesem Thema beschäftigt gewesen sein. Noch mehr überrascht mich sein gutes Erinnerungsvermögen daran."

Die beiden anderen waren mit der Verlegung einverstanden. Professor Bertram fügte noch hinzu: „Ich glaube, wir sollten diesen Fall ausführlich dokumentieren. Vielleicht können wir einiges aus dem menschlichen Unterbewusstsein dann besser verstehen und ergründen. Ich als Chirurg kenne mich mit der Psychologie leider viel zu wenig aus."

Dr. Hausner machte daraufhin einen Vorschlag. „Ein Studienfreund von mir betreibt intensive Forschungen in diesem Bereich. Er ist sowieso am Wochenende gerade in München auf einer Tagung. Wenn sie nichts dagegen haben, können wir uns mit ihm darüber eingehend unterhalten oder ihn mit in die Behandlung einbeziehen."

Die beiden anderen Ärzte waren einverstanden. Erstaunt nahm Heinz am folgenden Tag zur Kenntnis, welche Dimension das Krankenhaus hatte. Über schier endlos erscheinende Gänge und mehrere Etagen schob man ihn zu einer anderen Station. Eine Vielzahl ihm unbekannter Menschen bevölkerten die Flure. War die Menschheit doch nicht so dezimiert wie er glaubte?

Der Schriftzug Psychiatrie an einer Durchgangstür entging ihm nicht und erschreckte ihn ein wenig. Hielt man ihn hier für verrückt, oder was hatte das zu bedeuten? Verstört nahm er alle Nuancen auf dem Weg zur Kenntnis. Es erinnerte ihn sehr an eine Münchener Klinik, in der er früher einen Freund besucht hatte. Sollte das ganze Krankenhaus, das Personal und die vielen Menschen auch von der Katastrophe verschont geblieben sein?

Noch verwirrter wurde er, als kurz darauf seine Frau Sabine und seine Tochter Rena das Zimmer betraten. Sollte sich der Traum vom Vortag wiederholen oder fortsetzen? Zweifel übermannten ihn. Geduldig unterhielt er sich mit beiden wie in alten Zeiten. Seine eigenen Erlebnisse gab er nicht preis. Schlecht konnte er erzählen, dass er sie nach einer Katastrophe tot aufgefunden und begraben hatte, das würde den ganzen Traum zerstören.

Alles erlebte er jetzt so real wie die Katastrophe selbst und das Leben danach in der neuen Heimat mit seiner Gemeinschaft. Aber was war eigentlich die Wirklichkeit? Beides passte überhaupt nicht zusammen. Bin ich vielleicht doch verrückt?

Die Ereignisse spielen sich in zwei verschiedenen Welten ab, ich habe aber nur ein Leben.

Mit einem gespaltenen Bewusstsein verbrachte er anschließend wieder einmal eine unruhige Nacht. Das Dreier-Gespann in weißen Kitteln beehrte ihn am Morgen wieder. Nach der Untersuchung und der üblichen Befragung über sein Befinden setzte sich Professor Bertram auf sein Bett. Die beiden anderen Ärzte verharrten still im Hintergrund.

„Wir werden heute über ihre Krankheit reden. Bleiben sie bitte ruhig und hören sie zunächst zu. Ich werde ihnen ihre Geschichte aus unserer Sicht erzählen. Falls es sie überanstrengen oder zu sehr verwirren sollte, sagen sie es ruhig. Dann werden wir sofort aufhören und morgen weiter machen. Sind sie damit einverstanden?"

Heinz Krüger bejahte ebenso verwirrt wie erstaunt. Nichts war ihm lieber, als endlich Klarheit über die Situation und sein Krankheitsbild zu bekommen. Die Ungewissheit zehrte stark an seinen Nerven.

„Sie wurden vor mehr als sechs Monaten mit einer lebensbedrohlichen, schweren Gehirnblutung bei uns eingeliefert. In ihrer Firma waren sie plötzlich bewusstlos zusammengebrochen. Zu ihrem großen Glück haben ihre Mitarbeiter gleich richtig reagiert. Ihr Zustand war sehr kritisch und nötigte uns zur sofortigen Notoperation. Weitere Eingriffe folgten danach, abhängig vom Fortschritt der Genesung.

Da der Heilungsprozess bei diesen Eingriffen sehr lange dauert und risikoreich ist, haben wir zur Sicherheit einen künstlichen Schlaf eingeleitet. Mehr als sechs Monate lagen sie im Koma und wurden ständig mit aller zur Verfügung stehenden Technik überwacht, bis wir verantworten konnten, sie wieder behutsam zurückzuholen.

Was sie uns erzählt haben, muss ein langer Traum gewesen sein, der sich offensichtlich immer weiter fortsetzte. Das heißt, ihr Unterbewusstsein ist einen selbstständigen Weg gegangen. Wir sind erstaunt, dass man in einem künstlichen Schlaf so detailliert und ausgiebig träumen kann, und das in diesem Umfang und dieser Länge bis in alle Einzelheiten im wachen Zustand noch nachvollziehen kann. Besonders die kontinuierliche und chronologische Fortsetzung ist ungewöhnlich."

Heinz Krüger war überrascht und total verwirrt. Was erzählte ihm der Professor da. Gerade erst hatte er sich mit dem Leben in der „Neuen Heimat" abgefunden und angefreundet. Bis auf den letzten Tag mit dem verheerenden Brand des Bauernhofes war alles sogar schöner und ausgeglichener als der stetige Daseinskampf davor. Jetzt soll er das nur geträumt haben. Was war mit seinen Erlebnissen, seiner akribischen Planung und Organisation, mit der mühevollen Umsetzung? Seine Vorbereitungen zusammen mit Frank hatte er in allen Nuancen im Gedächtnis. Im Grunde genommen kam ihm die Katastrophe wahrscheinlicher vor als alles danach. Konnte er den Ausführungen der Ärzte glauben? Das plötzliche Auftauchen seiner totgeglaubten Frau und seiner Tochter sprachen eindeutig dafür.

Auch das Krankenhaus war nicht zu leugnen. Den Ärzten schaute er lange zweifelnd in die Gesichter. Aber er traute der Geschichte trotzdem nicht ganz. Was war wirklich der Traum? Vielleicht doch das was er im Moment glaubte zu erleben?

Ob Traum oder Wirklichkeit, er befand sich noch in der Abhängigkeit von diesen Ärzten.

Dass man ihn in die psychiatrische Abteilung verlegt hatte, beängstigte ihn auch. Was, wenn sie die Wahrheit sagten und ihn für verrückt oder sein Gehirn für geschädigt hielten? Er entschloss sich, zumindest im Moment so zu tun, als würde er ihnen uneingeschränkt glauben. Sofort nach seiner Entlassung würde er selbst die Wahrheit suchen. Seine Version schien ihm bis jetzt immer noch die wahrscheinlichere. Das könnte aber auch nur Wunschdenken sein. Ganz klar schienen seine Sinne jedenfalls auch nicht zu sein.

Heinz Krüger spürte, dass ihn alle diese Gedanken überforderten, alles stürzte über ihm zusammen. Erinnerungen überschlugen sich und flossen in Bildern an ihm vorbei. Hatte er das nicht schon einmal gespürt, als er damals gestresst von einem Kundenbesuch in die Firma zurück kam? War das vielleicht unmittelbar vor dem Zusammenbruch? Zwinge dich zur Ruhe, spiele einfach weiter dieses Spiel mit, bis du sicher bist was jetzt normal ist, ermahnte er sich nachdrücklich.

Professor Bertram führte nun weiter aus.

„Voraussichtlich werden wir sie in nur wenigen Tagen entlassen können. Wir möchten und müssen sie aber weiter regelmäßig kontrollieren und ihre Träume würden wir gerne analysieren."

Gezwungenermaßen nickte Heinz zustimmend. Er fühlte sich zu sehr geschwächt und brauchte Zeit. Seiner Frau und seiner Tochter, die ihn kurz darauf wieder besuchten, verschwieg er das Gespräch. Er unterhielt sich mit ihnen nur über ihre Sorgen und registrierte alle Neuigkeiten. Aufpassen musste er, dass sie sein geringes Interesse daran nicht spürten. Er war noch viel zu sehr mit sich selbst beschäftigt. Bisher hatten sie noch nichts erfahren von der „Neuen Heimat" und der vermuteten Katastrophe. Er hielt es für besser, sie in seine Ungewissheit nicht mit einzubeziehen.

Die folgenden Tage und Nächte verbrachte er in ständig wiederkehrender Verwirrung. Wie konnte es sein, dass er alles was er geträumt haben sollte, so viel intensiver erlebt hatte, als die vermeintliche jetzige Realität und sogar sein ganzes Leben davor? So sehr er auch grübelte, die letzten Zweifel blieben und ließen sich durch nichts vollends beseitigen.

Von Tag zu Tag kamen nun seine Kräfte wieder zurück. Das Krankenbett benötigte er nur noch zum nächtlichen Schlaf. Tagsüber war er ständig in Bewegung. Sei es zur Untersuchung, zur Physiotherapie oder zum Training seiner Muskulatur. Sechs Monate Schlaf hatten an seiner Konstitution und Kondition gewaltig gezehrt. Abgemagert war er auch etwas, aber das fand er positiv. So gerne wie er aß und trank, brauchte er nun wenigstens keine Rücksicht mehr auf seine Figur zu nehmen. Sein kleiner Bierbauch war verschwunden.

Zahlreiche medizinische Untersuchungen und die Tests seines Geisteszustandes verliefen positiv. Nachhaltige Schäden waren nicht festzustellen.

Viele Stunden hatte Heinz mit den mittlerweile vier Ärzten in endlosen Gesprächen verbracht. Der Spezialist für Traumforschungen hatte sich aus beruflichem sowie wissenschaftlichem Interesse dazugesellt. Sie waren nun bestrebt, ihn von seinen Zweifeln vollständig zu befreien. Dabei lernte er viel über die Traumwelt des Menschen.

Angeblich gibt es auch sogenannte Klarträume, die willentlich beeinflussbar sind. Das würde die schlüssige Fortführung seiner Geschichte erklären. Zeit genug hatte sein Gehirn in der langen Zeit des künstlichen Schlafes. Ablenkungen gab es nicht. Auch für den extrem langen Zeitraum, über den sich seine Phantasiegeschichte erstreckte, hatten die Ärzte eine durchaus glaubwürdige Erklärung parat. In Spielfilmen zum Beispiel, lasse sich eine längere Zeitspanne in nur 90 bis 120 Minuten glaubhaft darstellen, erläuterten sie ihm.

„Träume sind eine verborgene Macht unserer Psyche", erklärte einmal Dr. Klein zwischendurch. „Während der Teil unseres Gehirns, der für das logische Denken zuständig ist ausgeschaltet ist, bleibt das Stammhirn aktiv. Ein Traum ist wie das Erleben selbst. Er wirkt tief und fühlt sich echt an. Das ist bewusst steuerbar und man kann dabei Bilder aus der Vergangenheit erzeugen. Im Schlaf erinnert man sich an längst Vergessenes und die Ruhe schärft das Gedächtnis."

Ganz überzeugt war Heinz Krüger aber immer noch nicht, als er weitgehend geheilt entlassen werden sollte. Seine Zweifel behielt er aber für sich. Einige Zeit würde er sich zuhause erholen, bevor er in seinen Alltagstrott zurückkehren müsste.

Die nächsten Monate sollte er noch unter der turnusmäßigen medizinischen Kontrolle bleiben.

Die Ärzte empfahlen ihm dringend, sich nicht gleich dem großen Stress seiner beruflichen Verpflichtungen auszusetzen, sondern etwas kürzer zu treten. Organisch hielten sie ihn für vollkommen gesund, eine dauerhafte Schädigung des Gehirns lag glücklicherweise nicht vor.

„Lassen sie es etwas ruhiger angehen, vergessen sie nicht, dass das Leben nicht nur aus Arbeit bestehen sollte", empfahl ihm Dr. Bertram zum Abschied.

Durch die lange Zeit der Behandlung waren sie mittlerweile freundschaftlich verbunden.

XV

Mit großem Erstaunen nahm Heinz Krüger bei seiner Entlassung aus dem Krankenhaus nun zur Kenntnis, dass draußen alles so war wie vor der vermuteten Katastrophe. Von Zerstörung keine Spur. Geschäftiger Stadtbetrieb herrschte überall. Der Straßenverkehr lief so zäh wie zuvor. Die Menschen auf den Gehwegen hetzten gewohnt hektisch durch die Stadt. Sollten die Ärzte also doch recht haben und er hatte nur einen langen, aber ausgesprochen realistischen Traum? Er war noch nicht ganz überzeugt, obwohl alle Fakten dafür sprachen. Immer wieder, besonders nachts fühlte er sich in seine Scheinwelt zurückversetzt.

Zuhause untersuchte er alles akribisch genau. Seine Kleider und alle Sachen, die er sonst noch eingepackt und mitgenommen zu haben glaubte, waren am gewohnten Platz. Eine Grabstelle im Garten gab es nicht. Sein Hund begrüßte ihn freudig und ließ nicht mehr von ihm ab. Lebhaft wie früher zeigte er ihm stolz den großen Knochen, den er nach dem Verschwinden seines Herrn nicht mehr angerührt hatte und die Spielsachen, die Heinz vermeintlich mit in sein Grab gegeben hatte.

Am nächsten Tag führte ihn der erste Weg in die Firma. Seine Mitarbeiter empfingen ihn erfreut. Ihre Geschichte klang absolut glaubhaft. Er war hektisch in der Firma erschienen. Bevor sie ihn ansprechen konnten, hatte er die Augen verdreht und war weggetreten. Sie hatten sofort einen Notarzt verständigt. Seither hatten sie alle Operationen und die laufende Behandlung gebannt mitverfolgt.

Sabine hatte sie stets auf dem Laufenden gehalten. „Du warst vorher schon ziemlich gestresst, wir hatten uns einige Zeit Sorgen um dich gemacht", erklärte ihm Harald und fügte hinzu: „Bald hättest du Urlaub gemacht, haben wir uns getröstet." Nach Beantwortung einiger dringender Fragen zu verschiedenen geschäftlichen Angelegenheiten ließ er seine Mitarbeiter wieder alleine und zog sich zurück in die Genesungspause.

Mittlerweile glaubte Heinz den Erklärungen der Ärzte uneingeschränkt, wenn auch die Erinnerung immer wieder durchbrach. Er ertappte sich laufend bei seinen Gedanken an die neuen Mitbewohner und an die „Neue Heimat". Der Traum ließ ihn nicht los und er würde sicher noch weiter mit der Verarbeitung zu kämpfen haben. So manches Mal erwachte er mit dem Glauben in der neuen Heimat zu sein und musste sich erst wieder eingewöhnen. Zur Bewältigung aller vermeintlichen Erlebnisse notierte er lückenlos seine Erinnerungen mit allen Details. Da es so realistisch in seinem Gedächtnis verankert war, ließ es sich wie ein Film abspulen. Er beschloss, nach der kompletten Niederschrift, in chronologischer Abfolge zu recherchieren, woher seine Kenntnisse kommen könnten. Es mussten irgendwelche Grundlagen vorhanden sein, auf die sein Unterbewusstsein in seinen Träumen zurückgegriffen hatte. Wahrscheinlich würde er sie in seiner Vergangenheit finden.

Die verordnete Schonzeit, bevor er wieder in seine bisherige Arbeit zurückkehren sollte, wollte er nutzen, um Stück für Stück alle vermeintlichen Erlebnisse möglichst lückenlos zu ergründen.

Für die Wiederaufnahme seiner Beschäftigung spürte er sowieso kein großes Verlangen, das hatte Zeit bis zur kompletten Aufarbeitung.

Jene Wege, die er in seinen Träumen gegangen oder gefahren war, wollte er nochmal zurücklegen. Dabei würde er die Begründung suchen, wie sein Unterbewusstsein auf viele Details zurückgreifen konnte, die ihm nicht wissentlich bekannt waren. Ebenso könnte er alle Personen Revue passieren lassen. Sicher gab es zu ihnen Parallelen in seinem Leben, die Basis für die Erinnerungen sein könnten. In Gedanken ging er alles Punkt für Punkt durch und notierte sich genau die bereits erkennbaren Zusammenhänge. Wie ein Detektiv wollte er alle Spuren verfolgen.

Sein Zusammenbruch im Betrieb klang schlüssig. Gestresst wie er war, konnte er sich gut vorstellen, dass die Überanstrengungen ihn an das Ende der Belastbarkeit gebracht hatten. Hinzu kamen die gesundheitlichen Ursachen, die vielleicht auch in der Überlastung begründet waren.

Von der Firma aus waren ihm alle Straßen geläufig. Seit vielen Jahren arbeitete er in der Stadt und war oft zu Kunden und auch zu privaten Anlässen in München unterwegs. Der Hauptbahnhof und ebenso der Ostbahnhof waren ihm gut bekannt, weshalb die Beschreibung in seinem Traum aus der Erinnerung erklärbar war. Um in der richtigen Reihenfolge zu bleiben, fuhr er die Strecken trotzdem noch einmal ab. Das exklusive Restaurant, das er in der Stadt aufgesucht zu haben glaubte, nahm er sich als nächstes vor. Auf der Route in Richtung Flughafen fand er es bereits nach nur kurzer Suche.

Es existierte tatsächlich und hatte verblüffende Ähnlichkeit mit dem vermeintlich besuchten.

Ausführlich studierte er an der Tür die Speisekarte und das ganze Erscheinungsbild auf der Suche nach der Begründung für die Erinnerung daran. Anschließend wagte er sich hinein und erkundigte sich nach den Gepflogenheiten für Reservierungen. Mit dem Vorwand eine größere Feier zu planen, wurde er ausführlich informiert. Die Einrichtung und die Küche entsprachen ziemlich genau seinen Beschreibungen. Selbst Details der Speisen- und Getränkekarte waren ihm geläufig. Bei Durchsicht der Preislisten und des Prospektes kam ihm einiges ungewöhnlich vertraut vor. Eine Erklärung fand er nach langer Überlegung und wiederholter Studie aller Drucksachen. Mindestens zehn Jahre war es schon her, als seine Firma mit der Herstellung von Werbemitteln für dieses Haus beauftragt wurde. Um dem außergewöhnlich hohen Anspruch des Inhabers gerecht zu werden, hatte er sich selbst um die Kontrolle und die Korrekturen gekümmert. Mehrmals wurde alles geändert und verbessert, bis das anspruchsvolle Erscheinungsbild des Lokals geschaffen war. Angefangen bei der Kleidung der Mitarbeiter, über die Außenfassade, die Gestaltung der Innenräume, bis hin zu allen Druckobjekten erschien alles in einem streng eingehaltenen Corporate Design mit hohem Wiedererkennungswert. Alle Bilder und Beschreibungen, die er in seinem Traum vor sich gesehen hatte, stammten aus der umfangreichen Image-Broschüre des Hauses.

Erstaunt wie schnell alles auf einmal logisch zu erklären war, recherchierte er beflügelt weiter.

Der Weg durch die Stadt in Richtung Flughafen, vorbei an der Klinik wo er sich des Notarztwagens bemächtigte, war in der Stadtkenntnis begründet. Das Flughafengelände und die Hotels in der unmittelbaren Umgebung waren ihm auch vertraut. Geschäftlich war er früher oft in diesem Bereich unterwegs. Das Airport-Hotel, das sie als ersten Ausgangspunkt frequentiert hatten, kannte er von Besprechungen mit angereisten Geschäftsfreunden. Die ganze Fahrstrecke zurück am Olympiagelände vorbei, gehörte zu einer häufig genutzten Strecke. Oft hatte er hier im Verkehrsstau gestanden.

Für das Urlaubs- und Kongress-Hotel, das sie als „Neue Heimat" gefunden und ausgewählt hatten, fand er, nachdem er sich damit intensiv beschäftigt hatte, auch eine plausible Erklärung.

Eine alle zwei Jahre stattfindende Tagung einer internationalen Vereinigung in seiner Branche sollte vor vielen Jahren in Deutschland stattfinden. Da man das Voralpenland bevorzugte, war er mit der Suche eines geeigneten Austragungsortes und auch mit der Organisation des Treffens beauftragt worden. Durch eine Empfehlung war er an diesen eindrucksvollen Standort geraten. Mehrere Tage hatten sie dort ihre Erfahrungen ausgetauscht und einige gemeinsame Objekte beschlossen.

Um Zweifel auszuräumen konnte er nicht umhin, es in seinen Unterlagen herauszusuchen und gleich anschließend hin zu fahren um sich ein Bild davon zu machen. Bereits der ganze Anfahrtsweg kam ihm bekannt vor. Das Anwesen war noch genauso existent wie er es erlebt zu haben glaubte. Selbst der nahe Bauernhof war ungefähr so vorhanden.

Von einem Brand war allerdings nichts zu sehen. Die Scheune und alle Stallungen waren unversehrt. Ein Spaziergang im näheren Bereich des Hotels brachte ihm vollends alle Erinnerungen zurück. Für die Abwicklungsbesprechung war er sogar vor der Tagung schon hier gewesen. Mit Frau, Tochter und dem Hund war er rundherum gewandert. In dem nahen Badesee hatte der Hund ein Bad genommen. Das war zwar einige Jahre her, aber jetzt kam es ihm vor, als wäre es vor kurzem gewesen. Beruhigt stellte Heinz Krüger fest, wie leicht sich alles nachvollziehen ließ. Seine Befürchtungen, keine Grundlagen für seine Träume zu finden, bewahrheiteten sich nicht. Nuancen waren zwar abweichend und sicher in anderen Erinnerungen begründet, aber der wesentliche Teil war auch für die „Neue Heimat" erklärbar.

Die Menschen, die in seiner Geschichte eine Rolle spielten, nahm er sich danach der Reihe nach vor. Er fand Personen aus dem wirklichen Leben, die sich in ihnen wiederspiegelten und im Traum wiederbelebt wurden. Namen und Handlungen waren dabei durcheinander gewirbelt. Öfter hatte die Phantasie wohl mögliche Randerscheinungen durch Wunschdenken ergänzt.

Für Frank, den er als erstes aufgefunden hatte, lag die Erklärung in einer beruflichen Bekanntschaft. Ein ausländischer Geschäftskollege hatte etwa das gleiche Aussehen und Charisma und war wohl das Vorbild dafür. Gestik, Sprache und Gangart waren nahezu identisch. Auch er war Flieger, wenn auch nur mit einer etwas kleineren Maschine. Zu dem Kongress war er damals damit angereist und Heinz hatte ihn vom Flughafen abgeholt. Durch seine risikofreudigen Investitionen und spektakulären Geschäftspraktiken hatte er einen nachhaltigen Eindruck als berufliches Vorbild hinterlassen.

Florian, Gerd und Rolf entsprachen in ihrer Art und den Charakteren Bekanntschaften während seiner Bundeswehrzeit. Erinnerungen an lustige gemeinsam erlebte Episoden kamen zurück.

Mit einem Typen dem Gerd sehr ähnlich war, hatte er ein einschlägiges Erlebnis. Beide versuchten damals einer geplanten Versetzung zu entgehen, indem sie eine Disziplinarstrafe provozierten.

Erheblich angetrunken waren sie lange nach dem Zapfenstreich, ohne eine Ausgangserlaubnis zu haben, lautstark grölend über den Zaun in das Kasernengelände zurückgekehrt. Natürlich wurden sie von der Wache in Empfang genommen. Der diensthabende Offizier, dem man sie vorführte, hielt aber das Schreiben einer Meldung für lästig. Statt der erhofften Strafe gab es nur eine harmlose Gardinenpredigt. Zwangsläufig mussten sie beide die ungewollte Versetzung annehmen.

Schmunzelnd dachte Heinz jetzt an diese uralte Geschichte zurück.

Florian und Rolf waren guten Kameraden ähnlich, zu denen er lange freundschaftliche Verbindungen aufrechterhalten hatte.

Mit Poldi, der im Camp unangenehm aufgefallen war, beschäftigte sich Heinz eingehender. Er fand ein Ebenbild auch aus der Zeit seines Wehrdienstes in seinem Kommandeur. Mit dem Krankenwagen während eines Manövers bei der ruhenden Truppe bereitstehend, wollte der ihn damals reinlegen.

Während Heinz die langweilige Rufbereitschaft in der Nacht zu einem Schläfchen auf der Krankentrage im Wagen nutzte, entwendete der Offizier ihm den Autoschlüssel und den für das Fahrzeug notwendigen Batteriestecker. Selbst der neben dem Wagen wachende Beifahrer bemerkte nichts. Einige Zeit später wurde über Funk Einsatzalarm gegeben und der Krankenwagen zu einem Unfall beordert. Um keine Zeit zu verlieren, benutzte Heinz nach dem ersten Schreck einen Schraubenzieher als Ersatz für den Batteriestecker und einen Nagelclip anstatt des Zündschlüssel und dachte im Eifer des Einsatzes über das Fehlen der beiden Teile nicht weiter nach. Mit Blaulicht und Martinshorn am gemeldeten Platz angekommen, war von einem Unfall weit und breit nichts zu erkennen. Es waren auch keine Verletzten vorzufinden, sondern nur drei Offiziere die ihn umgehend zu sich befahlen. „Wie kommen sie hierher?", lautete die erste Frage des Kommandeurs, die Heinz sichtlich erstaunt zur Kenntnis nahm. Sirene und Blaulicht waren ja nicht zu überhören und zu übersehen.

Entsprechend militärisch knapp antwortete er: „Mit dem Krankenwagen wie befohlen".

Die daran anschließende Aufklärung war für den Oberstleutnant im Beisein anderer Offiziere nicht gerade rühmlich. Um seiner gekränkten Eitelkeit Rechnung zu tragen, verkündete er dann beim morgendlichen Appell vor der ganzen Kompanie: „Den Sanis ist es ab sofort untersagt im Wagen zu schlafen, sonst stinkt es darin wie im Puff."

Heinz bemerkte daraufhin nur leise aus der Reihe: „Das können sie sicher besser beurteilen als wir".

Es war anscheinend laut genug um anzukommen. Undiszipliniertes Gelächter der ganzen Kompanie blieb jedenfalls nicht aus und trieb dem Offizier die Zornesröte ins Gesicht.

Fortan hatte Heinz dadurch einen neuen „Freund" gefunden, dem in der Folgezeit noch zahlreiche Schikanen einfielen, die aber erfreulicherweise alle einigermaßen erträglich ausgingen.

Erna hatte wohl ihr Gegenstück in einer seiner Verwandten. Eine Tante erzählte gerne ähnliche Vorkommnisse aus ihrer Vergangenheit, die ihm schon als Kind lange im Gedächtnis haften blieben. Damals ging es auch darum, den Jüngeren klar zu machen, wie gut sie es haben im Vergleich zu den früheren schlechten Zeiten.

Ein Teil von Ernas ausführlichem Erlebnisbericht in der „Neuen Heimat", bei den Versuchen, durch die Aufarbeitung die persönlichen Krisen besser zu bewältigen, war annähernd identisch.

Selbst die leichte Behinderung gab es bei der Tante in vergleichbarer Art aus ähnlicher Ursache.

Mit Angelika, mit der er im Traumstadium ein sehr enges und intimes Verhältnis pflegte, beschäftigte er sich als nächstes.

Eine wesensgleiche Bekannte hatte er in einem Cluburlaub kennen gelernt. Genau wie auch bei Angelika hatte er sich anfangs nicht sonderlich für sie interessiert. Bei allen Begegnungen kam sie ihm aber so herzlich und offen entgegen, dass sich aus anfänglicher Höflichkeit in sehr kurzer Zeit eine innige Zuneigung entwickelte. Sie verbrachten gemeinsam herrliche Urlaubstage mit zahlreichen Unternehmungen und waren unzertrennlich.

Ihr Bestreben, die Beziehung weiterhin aufrecht zu erhalten scheiterte damals an seiner aufrichtigen Treue zu seiner Frau. Als der Urlaub, in den er alleine gereist war zu Ende war, löste er die Verbindung indem er ihre nachfolgenden Kontaktversuche nicht erwiderte. Nach einiger Zeit war das Verhältnis eingeschlafen. Gerne dachte er an die kurze, aber sehr intensive Zeit zurück.

Angelika war eine ausgesprochen hübsche und bewundernswerte Person, die seiner Frau fast ebenbürtig war und Ähnlichkeit mit ihr hatte.

Paolo, Christina und deren Sohn Patrick hatten anscheinend ihren Ursprung in einer lange zurückliegenden Urlaubsbekanntschaft. Es war sein erster Auslandsurlaub, der ihn in ein Jugendcamp in die Schweiz führte.

Um den Genfer See näher zu erkunden, war er zusammen mit einem Freund losgetrampt um nach Genf zu gelangen. Vom Campingplatz in der Nähe von Lausanne kamen sie zügig voran. Beflügelt dadurch, beschlossen sie den gesamten See zu umrunden. Wie weit diese Strecke war stellten sie erst fest, als sie nicht mehr weiter kamen. Die Grenze nach Frankreich hatten sie bereits passiert. Es lag nicht am Willen der freundlichen Franzosen, sondern am Nationalfeiertag und dem schönen Wetter. Fast alle Autos waren voll besetzt und hatten keinen Platz mehr für die zwei Tramper. Eine Fähre über den See, um die Strecke zu verkürzen, erreichten sie nicht mehr. Die Rettung war Paolo und seine Familie, die aus Mitleid die beiden mittlerweile vom langen Fußmarsch erschöpften Jugendlichen ein großes Stück weit mitnahmen.

Die restliche Route hatten die beiden Ausreißer nur mit einem Taxi bewältigen können.

Abgesehen davon, dass ihr Urlaubsbudget davon aufgezehrt wurde, durften sie zur Strafe für das viel zu späte nächtliche Erscheinen einige Stunden Kartoffelschälen üben. Es blieb eine abenteuerliche Episode aus seiner Jugend.

Mühevoll recherchierte Heinz in seinem ganzen Leben weiter, um auch für alle anderen Menschen eine Grundlage zu finden. Aus dem Privatleben, aus Vereinen und auch aus seiner langjährigen Berufstätigkeit fanden sich zu fast allen Individuen vergleichbare Personen. Durch die Verarbeitung lebte Vergangenes und Vergessenes wieder auf. Natürlich hatte seine Phantasie einiges verzerrt und vieles mit durchaus möglichen Details ergänzt. Er empfand es als interessant und spannend, alles noch einmal zu durchleben. Wie das Stöbern in alten Fotoalben oder in Diaserien kam es ihm vor. Sorgfältig schrieb er alle Erkenntnisse nieder, da auch die Ärzte an einer Rekonstruktion interessiert waren. Wie bei einem Puzzlespiel fügten sich die Teile allmählich zusammen.

Bei der Aufzeichnung seines Traumes und der Rekonstruktion merkte er, wie seine persönlichen Probleme, seine Sorgen und auch seine geheimsten Wünsche sich darin widerspiegelten. Der Gedanke mit der Errichtung eines neuen Umfeldes gab in einigen Aspekten seine Lebensphilosophie wieder. Ein stressfreieres Leben, abseits der hektischen beruflichen Anspannung, die Verbesserung der Lebensqualität, Abkehr von Konsumorientierung, das alles entsprach seinen Wunschvorstellungen.

Frieden in der Welt ohne die vielen vernichtenden Kriege, die viel Leid über die Menschheit brachten. Beendigung der Spannungen zwischen Ländern und Religionen. Die Reduzierung der bedrohlichen Umweltverschmutzung und der daraus resultierenden Klimaerwärmung. Schlechthin alles was bisher den meisten Menschen Sorgen bereitete, hätte nach der vermeintlichen großen Katastrophe endlich ein Ende gefunden oder zumindest eine vielversprechendere Perspektive erhalten.

XVI

Bei den routinemäßigen Untersuchungen durch das Ärzteteam berichtete Heinz Krüger über seine Erfolge bei den Recherchen zu seinen Erlebnissen in den Träumen. Mit großem Interesse verfolgten sie die Ausführungen und diskutierten darüber. Erstaunen über die Verselbstständigung seines Unterbewusstseins konnte Heinz nicht verhehlen. Er konnte sich einfach nicht vorstellen, dass es möglich ist, auf so zahlreiche Ereignisse und so viele Menschen aus der Vergangenheit so präzise zurückgreifen zu können.

„In den Träumen werden im Gehirn Bilder aus den Erfahrungen erzeugt, die bei der Beobachtung der anderen gesammelt wurden", erläuterte Dr. Klein bei einem der vielen Gespräche.

„Einige Gehirnregionen sind während des Schlafes sogar wesentlich aktiver als im wachen Zustand. Deshalb wirkt alles so visuell und voller Aktion. Auch sehr komplexe logische Probleme lassen sich im Schlaf oftmals leichter entschlüsseln als im Wachzustand", fuhr er fort.

„Aber wie ist es möglich, eine so umfangreiche und lange Geschichte in einem klaren Ablauf im Traum aneinanderzureihen?", fragte Heinz verwundert.

Der extra hinzugezogene Spezialist übernahm nun die Antwort: „Viele Einzelszenen können wie in einem Drehbuch zusammengefügt werden. Mit etwas Übung und Beschäftigung mit bereits geträumtem, sind die Träume steuerbar und können fortgesetzt werden. Stunden oder Tage kann man damit verbringen, das Zeitgefühl wird betrogen.

Zeit genug dazu hatten sie ja in ihrem künstlichen Schlaf", schloss er mit einem freundlichen Lächeln. „Heißt das, dass der Mensch selbst bestimmen kann was er träumen will", fragte Heinz zweifelnd. „Im Prinzip ja, jeder kann zum Beispiel einen Alptraum zu einem Klartraum machen und verändern. Da diese in einem leichten Schlaf stattfinden, kann man dabei auch die Grenze zwischen Traum und Wach Welt überschreiten", antwortete jetzt wieder Dr. Klein, der das Thema wohl auch beherrschte. „Nach meinem Aufwachen habe ich oft Zweifel gehabt, was eigentlich die Wirklichkeit ist, ständig war ich in zwei verschiedenen Welten unterwegs. Jetzt leuchtet mir das ein. Der Mensch ist also in der Lage, seine Katastrophen selbst zu schreiben." Der letzte, nachdenklich ausgesprochene Satz von Heinz hatte ein Schmunzeln der Ärzte zur Folge. „Leider tun sie das auch, und zwar mehr als uns lieb ist. Wo kämen sonst unsere vielen Patienten her. Schauen sie sich um wie viele Menschen an Depressionen leiden. Die Angst um ihre Zukunft in Anbetracht der täglich neuen Horrormeldungen, gepaart mit den wirtschaftlichen Sorgen treibt die Menschen immer weiter in diesen Strudel. Es ist zu befürchten, dass es noch schlimmer wird. Leider sind die Sorgen nachvollziehbar und zu einem großen Teil nicht unbegründet. Wir werden in sehr naher Zukunft immer mehr mit Altersarmut zu tun haben. Was aus der Klimaerwärmung wird steht in den Sternen, wie erfolglos die bisherigen Konferenzen waren, wissen wir ja. Das Flüchtlingsdrama bringt auch zusätzliche Nahrung", meinte Prof. Bertram, was alle sehr nachdenklich stimmte.

Einige Wochen nach dem Erwachen, kurz nach der nachfolgenden Regenerationsphase, die er zur Aufarbeitung seines Erlebnisses und zur Niederschrift genutzt hatte, ging Heinz Krüger wieder seiner ursprünglichen Beschäftigung nach.

Anfänglich lenkte ihn die Bearbeitung der vielen aufgelaufenen Arbeiten von den Erinnerungen ab. Eine ganze Zeit lang machte er die Arbeit sogar mit einer ungewohnten Begeisterung. Es war wohl die Freude alles so gut überstanden zu haben. Bald befand er sich aber wieder in der gleichen Hektik wie vor dem Zusammenbruch. Sabine, seine Frau, erinnerte ihn öfter daran, sich nicht wieder zu übernehmen. Aber das war schwer zu realisieren. Die Verpflichtungen, die Unternehmensleitungen mit sich bringen, erledigen sich nicht von selbst und werden auch durch längeres vor sich hin schieben nicht weniger. Wochen und Monate vergingen so mit dem vorher gewohnten Alltag. Heinz Krüger war wie zuvor in einem Sog der ihn immer weiter in die Tiefe der Überlastung zog.

Die Wirtschaftslage war in seiner Branche alles andere als gut. Konkurrenzkampf und Kostendruck wurden immer massiver und bedrohlicher für die Existenz kleiner Unternehmen. Innovativ und kämpferisch bewältigte er seinen Job. Neue Investitionen als einzige Möglichkeit zur Erhaltung und Weiterbeschäftigung der Mitarbeiter lasteten schwer auf seinen Schultern. Umfangreicher als je zuvor war das Arbeitspensum. Familie, Sport und alle Freizeitaktivitäten traten in den Hintergrund. Lange Zeit hatte er alle Warnungen seiner Frau unbeachtet gelassen, bis er seine Grenzen erreichte.

Es war wieder einer dieser Tage von dem er im Voraus wusste, dass trotz maximaler Ausdehnung seiner Arbeitszeit, das anstehende Pensum absolut nicht zu bewältigen sein würde.

Auf dem morgendlichen Weg ins Büro ärgerten ihn die üblichen Staus. Nach zügiger Bearbeitung der ersten überfälligen Unterlagen zwang ihn ein Kunde zur sofortigen Reklamationsbesprechung. Hektisch begab er sich auf den Weg zu dem am äußeren Stadtrand ansässigen Großunternehmen. Das hatte ihm heute gerade noch gefehlt.

Die Straßen waren um diese Zeit ungewöhnlich verkehrsarm. So schnell kam man selten voran. Auf dem Mittleren Ring mitten in München ertappte er sich bald mit total überhöhter Geschwindigkeit.

„Ja bist du denn verrückt geworden, riskierst den Führerschein wegen dieser blöden Reklamation", rügte er sich im Selbstgespräch, als er sich nach einem Blick auf den Tacho dessen bewusst wurde. Ob die Beschwerde berechtigt war oder nicht, musste sich ohnehin erst noch herausstellen. Meistens wurde viel Wind um nichts gemacht. Schlimmstenfalls würde es viel Zeit und eine ganze Menge Geld kosten. Dafür aber Führerschein und sogar die Gesundheit aufs Spiel zu setzen war es bestimmt nicht wert.

Seine Gedanken schweiften wieder einmal ab zu den geträumten Erlebnissen in seinem Koma. Oft schon hatte er daran denken müssen. Angenehm war besonders die Erinnerung an die letzte Zeit in der „Neuen Heimat". Er gestand sich ein, dass nach dem gut überstandenen ersten Chaos das Leben in der Gemeinschaft gar nicht schlecht war.

Besser jedenfalls als das was er jetzt wieder führte. Aber es war leider nur ein Traum. Er erinnerte sich an die Worte von Dr. Klein, der einmal ausführte: „Träume können auch sehr positiv sein. Es gibt Menschen, die in Wunschträume flüchten und dabei unangenehmen Dingen aus dem Weg gehen. Natürlich ist das nur eine Scheinwelt. So manche Urlaubsreise die man sich nicht erlauben kann, wird dabei geträumt. Genauso wie auch sportliche Höchstleistungen und Erfolge verzeichnet werden können. Man kann dabei das erleben, was einem ansonsten nicht möglich ist. In anderen Fällen ist man sich beim Träumen durchaus bewusst, dass man träumt, das nennt man Luzides Träumen. Vielen Menschen gibt das Halt und Hoffnung, wie bei anderen der Glaube an Gott und lässt sie das Dasein leichter ertragen. Uns erspart beides viele Patienten und wohl so manchen Suizidversuch."

Wie Recht er doch damit hat, dachte Heinz.

Angekommen bei dem Kunden war seine Hektik unübersehbar. Aber recht schnell hatte sich die Besprechung beenden lassen. Das meiste war ein Missverständnis. Die verbleibenden Reste waren Lappalien die leicht zu beseitigen waren. Alle vorherigen Sorgen waren überflüssig gewesen. Nur die Zeit war davongelaufen und erhöhte nochmal die sowieso erforderlichen Überstunden. Eilig trat er seinen Rückweg an.

Warum hatte er nichts Anständiges gelernt, fragte er sich wieder einmal. Ein anerkanntes Handwerk und ständige Weiterentwicklung und Fortbildung hatten sein Berufsleben geprägt. Viel lieber hätte er aber höhere Schulen besucht und studiert.

Natürlich hatte er seinen Weg gemacht und einen gehobenen Lebensstandard erreicht. Bloß war der Preis dafür zu hoch, meinte er. Was viele durch höhere Bildung und Qualifikation leicht erreichten, musste er schwerer durch mehr Einsatz und Mehrarbeit wettmachen, bildete er sich ein. Leider war es seinen Eltern nicht möglich gewesen, ihn studieren zu lassen. Die Zeiten waren schwieriger als heute, wo jedem alles ermöglicht wird.

War es aber das, was er vom Leben immer wollte? Schuften bis zum Herzinfarkt. Eine depressive Stimmung überkam ihn plötzlich. Hatte er nicht in der Jugend begeistert die Lebensphilosophie der Existenzialisten bewundert. In Südfrankreich am Strand niederlassen mit zwei Stücken Wellblech als Dach überm Kopf. Nur so viel arbeiten, dass es für das tägliche Baguette und den Rotwein reicht. Das war ihm zwar etwas zu extrem, aber etwas näher dran wäre in seinem Sinne gewesen. Die Wahrheit dürfte wohl auch hier irgendwo in der Mitte liegen. Stattdessen geriet er in den Sog der sogenannten Normalität. Erst eine solide handwerkliche Ausbildung, dann endlich Geld verdienen. Lästige Unterbrechung durch den Wehrdienst, Heiraten, Kind zeugen, Anschaffungen und Hausbau.

Danach den fortwährenden Kampf für die stete Verbesserung und Erhaltung des Erreichten.

Natürlich war daran nicht alles schlecht, aber wenn ihm mal wieder die Arbeit über den Kopf wuchs, musste er darüber nachdenken.

Selbstmitleid bringt dich aber auch nicht weiter, sagte er sich jetzt. Bildete er sich das nur ein, oder überkam ihn wieder ein leichter Schwindel?

Wie damals vor seinem Zusammenbruch kam es ihm vor. Bitte nicht schon wieder, jammerte er in sich hinein und bäumte sich dagegen auf.

Ein Ruck ging plötzlich durch seinen Körper. „Nein", schrie er sich an, „das mache ich nicht mehr mit. Jetzt ist es aus. Sofort wird alles anders."

Um sich selbst ernst zu nehmen, rief er im Büro an. „Leider wird es noch ein bisschen dauern bis ich zurück bin", teilte er seinen Mitarbeitern ruhig mit. Er hatte sich wieder gefangen und einen Entschluss gefasst, den er hoffte durchhalten zu können.

Anstatt den direkten Weg zur Firma zu nehmen, bog er ab in Richtung Isartal. Die Sonne schien angenehm, es war nicht zu warm und nicht zu kalt. Für einen kurzen Biergartenbesuch gerade richtig. Über seine Konsequenz war er ziemlich erstaunt, als er tatsächlich vor einem Ausflugslokal parkte. Im Schatten einer Kastanie ließ er sich nieder und steckte sich genüsslich eine Zigarette an. Erstaunt musterte er, wie viele Menschen an einem Tag mitten in der Woche den Biergarten bevölkerten. Haben die alle nichts zu tun, oder meistern die das Leben nur besser als ich? Anscheinend habe ich doch etwas verkehrt gemacht. Bei den älteren Herrschaften konnte er es verstehen, die hatten ihr Arbeitsleben bereits hinter sich und genossen den wohlverdienten Ruhestand. Die anderen waren vielleicht Urlauber, oder Schichtarbeiter. Studenten sah er auch einige unter den Gästen.

Jedenfalls war es hier wohl ganz gut auszuhalten. Bei Schweinshaxe und Bier sinnierte er über sein Leben und seine Ziele. Konnte er es sich erlauben auszusteigen, wie sahen denn seine Finanzen aus?

Seine zwei Autos waren Eigentum der Firma. Das Haus gehörte noch zu einem Großteil der Bank, aber es hatte ja einen beträchtlichen Wert. Daraus ergab sich etwas Spielraum. Warum das riesige Haus auf einem viel zu großen Grundstück? Außer Arbeit hatte er wenig davon. Ging nicht alles viel kleiner und etwas bescheidener? Als Prestigeobjekt brauchte er es auch nicht.

Er beschloss mit seiner Familie darüber zu reden. Wenn er sich erst einmal totgearbeitet hätte, würde es ihnen auch nicht viel nützen. Hörte man nicht sehr oft von relativ jungen Leuten die einem Herzinfarkt erlagen, weil sie ihrem Job nicht mehr gewachsen waren. Seit Jahrzehnten hielt er jetzt schon durch trotz mindestens zehn Stunden Arbeit täglich. Bis auf den aktuellen Ausfall hatte er dabei keine größeren Krankheiten zu verzeichnen.

Für die Ausbildung der Tochter und eine längere Auszeit aus dem Berufsleben reichten die Reserven bestimmt aus. Der Verkauf seiner Firmenanteile müsste auch noch ein bisschen Geld einbringen. Nach dem zweiten Bier stand sein Entschluss fest. Aussteigen, eine Arbeit suchen mit der er noch einige Jahre über die Runden kommen würde. Alles zurückfahren auf ein bescheideneres Leben und das dann voll genießen. Klar, seine Frau und auch seine Tochter müssten erheblich kleinere Brötchen backen. Nichts mehr mit den modernsten Designer-Kleidern und den exklusiven Wünschen. Sich selbst musste er auch nichts mehr beweisen. Einen noblen Sportwagen hatte er seit einiger Zeit, genießen konnte er ihn aber nicht so richtig. Ein kleineres Auto würde auch seinen Zweck erfüllen.

Urlaube könnten sie in kleinen Pensionen oder Ferienwohnungen machen. Die noblen Hotels mit dem meist überzogen elitären Publikum waren ihm schon einige Male zuwider gewesen. Das musste er nicht mehr haben. Bodenständigere Menschen waren zugänglicher und konnten auch einmal fünf gerade sein lassen. Schon sehr oft hatte er sich gewundert wie ausgelassen sie feiern konnten. Diese Menschen hatten nicht nur Zahlen, Gewinnmargen und Umsätze im Kopf.

Gemächlich zahlte er seine Rechnung und fuhr in gemütlichem Tempo in die Firma zurück. Nur ein paar wenige Kleinigkeiten erledigte er dort noch. Einen Blick auf die zahllosen unerledigten Arbeiten werfend dachte er, dass es nichts ausmacht, wenn da noch etwas mehr dazukommt. Sehr bald machte er Feierabend. Seine Mitarbeiter waren erstaunt, dass er ausnahmsweise nicht der Letzte war, der das Haus verließ.

Die folgenden Tage verliefen ähnlich. Sabine wunderte sich, ihn so früh zu Hause anzutreffen oder nach ihrem Tennisspiel auf der Clubterrasse bei einem Bier vorzufinden.

Für das folgende Wochenende war herrliches Wetter angesagt. Schon sehr früh am Samstag war Heinz auf den Beinen. Seine Frau und die Tochter überraschte er mit einem bereits auf der Terrasse gedeckten Frühstückstisch. Frische Brötchen und Croissants hatte er auch schon besorgt.

„Was ist denn mit dir los, du bist doch nicht etwa krank?", war die besorgte Begrüßung. Sabine war es überhaupt nicht gewohnt, dass ihr Mann am Wochenende schon lange vor ihr das Bett verließ.

Normalerweise kam er als letzter in der Familie noch müde im Bademantel an den fertig gedeckten Frühstückstisch. Heute sah er so ungewöhnlich frisch und ausgeschlafen aus. Eine ansteckend gute Laune ging von ihm aus.

„Mir geht es besser als je zuvor, ihr werdet euch noch wundern. Ich habe beschlossen neue Seiten aufzuziehen." Es rührte wohl aus den Erfahrungen der Vergangenheit, dass er damit nicht ganz ernst genommen wurde. Nachdem seine Tochter sich auch dazugesellt hatte, eröffnete er den beiden:

„Ich werde jetzt schnell den Rasen mähen und danach eine Radtour zum See machen. Wer von euch beiden kommt denn freiwillig mit? Den Hund könnten wir auch mitnehmen", überraschte er sie. Erstaunt beobachteten ihn beide. Das war etwas ganz außergewöhnliches. Nach einem fragenden Blick auf Verena antwortete Sabine stellvertretend:

„Was ist denn heute mit dir los? So kennen wir dich noch gar nicht. Wir sind jedenfalls mit dabei."

Noch niemals hatte Heinz bisher den Rasen so schnell gemäht. Auch die Entsorgung des Grases und die Reinigung der Geräte gingen ihm flott von der Hand. Bereits am späteren Vormittag waren sie startklar und radelten los. Selbst der Hund merkte die Veränderung. Zu selten hatten sich alle drei mit ihm zusammen auf den Weg gemacht. Freudig und lebhaft rannte er neben ihnen her.

Es dauerte eine ganze Weile bis sie an dem See, der am Wochenende immer sehr stark frequentiert war, einen Platz fanden um sich niederzulassen. Alle vier tummelten sich ausgelassen längere Zeit im angenehm temperierten Wasser.

Zwischendurch genossen sie die strahlende Sonne, plauderten gemütlich oder tollten mit dem Hund über die Wiesen. Heinz, der sonst bei ähnlichen Gelegenheiten ständig in Fachlektüren vertieft war, interessierte sich heute nur für Entspannung und Unterhaltung. Seine gute Laune war erfrischend. Auch andere Badegäste zog er mit in seinen Bann. Aus den kurzen freundlichen Bemerkungen im Vorübergehen ergaben sich oft lustige Dialoge. Erstaunlich wie gesprächsbereit die Leute sind, wenn man ihnen erst einmal die Tür öffnet.

Sabine wunderte sich immer mehr über ihren so losgelösten Mann. Der Tag verging wie im Fluge. Die Getränke, etwas Obst und einige Kekse die sie dabei hatten, waren längst verzehrt. Der Hunger erinnerte sie an die vielen vergangenen Stunden. Vermeintlich auf dem Heimweg, schlug Heinz spontan den Weg zu einem kleinen Biergarten ein und überraschte damit erneut. Normalerweise zog er gehobene Lokalitäten vor. Erfreut stellten alle fest, wie genüsslich so eine Brotzeit in lockerer Atmosphäre sein kann. Mit einigen Tischnachbarn kam man zu lustigen Gesprächen. Der Hund tat ein Übriges zur Kommunikation mit allen möglichen unbekannten Leuten. In der angenehmen Sonne hielten sie es aus bis zum Sonnenuntergang. Rena drängte ausnahmsweise nicht zur Heimkehr. Sonst hatte sie immer Verabredungen mit Freunden oder andere Interessen, heute jedoch schien sie den Tag mit ihren Eltern richtig zu genießen.

Nach der Heimkehr ließen alle drei den schönen Tag im Garten bei einem Glas Wein ausklingen und waren entspannt wie sonst nur selten.

Am Sonntag stand ein morgendliches Tennismatch auf dem Programm. Sabine und Heinz hatten sich mit Freunden zum Mixed, oder wie ein Kollege immer spottete, Doppel mit Damenbehinderung, verabredet. Alle vier waren heute gut drauf und es entwickelte sich ein spannendes und sehr lustiges Spiel. Den zwei Frauen gelangen manches Mal spektakuläre Punkte, die man ihnen so absolut nicht zugetraut hätte. Besonders wenn sie einen der Männer ausspielen konnten, freuten sie sich überschwänglich. Heinz bestach durch gute Reflexe und seine Laufstärke. Bei einigen Bällen hatten die Gegner sich schon den Punkt gebucht und nicht damit gerechnet, dass sie noch retourniert wurden. Sie meinten nach dem schönen Spiel, oft hätten einzelne Bälle hinter ihnen gegrinst wie ein Smiley. Anschließend gab es noch den obligatorischen Abschlusstrunk auf der Clubterrasse. Angenehm unterhaltsam zog der sich, vertieft in Gesprächen mit anderen befreundeten Clubmitgliedern in die Länge. Heinz war auch heute wieder gut aufgelegt. Spontan, für Sabine aber etwas zu überraschend, lud er plötzlich einige Sportkameraden ein, bei sich zuhause im Garten weiter zu feiern und den Tag ausgiebig zu genießen.

„Wir können auch den Grill anfeuern, es wird sich sicher etwas Geeignetes dafür finden." Partylaune hatte sich breitgemacht. Alle, die keine anderen Verpflichtungen mehr hatten, waren dabei. Einige fuhren noch kurz zu Hause vorbei, um sich mit Verpflegung an der Gartenparty zu beteiligen. Gut bestückt mit bunt zusammengewürfelten Speisen und Getränken ging der Tag lustig weiter.

Am Nachmittag kreuzte Verena auf. Ihre Freunde warteten im Wagen vor dem Haus. Sie waren auf der Suche nach unterhaltsamen Events. Als sie die lustige Gesellschaft wahrnahm, überzeugte sie ihre Begleiter, dass das wohl die beste Party heute sei. Sie disponierten um und gesellten sich dazu. Die jungen Leute waren erstaunt, wie angenehm man mit den sogenannten „älteren Herrschaften" feiern konnte. Spontane Feste sind die Besten, resümierten alle einhellig am späten Abend.

„Schön war das Wochenende, schade dass es schon vorbei ist. Wie im Urlaub habe ich mich gefühlt", meinte Sabine nach dem Aufräumen.

„So etwas könnten wir in Zukunft öfter machen. Ich habe vor, mein und damit auch euer Leben etwas umzugestalten", gestand Heinz daraufhin. Sabine und auch Verena schauten ihn fragend an.

„Letzte Woche habe ich wieder einmal einen Schwindelzustand gespürt, der mich beängstigt und mir gezeigt hat, dass ich mein Arbeitsleben umstrukturieren muss. Deshalb habe ich geplant, meinen Job zu wechseln und mir etwas leichteres zu suchen. Bestimmt werde ich aber damit nicht das gleiche Einkommen erwirtschaften können wie bisher. Das heißt, dass wir etwas bescheidener leben müssten. Ich hätte auch keine Scheu das große Anwesen zu verkaufen und in eine kleine Wohnung umzuziehen. Wir verbringen doch zu viel wertvolle Zeit mit Instandhaltung und Pflege."

Verdutzt schauten ihn beide an, damit hatten sie überhaupt nicht gerechnet.

„Du würdest tatsächlich deinen Betrieb aufgeben, ich dachte immer du wärst mit ihm verheiratet?

Und das Haus, wo wir doch so viel Herzblut, Zeit und Energie hineingesteckt haben?", fragte Sabine nach einigen nachdenklichen Schweigeminuten. „Bist du sicher, dass du das nicht bereuen würdest? Mir ist unser Haus eigentlich schon lange zu groß. Das Sauberhalten ist eine Last. Von jemand wildfremdem putzen zu lassen liegt mir ja auch nicht. Aber wehtun würde es mir trotzdem. Andererseits geht deine Gesundheit vor. Wenn du das ernsthaft willst, werde ich mich damit abfinden können."

Verena, die Blicke ihrer Eltern auf sich spürend, hatte gelassen und entspannt zugehört.

„Mir ist das Haus sowieso nicht wichtig, lieber würde ich in ein Appartement in der Stadt ziehen. Für mein Studium wäre das auch wesentlich praktischer. Bis dahin kann ich es überall aushalten. Und als Erbe interessiert es mich auch nicht, ich bin kein Landmensch", erklärte sie dann.

Eine Weile diskutierten sie über die neue Situation und spielten verschiedene Möglichkeiten durch. „Ihr könnt ja noch einmal darüber nachdenken, es wird sicher einige Monate dauern, bis alles geregelt ist. Überstürzen müssen wir nichts", schloss Heinz.

Sabine verbrachte eine unruhige Nacht nach dieser schwerwiegenden Offenbarung.

Am nächsten Morgen hatten sich alle schon gut damit abgefunden. Sabine eröffnete eine neue Idee. „Mir fällt öfter die Decke auf den Kopf, ich würde gerne etwas arbeiten. Meine Freundin Petra würde sich sicher freuen, wenn ich sie in ihrer Boutique unterstützen würde. Sie hat es mir schon einige Male angeboten. Ich käme dann aus dem täglichen Einerlei heraus und könnte etwas Geld verdienen.

Das würde uns finanziell entlasten, falls du etwas weniger verdienst. Außerdem muss ich nicht das Beste und Teuerste haben, die Renommiersucht unserer Freunde und Bekannten geht mir schon lange auf den Geist. Das muss ich nicht haben."

Somit war der Weg für Heinz geebnet, sich um sein neues Lebensziel zu bemühen. Zügig vereinbarte er einen Termin mit den anderen Gesellschaftern der Firma. Natürlich waren sie nicht begeistert, zeigten aber dennoch Verständnis. Sie wussten zu gut um die großen Belastungen seines Jobs.

Sofort begann die Suche nach einem geeigneten Nachfolger, den Heinz ohne jeden Zeitdruck einarbeiten würde. Für die Folgezeit nach seinem Ausscheiden boten sie ihm einen Beratervertrag an. Bei Bedarf sollte er mit geringem zeitlichem Aufwand unterstützend zur Verfügung stehen und seine Erfahrungen an die Mitarbeiter weitergeben. Nach diesem Gespräch fühlte sich Heinz befreit und losgelöst, obwohl er genau wusste, dass es noch eine geraume Zeit dauern würde, bis er sein Ziel erreicht hatte. Allein das Wissen um die Perspektive beflügelte ihn dermaßen, dass er in den nächsten Wochen locker und trotzdem so effektiv arbeiten konnte wie nie zuvor. Hektische Phasen überstand er ohne die Belastungen zu spüren. Mit gelassener Routine meisterte er die schwierigsten Aufgaben. Manches Mal fragte er sich, ob sein neuer Plan überhaupt noch Sinn machte, verwarf es aber sehr schnell wieder. Zu genau wusste er, dass die momentane ruhigere Phase vorübergehen würde und er wieder, wie in früheren Zeiten, in den Strudel hineingezogen werden würde.

Um seine Absicht zu untermauern holte er sich die Abläufe seines Zusammenbruchs und den endlosen Traum bis zu seinem Erwachen wieder in die Erinnerung zurück. Ein halbes Jahr seines Lebens hatte er im Koma verschlafen und konnte froh sein, dass sein Gehirn das schadlos überstanden hatte. Ein zweites Mal sollte es das nicht geben.

Alle privaten Änderungen hatte er zurückgestellt bis die betrieblichen Belange optimal in die Wege geleitet waren. Stück für Stück delegierte er die Aufgaben und die Verantwortung an seinen Nachfolger und die Mitarbeiter, bis er nach einigen Monaten den Schlussstrich ziehen konnte. Obwohl er noch beratend mitarbeiten würde, gab er ein Abschiedsfest für seine Kunden, mit denen er zum Teil bereits seit Jahrzehnten eng verbunden war. Vielen kam sein Ausstieg nicht gelegen. Sie waren mehr mit ihm persönlich als integrem, zuverlässigen Partner verbunden, als mit der Firma selbst. Er tröstete sie mit dem Versprechen, dass er ja nicht ganz aus der Welt sein würde und sich noch weiter unterstützend um die Ausführung ihrer Aufträge kümmern könnte.

XVII

Um nicht noch einmal in eine solche Situation zu geraten, wie er sie aus heiterem Himmel erlebt hatte, änderte Heinz Krüger nach einiger Zeit sein komplettes Leben. Der jahrelang andauernde Stress der Vergangenheit war sicher ein wesentlicher Grund für seinen Zusammenbruch. Was er weiterhin in beratender Tätigkeit für die Firma erledigte, teilte er ein in überschaubare Einheiten. Daneben arbeitete er freiberuflich für kleinere Betriebe. Wirtschaftlichem Zwang unterwarf er sich nicht mehr, er stellte sich lieber auf ein bescheideneres Leben ein. Vieles, was ihm früher unentbehrlich erschien, war auf einmal nebensächlich geworden. Er hielt sich an den Ausspruch von Sokrates: „WIE ZAHLREICH SIND DIE DINGE, DIE ICH NICHT BRAUCHE!", und zitierte ihn gerne in der Familie und dem Freundeskreis. Danach zu leben war auch leichter als gedacht, sogar für seine Frau. Das Anwesen verkaufte er nach einigen Monaten und sie zogen in eine großzügige Wohnung um. Die ständigen Reparaturen und Gartenarbeiten belasteten ihn nicht mehr. Immer, wenn andere über die viele Arbeit in ihren Häusern und Gärten jammerten, lächelte er vielsagend. Dafür fand er jetzt Zeit für ein sehr ausgeprägtes Familienleben. Genügsameres Leben mit höherer Lebensqualität verschonte ihn vor neuen Krankheiten. Seine Frau und seine Tochter erfreuten sich an intensiveren gemeinsamen Unternehmungen. Sabine ging mit großer Freude ihrer neuen Nebenbeschäftigung nach und fand darin Abwechslung und Erfüllung.

Es war für sie eine Genugtuung nicht mehr nur als Hausfrau und Mutter tätig zu sein. Der Umgang mit anderen Menschen tat ihr gut. Außerdem trug nun ihr zusätzliches Einkommen wohltuend zur finanziellen Entlastung der Haushaltskasse bei.

Rena zog in die Nähe der Universität und widmete sich ihrem Studium, ohne das ausschweifende Partyleben aufzugeben. An den Sonntagen war sie oft und gerne bei ihren Eltern und nahm an ihren Unternehmungen teil. Sie hatte eine Wandlung vollzogen, die vor wenigen Monaten undenkbar gewesen wäre. Sogar ihr Piercing und die Tätowierungen, über die früher so manche Diskussion entbrannte, ließ sie nun entfernen und wunderte sich selbst, wie sie dazu gekommen war.

„Es war jugendlicher Übermut und Leichtsinn. Ich habe es bereut und bedaure, dass ich früher nicht auf euch gehört habe", gestand sie nach dem unangenehmen und hautschädigenden Entfernen.

Heinz musste sich erst an den neuen Lebensstil gewöhnen. Er nannte es „Mein Drittes Leben", weil er die Zeit im Koma als zweite Phase einbezogen hatte. Ungewohnt war es für ihn, nicht mehr der ständigen Zeitnot und Hektik ausgesetzt zu sein. Keine Terminnot, keine ständigen Telefonate und auch nicht die Mitarbeiter mit ihren laufenden Fragen störten mehr seinen Tagesablauf. Anfangs lief er oft umher und glaubte mehr tun zu müssen, um nicht „dem Herrgott die Zeit zu stehlen", wie seine Großmutter früher immer sagte. Um die Unruhe los zu werden setzte er sich dann auf die Terrasse und dachte über die Vergangenheit nach, um sie kritisch mit der Gegenwart zu vergleichen.

Wie war das noch als morgens um 6:30 Uhr der Wecker klingelte und ihn aus seinem besten Schlaf riss? Zügig musste er dann die Morgentoilette durchlaufen um sein heißgeliebtes Frühstück noch einigermaßen genießen zu können. Das war ihm besonders wichtig. Ohne seine zwei bis drei Tassen Kaffee war er kein Mensch. Falls er die Wahl hatte, einen Termin pünktlich wahrzunehmen und dafür das Frühstück ausfallen zu lassen, entschied er sich meistens für das Frühstück. Mehrmals in seinem Berufsleben hatte er dadurch schon ein Flugzeug verpasst und kam bei wichtigen Besprechungen zu spät. Er hatte die Angewohnheit zu glauben, dass er noch ausreichend Zeit hätte, bis es letztendlich dann doch wieder viel zu spät war.

Selbsterzeugte Hektik war die überflüssige Folge. Um Zeit zu gewinnen hatte er sich oftmals erst unterwegs die Krawatte und die Schuhe gebunden. Die Fahrt nutzte er notfalls zum Rasieren. Ein elektrischer Rasierapparat gehörte zur Ausstattung seines Wagens. Wenn er heute darüber nachdachte, konnte er nur kopfschüttelnd lächeln. Wie verrückt kann ein Mensch sein, als ständiger Sklave der Uhr. Zu welcher Zeit er sein Ziel erreichte war trotzdem ungewiss und lag außerhalb seines Einflusses. Irgendetwas kam unterwegs fast immer dazwischen. Die an vielen Tagen mit zahlreichen Staus gespickte Anfahrt war ein unberechenbarer Faktor. Und wie war das erst in strengen Wintern? Vereiste Straßen und schneebedeckte Autobahnen gehörten öfter mal zum Alltag. Vor der Abfahrt hieß es erst Eingang, Garage und Zufahrt freischaufeln. Oder die Scheiben zu enteisen, falls er im Freien parkte.

Im Kriechtempo musste er sich danach über die winterlichen Landstraßen und die Autobahn vorantasten mit erhöhtem Risiko. An manchen Tagen brauchte er gar nicht erst loszufahren, weil die Auffahrt zur Autobahn durch querstehende Fahrzeuge oder Unfälle für längere Zeit blockiert war. Den ganzen Tag lang geriet er dadurch noch mehr unter Termindruck. Sein Zeitmanagement und alle vorgeplanten Arbeiten wurden ohnehin durch die aktuelleren Erfordernisse wieder über den Haufen geworfen. Übermäßiger Kaffeekonsum und eine Vielzahl von Zigaretten mussten dann zur Mobilisierung und Beruhigung herhalten. Die Wahrnehmung privater Termine war nur sehr schwierig machbar. Für so manchen eigentlich notwendigen Arztbesuch zum Beispiel, opferte er keine Zeit.

Auch die fortwährenden gedanklichen Belastungen ließ er nochmal Revue passieren. Ständiger Handlungs- und Entscheidungsbedarf in nicht immer angenehmen und einfachen Belangen. Wie viel hatte er davon mit sich geschleppt, ohne sich davon lösen zu können. Auch in der Freizeit und nachts ließen sie ihn nicht los. So manche Maßnahme raubte ihm den Schlaf. Schweißgebadet fielen ihm dann zum Beispiel eventuell anstehende Entlassungen oder Abmahnungen ein, die unumgänglich waren. Je länger er die Mitarbeiter und oft auch die Familien kannte, umso mehr belastete es ihn persönlich. Vielleicht war er viel zu menschlich für die Härte des Geschäftslebens. Zwar hatte er es sich vorgenommen die unangenehmsten Dinge nicht vor sich her zu schieben, sondern immer sofort zu erledigen, aber manchmal gelang das nicht.

Auch die vielen Tipps auf Managementseminaren halfen dabei wenig. Die gutgemeinte Empfehlung eines Referenten, an die er öfter dachte, auf dem Nachhauseweg einen Fixpunkt festzulegen an dem man alle betrieblichen Belange zurücklassen sollte und auf Privatleben umschalten müsste, gelang trotz allem Bemühen nur sehr selten.

Wie viel bequemer hatte er es jetzt nach seiner Neuorientierung. Oft weckte ihn erst die Sonne, wenn sie im Sommer morgens durch das Fenster schien. Gemütliche Morgenroutine zog sich dann manchmal bis in den späten Vormittag. Natürlich musste er arbeiten, aber bei freier Zeiteinteilung, was der Motivation sehr zu Gute kam.

War er früher oft am Abend geschafft, so musste er heute diese Erscheinung allenfalls bei seiner Frau feststellen. Bei Messeterminen oder der Umstellung auf neue Kollektionen in der Boutique, in der sie aushalf, musste er sie aus ihrer Hektik herausbringen. Jetzt konnte sie aber nachvollziehen, wie es ihm früher ergangen war.

In seinem ganzen Wesen erkannte er nach und nach neue unbekannte Facetten. Hatte er früher vieles nur oberflächlich in seiner Gesamtheit zur Kenntnis genommen, so konnte er jetzt auch an den Details Interesse gewinnen. Eine einzelne Blume und ihr Duft konnten ihn entzücken. Landschaften und Bauwerke nahm er in ihrer komplexen Schönheit mit allen Einzelheiten auf. Sein gesamtes Empfinden war differenzierter und einfühlsamer geworden, auch gegenüber anderen Menschen.

Viele sah er jetzt mit anderen Augen, so dass sich sein Freundes- und Bekanntenkreis neu sortierte.

Einige vermeintlich gute Freunde, die sich nur als Vorteilsnehmer entpuppten und nur an eigener Bereicherung interessiert waren, verschwanden ebenso wie die Bekannten, die immer nur eine breite Plattform zur Selbstdarstellung benötigten. Renommiersucht und Angebereien fanden keinen Raum mehr in seinem Umfeld. Nur noch ehrliche Freundschaften blieben erhalten.

Angenehme Sport- und Freizeitunternehmungen nahmen jetzt viel Zeit in Anspruch.

Eine neue bisher unbekannte Lebensqualität hatte ihn einvernommen.

Zwischenzeitlich beschäftigte Heinz sich in seiner Freizeit intensiv mit seiner Traumgeschichte.

Nach der kompletten Niederschrift war aus dem traumatischen Erlebnis ein interessantes und auch lesenswertes Buch geworden. Seine Frau, die es mit besonderem Einfühlungsvermögen mehrmals sehr betroffen studierte, empfahl ihm, es drucken zu lassen. Die Ärzte waren auch einstimmig dafür. Sicher würde es eine Menge ähnlich Betroffener geben, die es mit großem Interesse lesen würden. So mancher Burn-out-Gefährdeter könnte nach der Lektüre über sein Leben und Streben nachdenken. Auch viele Suchtgefährdete, die sich in unserer leistungsorientierten Gesellschaft in Alkohol oder Drogen flüchten, könnten Denkanstöße ableiten. Nicht zuletzt wäre auch unsere Politik gefragt, die Lebens- und Gesellschaftsformen zu überdenken. Darauf zu hoffen scheint allerdings illusorisch, zu weit haben sich die Verantwortlichen schon von der Bevölkerung entfernt und nur das eigene Machtstreben und die Karriere im Focus.

Natürlich werden die Menschen durch den Fortschritt der Medizin und auch die vielen wissenschaftlichen Erkenntnisse über Gesundheit und Ernährung immer älter, aber haben sie dabei auch mehr vom Leben? Die immer stärker zunehmende Anzahl an Pflegefällen und Demenzkranken lässt erheblich daran zweifeln.

Nach einigem Suchen fand Heinz die Lösung seine Geschichte über einen Self-Publishing-Verlag zu veröffentlichen. Um die Kosten gering zu halten, machte er die technische Aufbereitung und die Prüfung komplett selbst.

Korrekturen und die Überarbeitung nahmen einige Zeit in Anspruch und wurden zu einem neuen Hobby, das ihn aber befriedigte.

Animiert durch die positive Resonanz widmete er sich in der Folgezeit dem Schreiben von weiteren Romanen. Genügend Phantasie hatte er bewiesen. Selbst im Koma hatte er ja eine durchaus mögliche Geschichte erfunden.

Bald stellte er selbst fest, insbesondere durch die Erfahrungen mit den Ärzten, wie sich Träume steuern lassen. Ein Thema oder eine Handlung konnte durch intensive Beschäftigung damit fortgesetzt werden. Träume und Phantasien bauten ihm eine Parallelwelt auf, bei der er manchmal fast sogar glaubte, die Geschichte selbst so erlebt zu haben. Es war eine Bereicherung seines Lebens. Vieles was er gerne einmal erleben wollte, erschien in seinen Niederschriften. Oft vermischten sich die Wunschträume mit tatsächlichen Begebenheiten. Erlebnisse und Abenteuer aus dem eigenen Leben flossen in seine Romane ein.

So hatten der Zusammenbruch und die Erfahrung aus dem geträumten Zwischenleben insgesamt positive Folgen, die er nicht mehr missen wollte. Hatten sie ihm doch den Blick für das Wesentliche im Leben geöffnet bevor es zu spät war.

Ist immer erst ein Schicksalsschlag erforderlich, damit der Mensch schlauer wird?

Helmut Baumgärtner
wurde 1946 in Ingelheim am Rhein geboren.

In Mainz absolvierte er eine Ausbildung zum
Schriftsetzer und übte diesen Beruf bis zu seiner
Einberufung aus.

Die Ableistung des Wehrdienstes im Sanitätsdienst
führte ihn nach Mannheim, Koblenz, Hamm in
Westfalen und Amberg in der Oberpfalz.

Anschließende Weiterbildungen im grafischen
Gewerbe während verantwortlicher Tätigkeiten
in Mainz, Wiesbaden, Würzburg und München.

Viele Jahre arbeitete er als Betriebsleiter und
später Geschäftsführer und Mitgesellschafter eines
Dienstleistungsbetriebes in München.

Bis zum Ende seiner Berufstätigkeit war er in
München beratend tätig in Druck und Werbung.

Während des Berufslebens war er wohnhaft in
Mainz, Würzburg, Taunusstein, München,
Berg bei Starnberg und in Geretsried bei Bad Tölz.

Nach Eintritt in den Ruhestand lebt er heute
zusammen mit seiner Frau in Lorsch/Hessen.

bplushb@aol.com   Facebook

Der erste Roman von Helmut Baumgärtner
erschien im November 2015 als Taschenbuch:

Strandfundstück

Eine schicksalhafte Begegnung zweier
Generationen und die Folgen.

Ein Rentner findet eine leblose junge Frau
an einem einsamen Strand.
Aus seinem Spaziergang wird eine dramatische
Rettungsaktion.
Die Begegnung führt zu ereignisreichen Folgen
im Leben mehrerer Menschen.
Das Geschehen wird dicht gedrängt dargestellt.
Die pralle und bunte Handlung ist geprägt
von Vorurteilen, geschäftlichen Intrigen,
aber auch von harmonischen Liebesbeziehungen
und Schicksalen.
Personen von intensiver Lebendigkeit
mit authentischen, glaubwürdigen Charakteren
nehmen den Leser mit in ihre Welt.